스무 살의 해방일지

스무살의 해방일지

초 판 1쇄 2023년 02월 27일

지은이 박범진
펴낸이 류종렬

펴낸곳 미다스북스
총괄실장 명상완
책임편집 이다경
책임진행 김가영, 신은서, 임종익, 박유진

등록 2001년 3월 21일 제2001-000040호
주소 서울시 마포구 양화로 133 서교타워 711호
전화 02) 322-7802~3
팩스 02) 6007-1845
블로그 http://blog.naver.com/midasbooks
전자주소 midasbooks@hanmail.net
페이스북 https://www.facebook.com/midasbooks425
인스타그램 https://www.instagram/midasbooks

ISBN 979-11-6910-171-4 03810

값 15,000원

오십에 펼쳐보는 젊은 날의 일기

스무 살의 해방일지

누군가가

내가 걸어온 길에서

인생에 도움이 될 만한

무언가를 주울 수 있다면

나는 그것으로

고마울 따름이다

박범진 지음

프롤로그

스무 살에 시골집을 떠났다. 냉정한 세상과 고뇌의 시간만이 나를 기다리고 있었다. 세월은 여물지 못한 나를 담금질하여 세상과 맞서게 하였다. 어느새 30년이 훌쩍 지나갔다. 지금 나는 인생의 정점으로 치닫고 있다. 가끔 인생의 선배들을 보며 노후의 삶도 고민한다. 앞만 보며 살 것 같던 내 젊은 날들이 이제는 반추(反芻)해볼 지난날들로 쌓여가고 있다. 백세 시대에 이제 반 왔다고 생각할 수 있겠지만, 지난 50년과 다가올 50년은 너무도 다를 것 같다. 어쩌면 지나간 날들에 비해 다가올 날들은 생각보다 짧고 불편할지도 모른다. 지나간 날들은 나에게 주어진 너무도 당연한 권리로 보였다. 그러나 다가올 날들은 감사하고 다행으로 여겨야 할 선물일 것이다. 오십이 넘어서 문득 나에게 찾아온 기억은 누군가에게는 위로가 누군가에게는 삶의 희망이 되지 않을까 조심스럽게 생각해본다. 이러한 생각이 나의 손에 펜을 쥐게 하였다.

1997년 말, 살을 에는 찬바람 속에 나는 IMF라는 생소한 것을 맞이하게 되었다. 그 이듬해, 대학을 졸업한 친구들은 나를 포함하여 91학번이다. 대부분 친구는 대기업 인사 채용에 합격하고도 회사 사정이 급격히 안 좋아져 입사가 연기되었다. 그나마 입사한 친구들도 몇 달 후 회사가 부도나면서 다시 실업자로 전락하였다. 이름만 대면 알 만한 대기업들이 추풍낙엽(秋風落葉)처럼 절망의 나락(奈落)으로 떨어졌다. 정부는 부족한 외환자금을 마련하기 위해 전 국민을 대상으로 금 모으기 운동을 전개하였다. 나는 금방이라도 쓰러질 것 같은 국가의 위태로운 모습에 한 번도 느껴보지 못한 묘한 공포감에 사로잡혔다. 그해 겨울, 나는 내 인생이 꽃망울조차 맺지 못할 거라는 두려움에 떨어야 했다. 나는 국가의 환란을 조금이라도 피해 보려고 학생 신분을 연장하였다. 시골 부모님이 손에 쥐여 준 몇 푼을 들고 무작정 상경하여 웅크린 채 대학원 생활을 했다.

나의 20대 마지막 날은 대학원 졸업식을 한 달 앞두고 있었다. 나는 외환 위기를 피해 대학원으로 도망쳤지만, 백수나 다름없었다. 다행히 졸업식을 며칠 앞두고 나는 쉰 번의 도전 끝에 HD투자신탁에 합격하였다.

외환 위기에서 취업은 내게 세상 전부를 다 가진 기분을 선사하였다. 그러나 그 기분도 잠시뿐. 3년이 지나자 우리 회사는 미국의 P그룹에 팔렸다. 사회로 나온 지 얼마 되지 않아 나는 세상의 소용돌이에 힘없이 휩쓸리고 있었다. P그룹은 우리 회사를 한국에 선진금융을 정착시키는 선구자로 키우겠다고 호언장담(好言壯談)했었다. 2년이 지나자 우리 회사는 다시 시장에 매물로 나왔다. 몇 년이 지나 우리 회사는 다시 HW그룹에 팔렸다. 사회생활 12년 동안 나는 제자리에 있었지만, 회사 주인은 세 번이나 바뀌었다. 나는 회사에서도 인생에서도 한 번도 기득권 세력이 되어보지 못한 채 다른 회사와 다른 사람에게 점령만 당했다.

변화무쌍한 인생의 여정에서 잠시 시름을 잊고 마음을 기댈 곳이 필요했다. 30대 중반에 박사학위를 취득하기 위해 대학원에 다녔다. 내가 박사학위를 취득한다고 해서 내 인생이 달라질 거라는 기대는 하지 않았다. 그냥 내가 선택한 온전한 나만의 시간이 좋았다. 박사학위를 취득할 무렵 나는 결혼하였다. 우리 회사가 HW그룹으로 넘어가게 되어 뒤숭숭할 때였다. 늦은 나이에 태어날 아이를 생각하니 볼품없는 학위지만 자꾸 학교에 기웃거리게 되었다. 학교의 진입장벽은 생각보다 높고 견고하였다. 내가 학교에 진입을 시도할 때마다 사람들은 나에게 주식쟁이, 박쥐 같은 기회주의자, 지방대 출신의 별 볼 일 없는 사람, 굽실거리며 남의 비위나 맞추는 영업사원, 언제 잘릴지 모를 회사원이라고 비아냥거렸다. 내가 교수 시장에 뛰어드니 모교 선후배들도 냉정한 경쟁자로 돌변하였다. 입사 동기들은 회사의 매각과 함께 하나둘 제 갈 길을 찾아 떠났다. 나의 삶을 지탱하는 회사도 영원히 내 곁에 머물 것 같지는 않았다. 나는 인생이 어차피 혼자 감당해야 할 외로움이라는 것을 잘 알면서도 변해가는 세상 앞에 한없이 움츠러들고 초라해져갔다.

나는 회사에 다니면서 몰래몰래 교수 채용에 지원하였다. 회사 동료들은 그런 나를 당연히 몰라야 했다. 지인들은 내게 용기를 주었다. 그러나 지인들도 시간이 지나면서 서서히 등을 돌리기 시작했다. 나보고 쓸데없는 희망 고문에 인생을 허비하지 말라고 했다. 그러나 나는 희망의 끈을 놓을 수 없었다. 그런데 정말로 그 끈의 끝에는 학교가 있었다. 정문을 들어서는 길목에는 봄내음 가득한 개나리가 피었고, 캠퍼스에는 아름다운 젊음이 가득했다. 나는 정장을 말끔히 차려입고 그 길을 따라 출근했다. 마치 오랜 시간 그 길을 걸었던 사람처럼 티 내지 않으려고 했다.

또 한 번의 강산이 변했다. 나이 앞에 오(五)자가 붙으니 시린 기억이 이젠 괜찮냐며 안부를 묻는다. 대단해 보이는 인생은 아니지만 시린 기억 앞에 이제는 괜찮다고 말할 수 있다. 스무 살을 삼켰던 시간 괴물은 작은 깨달음을 주며 쉰 살을 뱉어버린다. 그 깨달음은 누군가에게는 왜곡된 궤변(詭辯)으로 보일 수도 있고 누군가에게는 공감(共感)의 위로가 될 수도 있을 것이다. 그러나 그 깨달음의 끝에 현재의 내가 있다. 문득 뒤를 돌아보니 폭풍 같던 시간이 아무 일 없었다는 듯이 내 인생의 사진으로 걸려 있다. 남은 인생이 부쩍 짧아 보이는 지금 나는 더 이상 늦은 깨달음을 위해 시간을 허비하고 싶지 않다. 스무 살의 해방은 그렇게 인생의 마지막 자유를 주었다.

저자 올림

목차

Part 2

세상에 길들여지기 싫어서 꿈을 꾼다

Part 3

흔들리는 세상도 나를 흔들진 못한다

Part 4

시련은 내 마음을 단단하게 할 뿐이다

Part 5
세상에 정해진 운명은 없다

Part 1

가진 것이 젊음밖에 없어서
기다릴 수 있었다

1. 가진 게 없어서 그래야 하는 줄 알았다

나는 CB대학교에서 나름 우수한 성적으로 졸업했다. 그러나 갈 곳은 마땅치 않았다. 외환 위기의 파고(波高)를 넘기 위해 대학원이라는 대안을 선택하였다. 외환 위기가 내 인생의 발목을 잡지 못하도록 안간힘을 다해 달아났다. 다행히 선배의 도움으로 SU의 HY대학교 대학원에 입학하였다. 박봉(薄俸)의 공무원이신 아버지는 1남 4녀를 두었고 나는 그중 장남이다. 아버지는 "네가 잘돼야 집안이 살아난다."라고 늘 강조하셨다. 나는 있지도 않은 돈을 아끼고 또 아껴야 했다. 그래서 대학원 학비를 조금이라도 아끼기 위해 조교를 하게 되었다. 모교 선배도 경제적 여유가 없어서 조교 생활을 하였다. 항상 주눅 들어 있는 선배의 얼굴이 곧 내 얼굴이 될 거라는 것을 그때는 몰랐다. 조교 생활은 나에게 세상엔 공짜가 없다고 뼈저리게 조언해주었다. 가진 게 없다는 이유로 그때는 그래야 하는 줄 알았다.

1997년 12월 31일 수요일. 어렵게 구한 전셋집에서 하루를 보냈다. 내가 있는 2층에는 네 가구가 살고 있다. 시멘트벽을 뚫고 들려오는 옆방의 웃음소리는 나를 한없이 외롭게 만들었다. 창틈을 비집고 들어온 칼바람은 나를 후려치고 냉기를 잃은 채 방 안 어딘가로 사라져버렸다. 성공하겠다는 포부보다 현실에서 도피하겠다는 나약함이 나를 지배하였다. 지독한 외로움은 나의 젊은 날을 의미 없이 좀먹고 있었다. 그러나 대학원은 나를 움직이게 하였다. 상경(上京)하자마자 개학도 안 했는데 나는 전임조교로 지도교수를 도와 집필했던 책을 마무리해야 했다. 곧 3월이 되면 지도교수는 그 책을 강의 교재로 사용할 것이다. 나에게 책을 검토할 시간은 많지 않았다. 지도교수는 60세가 넘으셨고 그 옛날 일본에서 공부하신 분이다. 그분의 말은 법이요 진리였다. 학과 교수의 대부분은 그분의 제자라서 그분의 말에 토를 달 수 없었고 조교들은 그분의 말을 행동에 옮길 뿐이었다.

1998년 3월 1일 일요일. 드디어 내일 개강한다. 이번 주는 지도교수의 책을 검토하느라 매일 새벽 2시에 퇴근하였다. 그런데도 교정 시간이 부족했는지 완성된 원고에서 계속 오타(誤打)가 나온다. SU의 겨울은 시골보다 훨씬 춥게 느껴졌다. 뚜벅뚜벅 매일 차가운 공기를 가르며 YS에 있는 인쇄소로 출근하였다. 교정에 공(功)을 들였지만 역부족이었다. 얼마 전에는 여직원이 오타(誤打)를 잡아내지 못했다며 인쇄소 사장님에게 혼나는 모습을 보았다. 눈가가 붉어진 여직원을 보니 내가 더 미안했다. 지도교수의 성정(性情)을 잘 알고 있는 사장님은 신경이 몹시 곤두서 있었다. 나도 얼떨결에 인쇄소 직원이 되어 여직원과 함께 마음 졸이며 시간을 보냈다.

1998년 4월 30일 목요일. 급하게 만들어진 교재 때문에 개강하고도 한동안 편히 잘 수 없었다. 나는 교재를 미리 읽고 요약한 내용을 OHP 필름에 옮겨 교수님의 수업을 준비해드렸다. 교재를 읽을 때마다 발견되는 오타는 까만 밤을 하얗게 지새우게 했다. 처음부터 내가 집필에 참여했던 것은 아니지만 문제가 생기면 내가 혼나야 했다. 책임 소재를 물을 전임조교는 한국에 없다. 지방대 출신이라 무시당하지 않으려고 누구보다 열심히 노력했다. 그러나 몇 백 장이 넘는 책을 보름 만에 소화하기란 쉽지 않았다. 모든 결과를 나의 무능함으로 돌려야 했다. 그분 앞에 이유는 사치스러운 변명에 불과하다. 나는 늘 입던 옷만 입었고 돈이 아까워 이발도 자주 하지 않았다. 돈을 아끼려고 늘 학교 식당의 천 원짜리 밥만 찾아다녔다. 그렇지 않아도 촌티가 줄줄 흐르는데 저명한 교수의 책에 오타를 남겼으니 지도교수는 내가 얼마나 미울까? 나는 그 답답함을 나에게 원망했다. 밖으로 원망을 표출하기에는 내 마음이 너무 나약했고 지쳐 있었다. 지도교수의 불편한 심기가 모두 나 때문인 것만 같다. 젊음을 빼곤 아무것도 가진 것 없는 나는 마음마저 가난해졌다. 나는 시골에서 올라온 별 볼 일 없는 나를 받아줘서 지도교수에게 감사해야 한다고 생각했다.

1998년 5월 13일 수요일. 스승의 날이 다가왔다. 조교들은 지도교수에게 어떤 선물을 해야 할지 고민하고 있었다. 다른 연구실의 조교가 내 지도교수의 선물은 항상 유명브랜드의 인삼 제품이었다고 귀띔해주었다. 천 원짜리 밥만 찾아 먹던 나에게 너무 부담스러운 선물이었다. 그러나 시골 부모님이 부쳐준 용돈으로 지도교수의 선물을 샀다. 지도교수는 아주 가끔 나에게 밥을 사주었다. 얻어먹은 밥을 생각하면 지도교수에게 선물을 드려야 한다고 생각했다.

1998년 9월 18일 금요일. 조교는 항상 지도교수의 그림자가 되어야 했다. 숨 쉬는 것조차 허락받아야만 할 것만 같았다. 답답한 삶 속에서도 하나의 희망이 있다면 그것은 이곳을 벗어날 때 즈음 나는 더 큰 날개를 달 거라는 기대였다. 가끔 지도교수는 아버지보다 더 심한 말로 나를 혼냈다. 복도를 지나가다 보면 다른 연구실에서 교수가 조교를 혼내는 소리를 자주 들었다. 나는 혼나야 더 큰 날개를 달 수 있다고 생각했었다. 창밖에 캠퍼스를 자유롭게 거니는 학생들이 나와는 다른 세상에 있는 것 같았다.

그때의 조교는 누구나 다 그렇게 살았다고 말한다. 나에게는 아예 무엇이 옳은지 그른지 구분할 힘이 없었다. 나에게는 운명을 선택할 권리도 없어 보였다. 불안한 미래 앞에 나의 운명은 지도교수의 손에 달려 있다고 믿었다. 그래서 지도교수가 나를 어떻게 대하든 당연한 거로 생각했다. 그때로 돌아가 젊은 나에게 말해주고 싶다.

"네가 잘못한 거 하나 없다. 너는 네 인생의 주인이야. 너는 어차피 잘

될 사람이니 다른 사람들에게 당당해도 돼. 내가 다 알거든. 사람들이 널 우습게 대하는 것은 네가 우스워서가 아니야. 사람들이 그렇게 해도 된다고 믿기 때문이야. 더는 그 믿음을 받아주지 마. 이젠 하얗게 지샌 밤을 편히 보내도 돼. 지나갈 것 같지 않은 힘든 시간도 그냥 네 인생의 순간이고 언젠가 아주 먼 옛이야기가 될 것이야. 너에 대해 누리려는 다른 사람의 권리가 당연한 것이 아니고 네가 행했던 다른 사람들에 대한 의무가 당연한 것이 아니야."

우리의 삶에 언제나 시련이 함께 하지만, 시련의 상처는 흐르는 시간과 함께 반드시 사라진다. 아무리 힘든 시련도 우리의 삶을 멈출 수는 없다. 고장 난 시계처럼 멈춰 있던 그 시간이 우리 인생의 순간이었음을 깨닫는다. 가진 것이 없는 현실 앞에 나는 인내하고 순종해야만 살아남을 수 있다고 생각했었다. 그래서 원치 않던 인내와 순종은 나의 대학원 생활을 더디게 만들었다. 나이가 들어가니 이젠 그래야 할 이유가 점점 줄어들고 있다. 지금은 채워야 할 인생이 점점 줄어들어 안타깝지만 나는 채워진 인생으로부터 생각과 행동의 자유를 얻었다. 그때는 그래야 하는 줄 알았지만, 앞으로는 그래야 할 일이 없을 것 같다. 부쩍 줄어든 인생은 너는 소중한 존재이니 남을 위해 살지 말고 너만을 위해 살라고 말한다. 마음 졸이던 그 젊은 날이 인생에서 홀로 설 수 있는 밑거름이 되었고 지금은 별것도 아닌 추억이 되었다. 미래에 불안해했던 젊은 나와 그 미래에 서 있는 나는 같은 사람이지만 세월을 통해 인생의 작은 해답을 얻은 지금이 더 좋다. 지금의 생각이 미래에 또 어떻게 평가될지는 모르겠지만 인생은 매 순간 우리를 일깨운다.

2. 젊음이 있어야 쥐구멍에도 볕이 든다

정부는 국가가 외환 위기에서 벗어나고 있다고 말했지만, 체감하기는 힘들었다. 대학원 생활이 끝나갈 무렵 언제나 함께할 것 같던 동기들이 제 살길을 찾아 하나둘 떠나갔다. 나는 선택하지 않은 고독 속에 철저히 혼자 남겨졌다. 태어나서 처음으로 인생은 혼자라는 생각이 든 때이기도 했다. 대학원을 졸업하고 취업을 하려고 했을 때 나는 끝없는 암흑의 터널에 갇힌 느낌이었다. 끝날 것 같지 않던 암흑의 터널도 지금 와서 보니 순간이었다. 세상의 무관심 속에 쓸모없이 방치되었던 나도 멈추지 않고 움직였더니 이제는 세상이 나를 바라본다.

1999년 6월 20일 일요일. 종일 연구실에 앉아 취업을 걱정하였다. 밥값을 아끼려고 점심은 대학교 고시원에서 해결하였다. 고시생을 위한 식당이지만 학교가 가난한 나에게 편의를 봐준 것이다. 식사를 마치고 또 혼자 덩그러니 연구실에 앉아 있다. 아무도 찾지 않는 연구실에서 나 혼자 졸업논문을 준비하고 있다. 온종일 유일하게 내 입에서 나온 말은 지도교수의 질문에 대답하는 "예."밖에 없었다. 이미 내 후임 조교가 정해졌다. 이제 나는 이곳에서 더 이상 쓸모가 없다. 나를 찾던 그 많은 사람은 모두 어디론가 사라져버렸다. 내가 선택한 적 없는 지독한 고독이 시작되었다.

1999년 12월 11일 토요일. 이미 30번 이상 회사채용에 지원하였지만, 아무도 나를 찾지 않는다. 1차 서류 심사조차 나에게 넘기 힘든 버거운 장벽이다. 가끔 채용 비리나 배경 좋은 사람들의 성공 이야기를 들을 때마다 허탈하고 세상이 원망스럽다. 세상이 공평한가에 대한 부질없는 질문이 자꾸 나를 괴롭힌다. 아직 나는 후임 조교에게 비워줘야 할 연구실을 떠나지 못하고 있다. 쓸쓸하게 꽂혀 있는 두툼한 일반상식 책과 쓰다만 이력서들이 더 이상 나를 채찍질할 희망이 되지 못한다. 이 넓은 SU 바닥에서 나는 갈 길을 잃고 한 곳만 맴돌고 있다. 시골에서 한평생 사신 부모님이 차가운 도시에서 헤매고 있는 나에게 인생의 방향을 알려줄 리 없다. 삼시 세끼 밥만 잘 먹고 지내면 모든 일이 해결된다고 믿는 분들이다. 대학원을 졸업하고 고향으로 돌아간다고 해서 내 인생의 고민이 해결될 것 같지도 않다. 내 인생의 목표가 무엇인지 잘 모르겠지만 남들처럼 인생의 첫 단추인 취업을 하고 싶다. 채용지원을 할 때마다 세상은 내게 쓸모없는 인간이라고 말한다. 아무도 나를 궁금해하지 않는다. 나에 대한 인정과 감사함을 표시했던 그 많은 사람이 이제는 어디에도 없다. 내가 자리를 내놓고 빨리 사라져줬으면 하는 사람들만 남아 있는 것 같다. 시간은 가는데 내 인생의 나침반 바늘은 방향을 잃고 이리저리 헤맨다.

1999년 12월 12일 일요일. 동기들은 학교에서 사라진 지 오래다. 나는 지방대 출신이라 취직이 안 되었다고 자책하고 있다. 항상 무언가에 쫓기는 강박관념에 사로잡혀 살아왔다. '아마 나의 장남 콤플렉스 때문 아닐까?' 졸업논문도 마무리되어 떠날 때가 되었는데 떠나지 못하고 있다. 머릿속에는 취업이 안 되어 비참하게 보낼 겨울방학이 스멀스멀 떠오른다. '현실과 타협하고 아무 데나 가서 일할까?' 하루에도 수백 번 내게 묻는 말이다. 그러나 대학원까지 나와 어느새 커져버린 나의 욕심은 '적성'이라는 핑계로 나의 눈높이를 높여 놓았다. 남들 눈에 보이는 성공이라는 것을 하고 싶다. 세상에 순응하며 살던 시골 촌놈의 마음에 욕심이라는 것이 몽글몽글 피어오른다. 그 욕심은 나를 보잘것없고 비참하게 만들지만, 현실과의 타협도 막아선다. 통제할 수 없는 욕심과 세상을 너무 많이 알아버린 내가 야속하기만 하다. 애초부터 그 넓이도 깊이도 알 수 없는 욕심을 품게 된 것이 내 고통의 시작일지 모른다.

1999년 12월 13일 월요일. 아침 일찍 열어본 이메일에는 오늘도 익숙한 문장이 뜬다. "새 편지가 없습니다." 아무도 찾지 않는 나를 아침부터 고독 속에 가둔다. 거리에는 눈을 뒤집어쓴 자동차들이 어디론가 바삐 사라진다. 취업이 되기 전에 첫눈이 오고야 말았다. 나에게 준비 없던 첫눈은 내 맘도 모른 채 연말 분위기를 띄우고 있다. 일주일 전부터 학교 정문에는 크리스마스트리가 서 있다. 아직도 나에겐 올해에 대한 미련이 많은데 이렇게 빨리 끝이 올 줄 몰랐다. 갈 곳 없어 연구실의 자리를 지키고 있다. 너무나 궁색한 내 모습에 눈물이 핑 돈다. 목표 없이 죽은 날들이 하루하루 쌓여 벌써 두 달이 되어간다. 내일이 오늘의 반복이 될까 봐 두려움이 앞선다.

1999년 12월 14일 화요일. 창밖에는 내 마음도 모른 채 함박눈이 펄펄 내리고 있다. 많은 연인은 서로의 온기로 첫눈의 포근함을 만끽하고 있다. 나는 연구실에서 강요받은 고독과 싸우며 애써 냉정해지려고 노력한다. 내가 통제할 수 없는 날들이 나를 무기력하게 죽이고 있다. 미래가 그려지지 않는 답답한 상황에서 내일의 내 모습을 찾을 길 없다. 세상으로 뛰쳐나가고 싶어도 세상은 나를 쉽게 허락하지 않는다.

1999년 12월 31일 금요일. 천 년의 마지막 날이다. 내 인생에 새 천 년의 첫날이 있다는 것은 행운이지만 아무런 변화도 오지 않을 것 같다. 30년간은 1000년대에 살았고 나머지 인생은 2000년대에 살아야 한다. 그래서 그냥 막연한 무언가에 기대를 걸어본다.

2000년 1월 25일 화요일. 펜을 다시 든 날이 취직된 날이기를 바랐다. 그러나 나는 지금 연구실에 앉아 있다. 오후 4시쯤 아버지로부터 전화가 왔다. "네 생일인데, 밥이라도 맛있는 거 사 먹어라."라고 말씀하셨다. 애써 담담해지려고 노력했지만, 힘겨운 마음을 도저히 진정시킬 수 없었다. 학교에서 딱히 할 일이 있던 것이 아니라 그냥 집으로 왔다. 그렇다고 집에 와서 할 일이 있는 것도 아니다. 그렇게라도 하면 나에게 무언가 새로운 일이 생길 거라고 믿었나보다. 사실 돈도 없어 갈 곳도 없다. 취직하면 HY대역 옆에 있는 포장마차에서 튀김을 실컷 사 먹으려고 했는데. 시간이 이대로 흘러 내 인생의 끝에 닿을까 두렵다.

2000년 2월 17일 목요일. 얼마 후면 대학원 졸업식이다. 아직도 취업이 안 됐다. '내가 정말 이렇게 쓸모없나?' 아침에 눈을 뜨기 싫고 저녁에 일찍 자고 싶었다. 그렇게 바라던 휴식이 지금은 처참한 악몽이다.

2000년 2월 20일 일요일. 채용지원 쉰 번째 만에 구세주를 만났다. HD투자신탁증권에서 합격통지서가 날아왔다. 잊을 수 없이 기쁜 날이다. 나도 이제 세상에 나갈 채비를 해야 한다. 졸업식을 아쉬운 눈물이 아닌 설레는 희망으로 맞이하게 되었다.

2000년 2월 25일 금요일. 그렇게 말렸는데도 부모님은 졸업식에 오셨다. 아들에게 꽃다발을 안길 사람이 없을 것 같아 오셨다고 했다. 남들처럼 취직해서 좋고 내가 이 세상에 필요한 존재라서 좋다. 화창한 봄날을 회사원으로서 두 팔 벌려 맞이하게 되었다.

나의 욕심이 부질없는 과욕(過慾)이었는지 성장을 위한 관문(官門)이었는지 시간이 흐른 후에야 확인할 수 있었다. 그때 현실과 타협하지 않은 나에게 다행스럽고 감사한 따름이다. 나는 인내하고 기다리면 쥐구멍에도 볕 들 날이 있다고 믿었다. 그러나 젊음이 있었기에 쥐구멍에 볕 들 날을 볼 수 있었다고 생각한다. 아직 젊다면 조급해하지 말고 쥐구멍에 볕 들 날을 기다리며 노력하자. 우리의 욕심이 과욕(過慾)인지 관문(官門)인지는 우리가 결정하는 것이 아니라 시간이 결정한다. 젊어서부터 세상과 타협하는 것은 좋지 않다. 어차피 세월이 가면 어쩔 수 없이 세상과 타협하게 된다. 젊으면 볕이 들길 기다릴 수 있지만, 나이가 들면 볕이 들기 전에 죽을 수도 있기 때문이다. 지나고 보니 젊음이 있던 쥐구멍이 내 인생의 찬란한 봄날이었다. 오십이 넘어가니 이 핑계 저 핑계 대며 성장을 멈추는 내 모습에 실망한다. 인생의 흐름에 겸손하고 남은 시간을 소중히 다루어야 한다. 비록 젊음은 사라졌지만 남은 시간을 호기심 없는 늙은 시간으로 보내고 싶지 않다. 어쩌면 남은 시간은 온전히 나로 살아갈 수 있는 마지막 기회일지 모른다. 그 시간은 오래전 젊음으로 만들어 낸 볕이 잘 드는 시간일지도 모른다.

3. 정글에는 미운 오리가 살 수 없다

증권회사는 한 마디로 정글이었다. 정글에 던져진 나는 어떻게든 살아남아야 했다. 나는 그들의 동료가 아니라 그들의 성장을 위한 먹잇감이었다. 사무실에서 밟을 곳 없던 막내도 던져진 나를 밟고 일어서려고 했다. 누군가는 죽어야 내가 살아남을 수 있는 그런 곳이었다. 그래서 그들을 이기는 방법은 어떻게든 끝까지 살아남는 것이었다.

2000년 4월 나는 본사의 재무관리부에서 일하게 되었다. B대리와 L차장은 나의 사회생활 첫걸음을 환대해주었다. 그러나 BS 가시와 까칠 막내는 내게 사회생활의 진실을 알려주었다. B대리는 내가 자취 생활하던

구의동에 살고 있었다. 차가 없던 나는 출근을 위해 그의 도움을 받아야 했고 그렇게 우리는 친해졌다. 나보다 한 살 위인 그는 나를 살갑게 대했다. 그래서 나는 그를 백기사라고 불렀다. 내 직속 사수(師授)인 BS 가시는 나보다 두 살이 많았고 자기가 세상에서 가장 똑똑한 사람이라고 생각했다. 첫날부터 그는 나에게 계산기를 빨리 두드리는 방법을 가르쳤다. 그는 억센 BS 사투리를 섞어가며 내게 말 그대로 가시 같은 말들을 쏟아냈다. 나는 항상 그의 앞에서 마음이 졸아붙었다. 까칠 막내는 상업고등학교를 졸업하자마자, 입사하여 사회 경험이 많다. L차장이 인정할 정도로 그녀는 회사 업무에 대해 모르는 것이 없었다. 나보다 두 살 적지만 그녀의 까칠한 말들은 비수가 되어 내 마음에 꽂혔다. 내가 조금만 실수하여도 그녀는 대학원까지 나와서 그런 것도 못 하냐며 핀잔을 주었다. 그녀는 학력에 대한 열등감이 있었던 것 같다. B대리는 내가 입사하고 나서 BS 가시와 까칠 막내가 서로 친해졌다고 귀띔해주었다. 내가 그들의 먹이가 되어 그들은 더 이상 서로를 잡아먹을 필요가 없어진 것이다. L차장은 나보다 열 살이 많은 형님이다. 생긴 대로 푸근하고 다른 사람들의 마음을 헤아릴 수 있는 분이다. 그는 힘들어하는 나를 멀리서 지켜볼 수밖에 없었다. L차장은 정글의 법칙을 깨고 개입하면 정글이 파괴된다는 것을 너무도 잘 알고 있었다. 모두 그런 정글에서 살아남은 자이다. 내 업무는 아침에 영업점에 영업자금을 보내고 영업이 끝나면 다시 영업자금을 회수하는 일이다. 서너 달이 지나자 눈칫밥 먹은 만큼 일도 익숙해졌다.

얼마 후, 미운 오리가 영업점에서 우리 부서로 인사이동 되었다. 미운 오리는 자존심이 매우 강한 사람이었다. 나이는 BS 가시와 같아 까칠 막내보다 많았지만, 고시를 준비하느라 늦게 입사하여 사회 경험과 업무 역량은 떨어졌다. BS 가시와 까칠 막내에게 또 다른 먹잇감이 던져진 것이다. 나는 미운 오리를 보면서 더 이상 혼자가 아니라는 알지 못할 안도감을 느꼈다. 무시당하던 미운 오리는 내가 자기편이 되어주길 바랐다. 그러나 나는 같은 먹잇감끼리 서로 연합해봐야 달라질 것이 없다고 생각했다. 미운 오리가 일을 실수하여 BS 가시와 까칠 막내로부터 핀잔을 들으면 오히려 내 마음이 편해졌다. 어느새 나도 그를 먹잇감으로 생각하고 있었나 보다. 등 따습고 배부른 날엔 맹수들도 먹이를 찾지 않는다. 그러나 증권회사의 재무관리부서는 등 따습고 배부른 날이 없었다. 문제가 터지면 모두 비난의 화살을 쏠 먹잇감을 찾았다.

미운 오리는 늘 BS 가시와 까칠 막내를 상대로 힘겹게 싸우고 있었다. 미운 오리는 사실 인간적이고 배려심이 많다. 나는 그를 회사에서 만나지 않았다면 '형'이라고 불렀을 것이다. 그러나 돈을 만지는 증권회사에서 인간성과 배려심은 사치스러워 보였다. L차장이 영업점에서 적응하지 못하는 미운 오리를 품어준 것 같았다. 한번은 부서 회식이 있었다. 미운 오리는 사회생활이 힘들었는지 그날도 아낌없이 술을 마셨다. 그는 술만 마시면 그다음 날 늦게 출근하는 버릇이 있었다. 왜 그가 영업점에서 미운 오리가 되었는지 짐작할 수 있었다. 시간이 흐르면서 나는 술에 취한 미운 오리를 집에 데려다주는 역할을 맡게 되었다. 그날도 미운 오리가 만취하여 택시를 같이 타게 되었다. 그는 택시를 탈 때만 해도 멀쩡했는데 YDP 근처에 도착하니 물젖은 솜뭉치가 되어 있었다. 나는 그가 사는 사택의 주소를 몰랐다. 어쩔 수 없이 말이 없는 솜뭉치와 택시에서 내렸다. 아직도 새벽은 추웠다. 웅얼거리는 미운 오리의 말을 따라 YDP 경찰서 근처를 맴돌았다. 돌고 돌면 제자리였다. 경찰서 앞에서 보초를 서는 의경이 벌써 두 번이나 바뀌었다. 가슴 깊은 곳에서 솟구치는 온갖 욕들이 입김을 타고 허공을 맴돌았다. 그때는 어떤 사정으로 신용카드를 쓰지 못했던 것 같다. 경찰서 앞에 서 있는 의경에게 다가가 여관비 좀 빌려달라고 했다. 나는 술에 취해 차비 달라던 사람들을 미친놈이라고 했었는데 그게 바로 나였다. 의경의 권유로 112번에 전화하였다. 잠시 후 순찰차가 밤공기를 가르며 달려왔다. 경찰의 도움으로 근처 여관에서 하룻밤을 보냈다. 이 일이 있고 난 후 나는 미운 오리와 친해지기는커녕 그의 앞날이 걱정되었다. 미운 오리는 날이 갈수록 조직과 마찰이 심해졌다. 그러던 어느 날, 그는 다시 영업점으로 인사이동되었다. 얼마 지나지 않아 영업점으로 갔던 미운 오리는 아예 우리 회사에서 사라졌다. 미운 오리가 떠나고 난 후, 나는 다시 BS 가시와 까칠 막내의 먹잇감이 되었다. 나는 비록 그들의 먹잇감이 되었어도 말없이 떠나지는 않았다. 그들이 나를 짓밟고 무시해도 숨만 쉴 수 있다면 그렇게 참았다.

세월이 많이 흘렀다. 미운 오리는 어디로 갔는지 알 수 없다. 나도 증권회사에서 12년을 근무하고 대학교로 넘어왔다. 내가 회사를 떠나올 때 BS 가시와 까칠 막내는 이미 사라졌다. 그래서 내가 그들 중에 회사에서 가장 오래 버텼다. 어떻게든 살아남아야 목소리를 낼 수 있다. 지금까지 수많은 걸림돌을 디딤돌로 만들며 살아왔다. 그러나 정글에는 영원한 강자도 영원한 약자도 없는 것 같다. 강자는 약자가 만들어준 비겁한 이름이다. 강자는 약자가 만들어준 가면을 쓰고 강한 척할 뿐이다. 강자는 힘으로 정하는 것이 아니라 세월로 정하는 것이다. 세월을 이기고 살아남은 자가 강자가 되는 것이다. 요즘 나는 자꾸 새로움을 잊고 산다. 인제 와서 새로움을 어디에 사용할까 하는 회의감이 자꾸 나를 시들게 만든다. 모두 이기고 나면 내가 강자일 줄 알았는데 세월을 넘지는 못할 것 같다. 인생의 반환점을 돈 지금 어느 때보다도 강자로 살고 싶다. 죽는 그날까지 눈 똑바로 뜨고 세월을 이기며 살고 싶다. 미운 오리가 정글에서는 살아남지 못했지만, 세월은 이기며 살았기를 빌어본다. 미운 오리가 세상은 꼭 정글만 있는 것이 아니라고 증명했기를 바란다.

4. 외로움도 젊음의 특권이다

어쩔 수 없이 혼자의 시간을 보냈던 젊은 나를 위로해본다. 그때는 외로워서 괴로운 날들이었지만 지금 돌이켜보니 가장 행복했던 젊은 날들이었다고. 외로움은 젊음의 특권이었고 자유의 또 다른 말이라고. 이럴 줄 알았으면 세상을 좀 더 느긋하게 누릴 걸 그랬다. 지금 내 곁에는 그렇게 애타게 찾던 아내가 있다. 혼자였을 때는 봄바람에 흩어지는 벚꽃을 보며 혼자 보내는 젊음을 아쉬워했다. 그러나 지금은 아내가 있어도 젊음을 잡을 수는 없다. 그렇게 외로워 지질했던 총각 시절도 다시 찾아온 봄날에는 분홍빛의 그리운 날들이더라. 눈부실 만큼 찬란했던 젊은 날은 아니었지만, 세월은 젊었던 나를 아름다웠다고 말한다. 현재가 나의 가장 아름다운 날이라는 것을 세월 앞에 되짚어본다.

2001년 3월 11일 일요일. 오전에 도서관에 갔다가 오후 일찍 집으로 돌아왔다. 집에서 딱히 해야 할 일이 있었던 것은 아니다. 그냥 너무 화창한 봄날을 피하고 싶었다. 내가 하는 모든 일에 의미를 부여해줄 그런 사람을 만나고 싶다. 그런 사람이 화창한 봄날에 없으니 내가 할 수 있는 일은 봄날을 피하는 것밖에 없다.

2001년 3월 19일 월요일. 초라한 총각은 오늘도 집 근처 식당으로 향한다. 저녁 메뉴는 돈가스이다. 식당에 들어가 창가에 자리를 잡았다. 주변을 돌아보니 모두 연인들뿐이다. 돈가스를 먹고 싶어 들어왔지만, 이유 없이 내가 초라해진다. 여자 친구가 생기기 전까지는 돈가스 식당에 오지 말아야겠다.

2001년 4월 11일 수요일. 일주일에 2번이나 여자를 소개받았다. 그러나 설레는 기대는 시간이 지남에 따라 실망과 우울로 바뀌었다. 나의 인연은 여전히 흐린 안개 속에 싸여 있다. 우중충한 날씨는 벚꽃축제를 잠시 머뭇거리게 한다. 그러나 내일이면 다시 손에 손을 잡은 연인들이 YUD에 쏟아질 것이다. 언제 나도 그들 사이에서 벚꽃축제를 즐길 수 있을지.

2001년 4월 20일 금요일. 지난 일요일 CJ에 갔다 왔다. 대학교 친구 하나가 결혼했다. 아무 생각 없이 올라탄 버스에서 나는 그저 한 친구의 결혼식이라고 생각했었다. 그러나 그날 나는 기억 저편으로 사라진 친구들을 준비 없이 만났다. 이미 많은 친구가 결혼하였다. 항상 돌아오는 봄이지만 내가 보낸 봄은 친구들과 다른 일들로 채워진 것 같다. 나의 인생이 무의식 속에서 그들과 조금씩 다른 방향으로 움직이고 있다. 그들을 보니 나는 열심히 달렸지만, 제자리에 서 있는 것 같았다. 또 한 번의 눈부신 봄날은 그렇게 나를 위축시켰다. 시간은 조급하게 내 마음을 재촉한다.

2001년 5월 9일 수요일. 시간에 쫓겨 타인에게 쫓겨, 결국은 나를 위한 나 자신은 없고 오로지 다른 인생을 위한 내 존재만 있다. 과거에 내가 그렇게 고민하고 준비해온 결과가 오늘이다. 그런데 나는 또 내일을 준비한다는 핑계로 오늘을 다 써버렸다. 나의 진정한 오늘은 언제 올 것인가? 이렇게 내일만 준비하며 살다가 죽음을 맞이하는 건 아닌지 두렵다. 모든 것이 귀찮고 의욕이 없을 때 나의 삶에 의미를 부여해줄 그런 사람을 만나고 싶다. 군대 생활만 늘 같은 하루인 줄 알았는데 지금도 같은 하루이다.

2001년 5월 22일 화요일. 오랜만에 하늘을 뚫고 비가 내린다. 내 마음에도 단비를 내려줄 사람이 있었으면 좋겠다. 메말라 갈라진 내 마음이 촉촉한 단비로 젖었으면 좋겠다. 하늘만이 허락한 그 단비가 내게도 내렸으면 좋겠다. 내가 그녀의 작은 몸짓을 알아챌 수 있다면 이리 힘들진 않을 텐데. 그녀를 위해 우산 하나 더 챙겨 들고 무작정 거리로 나가고 싶다.

2001년 6월 18일 월요일. 창문을 두드리는 빗소리에 간간이 잠에서 깬다. 매우 낯설게 느껴지는 오랜만의 비다. 어릴 적 나는 느티나무 사이로 떨어지는 비를 보며 하늘의 기운과 대지의 흙냄새에 취하곤 했었다. 그러나 지금 나는 콘크리트에 눌려 숨도 쉬지 못하는 대지 위의 건물 안에 있다. 비가 대지를 두드려 풍기던 흙냄새가 그립다. 나는 GB역에서 YUD까지 흙 한 번 밟지 않고 다닌다. 어릴 적 상상하기 힘든 일들이 매일 내게 일어난다. 인간은 엄청난 면적을 콘크리트로 덮었다. 비를 머금을 대지가 점점 사라지고 있다. YUD 공원에 내린 비는 이내 하수구의 도랑을 타고 어디론가 사라진다. 나의 푸른 옛 추억도 하수구로 흘러가는 비처럼 어디론가 사라져간다. 그리운 흙냄새 만큼 나의 반려자도 멀어지는 것 같다. 주변 사람들은 다 똑같으니 대충 만나 결혼하라고 말한다. 그럴지도 모른다. 그러나 내 마음이 그것을 허락하지 않는다. 하루를 살아도 내 마음이 허락하는 사람과 함께 하고 싶다. 이것이 욕심이 아니었으면 좋겠다. 떨어지는 빗방울에 흙냄새가 실려오길 기대해본다.

2001년 6월 19일 화요일. 오늘도 여자분 앞에서 엉뚱한 이야기만 늘어놓다가 정작 할 말은 못 한 채 헤어졌다. 거절의 상처를 받을까 봐 제대로 속마음도 표현하지 못한 채 가슴앓이만 하였다. 새삼스러운 일은 아니다. 그녀의 마음속에 진실이 두려워 들여다보지도 못한 채 서성거리기만 하다 돌아온다. 그렇게 오늘도 바보같이 후회로 채웠다.

2001년 9월 6일 목요일. 나의 반쪽은 아직도 시간과 공간에서 나와 평행선을 달리는 것 같다. 평행선 어딘가에 그녀가 보일 것도 같은데 그녀는 좀처럼 눈에 띄지 않는다. 멀리 있어도 보이기만 하면 내 마음은 덜 불안할 텐데. 평행선만 달리는 그녀도 언젠가 시골 간이역에서라도 우연히 나와 마주치지 않을까?

2001년 10월 5일 금요일. 아름다운 가을날이 속절없이 시간 속에 사라져간다. 그녀와 나의 끝없는 평행선도 시간의 무게로 늘어져 어딘가에서 교차할 것 같은데 여전히 안개 속이다. '설마 그녀와 내가 이 짧은 생에서 평행선만 달리는 건 아니겠지!' 가을날은 혼자 보내기에는 너무 아름답다.

2002년 3월 26일 화요일. 예년보다 빨리 찾아온 봄에 꽃들이 만발하였다. 여전히 혼자 맞이하게 될 벚꽃축제가 두렵다. 대학교 때는 벚꽃축제가 항상 중간시험 기간과 겹쳐 불만이었다. 이제는 같이 갈 여자 친구가 없어서 불만이다. 젊은 하루가 바람에 흩날리는 벚꽃처럼 안타깝게 사라진다.

2002년 4월 1일 월요일. 날씨가 너무 좋아 하늘이 무심하게 느껴진다. 화창한 봄날 나를 방안에 가둬둘 것을 생각하니 두려움이 앞선다.

세월이 흘러 지금 내 곁에는 아내와 두 딸이 있고 나는 가장의 책임을 다하느라 외로울 틈이 없다. 인생은 우리에게 말해주지 않을 뿐 그때그때 새로운 감정을 전해준다. 외로움을 고통이라고 느꼈던 내 젊은 날들은 지나고 보니 젊었기에 새로움을 기다렸던 아름다운 날들이었다. 외로움은 고통이 아니라 아무 일도 일어나지 않는 편안하고 행복한 감정인지도 모르겠다.

5. 회사의 매각이 성장의 원동력

사회생활 2년도 채 되지 않아 우리 회사는 매각이 거론되었다. 그때는 회사의 매각이 먼 훗날 나를 성장시킬 원동력인 줄 미처 몰랐다. 그러나 내 인생에서 참 길고 괴로운 고통의 시작이었다. 나는 회사로부터 평가받는 내 인생을 보며 자유를 갈망하게 되었고 정체성을 고민하기 시작했다. 지나고 보니 시리고 아팠지만 내 인생이었기에 모든 날이 소중하다. 지금의 내 모습을 만들기 위해 의미 없던 날은 하루도 없었다. 치열하게 살아왔고 이제야 젊은 날의 몸부림이 행복이었다는 것을 깨닫는다. 세상은 내가 필요했고 그래서 나를 괴롭혔지만 그렇게 슬픈 일은 아니었다.

이제는 더 이상 세상이 나를 필요하지 않을 것 같아 외면을 걱정해야 할 나이가 되어간다.

2001년 5월 25일 금요일. 주주총회일이라 아침부터 회사가 분주하다. 회사의 신뢰도가 땅바닥에 떨어진 상태라 화가 난 주주들의 과격한 행동에 대비하는 모습이다. 요즘 나의 정체성에 대해 생각하는 날들이 많아지고 있다. 빠르게 변화하는 경제 환경에서 적응하지 못하면 금방이라도 사라질 것 같다. 회사는 자본잠식상태라서 외국계 보험회사에 팔아치울 생각이다. 정리해고가 TV 속 남의 얘기가 아님을 피부로 느낀다. 외환 위기를 겪은 어둠의 자식이 또 어둠 속을 걸어야 할 것 같다.

2001년 6월 1일 금요일. 나는 모든 노력이 미래를 위한 준비라고 위로하며 매일 새장에 갇혀 산다. 내 몸은 이미 조직 일부가 되었고, 나의 행동은 조직에 의해 움직이고 있다. 입사할 때부터 조직에 묶이지 않겠다고 버텨왔지만, 나의 색깔은 이미 조직에 묻혀 퇴색되었다. 그러나 오늘도 식지 않은 자유의 열망에 괴로워한다. 꿈은 포기하지 않으면 실현될 것이고, 열망은 꿈의 바위를 조금씩 현실로 옮길 것이다.

2001년 6월 3일 일요일. TV에서 GW랜드 카지노에 관한 방송을 보았다. GW랜드가 본래의 취지인 여가문화 시설과 다르게 도박판으로 전락한다는 내용이다. 도박은 처음에 친구, 부모, 형제 그리고 마지막으로 직장을 떠나게 한다. 누구나 적은 돈으로 많은 돈을 벌어 편안하게 살고 싶어 한다. 그러나 내 소견으로는 세상에 공짜가 없다. 집안 형편이 좋아 남들보다 좋은 환경을 누리고 더 많은 재산을 가진 사람들을 본다. 그러나 그들 뒤로 처음에는 누군가가 희생했을 것이다. 어쨌든 좋은 기반 위에서 출발하는 사람들이 부럽긴 하다. 과연 나는 돈을 위해 회사에 다니는 것인지, 하고 싶은 일을 위해 회사에 다니는 것인지 스스로 물어본다. 그러나 돈이든 일이든 회사에 묶여 있는 것은 마찬가지이다. 친구들은 내가 좋은 직장에 다닌다고 부러워한다. 정작 당사자인 나는 그 부러움이 신기루처럼 느껴진다. 오늘도 나는 또 다른 신기루를 향해 달리고 있다. 돈이든 일이든 마흔이 되면 내가 어떤 사람이라고 말할 수 있으면 좋겠다.

2001년 8월 4일 토요일. 얼마 전 연봉 재조정이 있었다. 나는 재무관리 부서의 업무 특성상 아침 일찍부터 저녁 늦게까지 일을 한다. 일을 잘하든 못하든 다른 부서 사람들보다 더 많은 시간을 회사에 할애하고 있다. 그러나 연봉책정 기준의 문제로 다른 부서의 사람들보다 낮은 등급을 받았다. 그날은 울적한 마음을 하소연할 곳 없어 답답했었다. 내가 낮은 등급이나 적은 연봉을 받아서 슬픈 것이 아니다. 내 인생이 다른 사람들의 손에 의해 좌지우지(左之右之)되는 것이 슬픈 것이다. 무더운 날씨에 냉가슴만 앓고 있다. 세상에 끌려다닐 내 인생을 생각하니 벌써 가슴이 막혀온다.

2001년 12월 27일 목요일. 10월부터 감기를 달고 산다. 옆 동료가 나도 나이를 먹고 있다고 말한다. 항상 제 자리에 있을 것 같던 기억들이 빛을 잃어가고 있다. 내가 지나갔던 자리와 내가 맺었던 인연을 이 세상 다할 때까지 다시는 재회할 수 없을 거라는 생각이 든다. 조물주는 나에게 생각보다 적은 시간을 준 것 같다. 풀숲을 지나가는 개미는 무슨 생각을 하며 살아갈까? 조물주도 나를 지나가는 개미로 보고 있지는 않을까? 내가 오늘을 보내며 한 일이 세상을 얼마나 움직였는지 모르겠다. 있지도 않은 인생의 의미를 찾느라 괜한 시간만 낭비하고 있는지도 모르겠다.

6. 세상에 길드는 망아지

한동안 남의 떡이 더 커 보여 이직을 고민한 적 있었다. 그러나 망아지처럼 날뛰며 이상을 갈구했던 내 마음은 서서히 현실에 길들어졌다. 머릿속은 어떻게 하면 이 현실에서 살아남을까 하는 고민만 가득했었다. 학창 시절에 품었던 이상은 현실에서 멀어진 지 오래였다. 지나고 보니 그 고민의 끝에 지금의 내가 서 있음을 느낀다. 이상은 현실에서 멀어진 것이 아니라 현실에서 다가가야 하는 목표이다. 다만 현실에서 이상을 향한 방향을 모를 뿐이다. 그러나 우리는 방향을 모른다고 제자리에 서 있기만 하면 이상은 정말로 현실에서 멀어질 것이다.

2002년 1월 7일 월요일. 새로운 희망의 설렘보다 또 한해를 어떻게 헤쳐 나갈지의 두려움이 앞선다. 2000년 겨울, 나는 다행히 취업의 노아 방주에 올라탔다. 그러나 노아 방주는 예전만큼 안정적이고 튼튼하지 못했다. 노아 방주에 올라탄 사람들은 밀려나지 않으려고 처절한 몸부림을 쳤다. 일부는 방주에서 밀려나 작은 배에 몸을 실었다. 그들은 작은 배가 어디로 흘러가는지도 모른 채 일단 허겁지겁 몸을 맡겼다. 오늘도 나는 노아 방주에서 밀려나지 않으려고 무언가를 해야 한다는 압박감에 시달린다.

2002년 1월 16일 수요일. 오늘도 어김없이 어음과 당좌수표를 들고 YUD의 WR은행에 갔다. 최근 WR은행은 PH은행과 합병하여 분위기가 어수선하다. 합병과정에 지친 은행 여직원은 나에게 넋두리를 풀어놓는다. 내 머리도 제대로 깎지 못하는 주제에 나는 창구에 앉아 그녀의 이야기를 들어주었다. 얘기인즉슨 요즘 할 일이 너무 없어서 잘릴까 봐 두렵다는 것이다. 나는 그녀에게 겉으로 대범한 척하며 열심히 일하라고 했지만, 내심 그녀가 미래의 내 모습일 것 같아 걱정되었다. 그녀는 상업고등학교를 졸업하고 줄곧 은행에서만 일했다. 그녀는 나보다 나이가 훨씬 많으니 거의 20년은 일한 것 같다. 나는 지금 어디로 가고 있는 것일까? 젊음은 답도 없는 질문을 나에게 계속 퍼붓는다.

2002년 1월 22일 화요일. 며칠 전 한 방송에서 화재로 반신불수(半身不遂)가 되신 분이 힘든 사람들을 위해 여생(餘生)을 바치는 모습을 보았다. 그의 얼굴은 화재로 녹아내렸고 손과 발은 사라져버렸다. 사람들은 그에게 다시 얼굴을 만들어주었고, 없어진 손과 발을 만들어주었다. 그러나 그의 얼굴은 화상을 입기 전과 전혀 다른 얼굴이 되었다. 사람들은 흉측하게 변해버린 그를 멀리하기 시작했다. 그러나 그는 아름다운 세상을 바라볼 수 있는 눈과 참다운 말을 할 수 있는 입 그리고 세상의 바른 소리를 들을 수 있는 귀가 있어서 행복하다고 했다. 그는 세상의 짐이 되기보다 자신의 존재 이유를 찾기로 마음먹었다. 돈 만지는 회사에 있으니 돈이 행복의 근원이라고 착각하게 된다. 행복은 과연 무엇일까? 창 너머 세상이 너무 시끄럽다. 잠시 시간의 힘을 빌려 머물다 가는 인생에서 나는 왜 이리 많은 생각을 짊어지고 사는 걸까?

2002년 3월 6일 수요일. 회사 사정이 어려워지고 있다. 높은 급여를 받으며 즐겁게 살 줄 알았던 증권회사 생활이 신기루처럼 느껴진다. 길지 않은 사회생활에서 내가 얻은 것은 남들보다 뛰어나야 살아남을 수 있다는 치열한 경쟁의식뿐. 시골 촌놈에게 적응하기 힘든 낯선 감정이다. 기업의 구조조정, 조기퇴직 그리고 원치 않는 인사이동 등 수많은 소용돌이가 나의 삶을 흔들고 있다. 그러나 결과에 대한 두려움으로 시간을 죽이는 것은 인생을 두고 가장 후회할 일이다. 무엇이든 잡히는 대로 해보자.

준비 없이 뛰어든 세상에서 나는 한동안 젊다는 이유로 주인행세를 하려고 했다. 우리는 우리 자신이 소중하다는 핑계로 자신을 과대평가하고 자신을 이해하지 못하는 세상을 원망한다. 사실 세상이 우리를 이해하는 것이 아니라 우리가 세상을 이해시켜야 한다. 나의 모난 자존심은 세상 풍파에 휩쓸려 쪼이고 깎이면서 제자리를 찾아갔다. 우리의 꿈은 저 멀리 새로운 세상에 있지 않다. 우리의 꿈은 우리가 세상을 이해시킬 때 이루어진다는 것을 잊지 말자.

7. 서른하나의 봄날

벚꽃이 아름다운 이유는 화려한 만큼 머물지 못해서겠지. 벚꽃이 찬란한 이유는 화창한 봄날에 피어서겠지. 벚꽃이 슬픈 이유는 벚꽃도 봄날도 순간이라 그러겠지. 그러나 우리는 또 그 찬란한 벚꽃과 화창한 봄날을 기억하며 세월을 살아간다. 그래서 우리 인생은 늘 찬란하지도 늘 화창하지도 않지만, 언젠가 다시 찾아올 찬란하고 화창한 그 날을 위해 살아갈 수 있다. 이제야 서른하나의 봄날을 돌아본다.

2002년 2월 22일 금요일. 나는 지금 박기영의 〈마지막 사랑〉을 듣고 있다. 사랑이라는 단어가 너무 흔해 빠진 요즘 나만은 비에 씻긴 하늘처럼 깊고 푸른 사랑을 하고 싶다. 세월이 그녀의 아름다움을 가져가도 변함없이 사랑하겠다는 작은 바람을 빗속에 띄워본다. 언제쯤 누가 나의 마지막 사랑이 될까? 세상에서 또 다른 나를 찾는다는 것은 하늘과 바다가 맞닿기만큼 어려워 보인다. 그러나 마지막 사랑의 희망을 안고 다시 떠오를 태양을 보낸다. 비에 젖고 햇볕에 굳어버린 내 마음 한쪽에는 여전히 익숙해지지 않는 사랑의 설렘이 봄날을 기다린다.

2002년 2월 25일 월요일. 어디서 내 전화번호를 알았는지 결혼 정보회사로부터 전화가 온다. 서두르지 않으면 큰일 난다며 빨리 회원 가입하라고 독촉한다. 어느 순간부터 나는 인연이 이어지지 않으면 별 볼 일 없는 나의 외모, 집안 배경 그리고 학력 때문이라고 변명만 늘어놓는다. 세상의 냉정한 현실 앞에서 나를 합리화시킬 변명거리만 찾고 있다. 어제는 한 대학생이 외모에 비관하여 목숨을 끊었다는 뉴스를 접하였다. 그는 잘살고 있는데 세상이 그에게 냉정한 잣대를 들이대어 그를 죽음으로 내몬 것이다. 외모는 취업과 결혼 더 나아가 인간관계에서 중요한 것이 사실이다. 미(美)를 선호할 수밖에 없는 것이 동물의 당연한 본능일 것이다. 인간은 판단할 수 있는 이성을 가졌다지만 결국 동물임이 드러난다. 외모만으로도 손쉽게 다른 사람의 호감을 얻어낼 수 있는 사람들이 부럽다. 그래서 가끔 미(美)의 상류층에 속하지 못한 나 자신이 싫어지기도 한다. 그러나 외모도 세월과 함께 사라지고 나면 내면만 남는다. 젊음은 특권이지만 영원하지는 않다. 다가오는 봄날에 세상이 좀 더 개성에 관대해졌으면 좋겠다.

2002년 2월 27일 수요일. 세상은 점점 더 부익부(富益富) 빈익빈(貧益貧)으로 치닫고 있다. 앞으로는 상류층과 하류층의 두 계급만 있을 것 같다. 나는 어디에 속하게 될지 궁금하다. 노력하지 않는 자가 상류층에 속하려면 나머지 사람들을 타락시켜야 한다. 그러나 종류만 다를 뿐 노력하지 않는 자는 세상에 없다. 그래서 상류층에 속하려면 정말 큰 노력을 하거나 아니면 노력하는 자의 인생을 기만하여 그들이 가진 것을 빼앗는 수밖에 없다. 나는 전자를 택하고 싶다. 어차피 사라질 인생을 누가 알아주는 것도 아니지만 그냥 그렇게 살고 싶다. 삭막해지는 삶 속에서도 내가 만든 기준을 지키며 살고 싶다.

오늘도 흐드러지게 핀 벚꽃이 금방이라도 질까 봐 걱정되어 나는 계속 동네를 맴돈다. 그렇게라도 하면 아쉬운 봄날이 조금 더 내 곁에 머물 것만 같았다. 나는 고민과 걱정으로 보냈던 그 많은 봄날을 이렇게 아쉬워하면서도 그때는 애써 붙잡으려 하지 않았다. 사라질 봄날보다 해결될 고민과 걱정에 들떠 오히려 시간을 재촉했던 것 같다. 나이가 드니 동산에 핀 울긋불긋한 꽃들이 지나간 세월을 서글프게 만든다. 항상 피었던 꽃들이지만 세월이 지난 후에야 내 눈에 아름답게 들어온다. 내년에도 꽃들이 다시 필 거라지만 이제는 그 꽃들이 당연한 권리로 느껴지지 않는다. 우리는 지금이 행복하다고 아무리 외치며 시간을 잡으려 해도 어쩔 수 없이 보내야 한다. 나는 서른하나의 봄날을 그렇게밖에 보내지 못했냐며 나를 책망하지만, 다시 그때로 돌아가도 같은 순간이었을 것이다. 인생은 연습이 없는 소풍 같은 봄날이다. 우리는 세월이 흘러야 현재를 깨닫는다고 말하지만, 사실은 세월이 흐르면 과거를 다른 눈으로 해석해버린다. 우리는 최선을 다했던 과거의 모습을 미래의 눈으로 욕심부리며 또 다른 모습의 과거였기를 아쉬워한다. 그리고 그것을 후회라고 부른다. 그래서 아무리 노력을 해도 어느 하루 아쉽지 않은 날이 없고 어느 하루 소중하지 않은 날이 없다. 인생은 그냥 후회도 없고 회한도 없는 세월의 선물인 것 같다.

8. 세월이 알려준 지혜

젊음이 있어도 아쉽고 늙음이 있으면 더 아쉬운 것이 시간이다. 흘러가는 시간을 애써 모른 척하며 살고 싶지만 흥얼거리는 노랫말은 시간이 흐르고 있다고 알려준다. 세웠다가 다시 허무는 계획 속에서 나는 무엇을 그렇게 찾아 헤맸는지 젊은 나에게 물어본다. 시간을 보내야 돈을 얻을 수 있었고, 돈을 얻으면 시간이 느리게 갈 줄 알았다. 돈을 앞서간 사람들을 부러워했고, 사람들을 앞지르면 행복에 먼저 닿을 줄 알았다. 행복을 위해 시간을 계획대로 보내야 했고, 계획대로 시간을 보내면 세월을 이길 줄 알았다. 이제 와 보니 그 시간은 생각할 겨를조차 없었던 순간이었다. 시간 앞에 머뭇거리며 생각하는 것보다 시간을 얼른 무언가를 위해 사용해버리는 것이 나을지도 모른다. 시간은 애초부터 계획으로 붙잡을 수 있는 놈이 아니다. 그런데도 나는 시간의 계획 속에 나를 붙잡아 넣고 나 자신을 괴롭혔다. 시간은 과거, 현재 그리고 미래가 구분되지 않는 하나의 흐름이다. 계획표에 시간을 묶어두고 나를 구분해버리면 계획대로 되지 않은 나를 후회라는 이름으로 남길 것이다. 젊은 날에는 시간을 무언가로 채우려는 조급한 아쉬움으로 보냈지만, 지금은 시간을 즐기려는 다행스러운 감사함으로 보내고 있다. 이것이 아마 세월이 나에게 알려준 시간을 대하는 지혜인 것 같다.

2002년 9월 7일 토요일. 김광석의 노래가 낡은 전축에서 흘러나와 방 공기를 가른다. 대학 시절에 듣던 그의 노래는 내 젊은 날의 낭만이었다. 이제 이 세상 사람이 아닌 그의 노래가 나를 슬프게 한다. 다시 오지 못할 풋풋한 날들이 다시 오지 못할 그와 함께 시간 속의 화석이 되어 희미해지고 있다. 그의 노래만이 희미해지는 기억을 힘겹게 붙잡고 있다.

2002년 9월 13일 금요일. 나만의 인생이라던 젊은 패기는 어느새 사라지고 내 인생은 언제부턴가 세상에 휩쓸리고 있다. 춤추는 주가에 곤두박질치는 영업실적은 떨쳐버릴 수 없는 고용불안이 되고, 수시로 공지되는 인사발령은 내 영혼을 마구 흔든다.

2002년 9월 20일 금요일. 붉게 물든 나뭇잎이 시간의 퇴색을 알리고 있다. 언제부턴가 내 마음은 채우고 싶은 욕심과 부모님의 감사함 사이에서 갈등하고 있다. 내 욕심이 하나하나 채워질 때마다 부모님과 함께할 시공간(時空間)은 줄어든다. 시간은 점점 가는데 멈추어버린 내 모습에 작은 방안이 한숨으로 가득하다.

2002년 9월 28일 토요일. 나는 시간을 재촉해야 얻을 수 있는 돈에 구속되어 시간을 죽이고 있다. 그러나 어쩔 수 없이 오늘도 아까운 시간을 돈을 얻는 데 사용하고 있다.

2002년 10월 26일 토요일. 올해 초에 걸어놓은 달력이 2월에 멈춰 서있다. 올해의 많은 계획과 다짐들이 2월부터 무너졌나 보다. 달력의 얼굴을 10월로 고쳐놓는다. 몸뚱어리 하나로 감당하기 벅찬 많은 계획은 한숨과 함께 후회로 쌓인다.

2002년 10월 29일 화요일. 며칠 후 고향 친구가 결혼한다. 엊그제도 또 다른 고향 친구가 결혼하였다. 청첩장이 날아들 때마다 가슴이 철렁 내려앉는다. 나만 멈춰 서 있다는 죄책감에 시달린다.

2002년 11월 8일 금요일. 매서운 칼바람이 증권타운 건물 사이를 빠르게 지나간다. 겨울의 길목에서 찬바람에 옷깃을 세운다. 초겨울의 바람은 건물의 유리창에 부딪히며 울부짖는다. 김광석의 〈서른 즈음에〉가 귓가를 맴돈다. 사랑하는 이에게 다가서지 못하고 매일 이별하는 내 마음이 겨울바람에 얼어붙는다. 대선을 앞두고 YUD 국회의사당 앞은 변화에 대한 기대와 우려에 대한 목소리로 가득하다. 변화의 바람이 세상을 잠재우면 다시 또 포근한 첫눈을 맞이할 것이다.

2002년 11월 9일 토요일. 나는 시간이 지날수록 나만의 색깔을 잃어가며 회사의 일개 부품으로 전락하고 있다. 부품은 항상 깨끗하고 윤택하게 유지되어야 한다. 그렇지 않으면 그 부품은 언제든지 교체된다. 알면서도 나는 그 쳇바퀴를 벗어나지 못하고 있다. TV에서 80대 노교수가 새벽까지 공부하는 모습을 보았다. 아직 나에겐 많은 시간과 기회가 있다고 위로하고 싶다.

2002년 11월 20일 수요일. 정권교체기의 어수선한 분위기는 가랑비에 옷 젖듯이 나에게 스트레스로 다가온다. 길 잃은 철새처럼 나는 갈 곳을 몰라 우왕좌왕하고 있다. 어제 회사 동기들을 만났다. 입사 후, 3년이 지난 지금 150명의 동기 중 30명 정도만이 남았다. 작년에 주가는 미국의 911테러로 폭락하였고, 동기들은 화가 난 고객들의 성화를 이기지 못하고 회사를 떠났다. 남겨진 자도 떠난 자도 모두 불안한 젊은 인생이다. 그래서 인생은 확률도 없는 게임에 승부를 거는 무모한 도전 같다. 그래도 초라한 월급이 나를 다시 일으켜 세운다.

2002년 12월 6일 금요일. 지하철에서 한 언어장애인 부부를 보았다. 대화하는 그들의 모습은 나에게 신선하고 아름답게 다가왔다. 그들의 대화는 시끄럽고 혼란스러운 세상으로부터 전혀 방해받지 않고 있었다. 소리 없이 마음으로 다가가는 그들의 대화는 누군가를 더 그립게 한다. 시끄러운 세상에서 아름다운 대화를 나눌 사람이 내게도 있었으면 좋겠다.

2002년 12월 11일 수요일. 누군가에 대한 그리움이 차갑게 가슴에 달라붙는다. 무미건조하고 메마른 하루 속에서 사랑에 대한 감정은 사치스러운 액세서리처럼 느껴진다. 누군가가 메마른 나의 하루를 비집고 들어와 온기로 다시 나를 일으켜 세워줬으면 좋겠다. 매서운 겨울바람이 외로운 눈가에 눈물을 적신다.

2002년 12월 25일 수요일. 화이트 크리스마스다. 누군가가 "왜 결혼을 안 합니까?"라고 물으면 정말 할 말이 없다. 어제는 괴로워 집에서 혼자 술을 마셨다. 좋아하지도 않는 술을 마셨다. 오늘도 그저 똑같은 하루라고 나를 몰아세운다.

9. 원치 않던 인사이동

나는 쓰러져가는 회사와 사라지는 나의 존재감에 힘겨워하고 있었다. 회사의 매각과 원치 않는 인사이동은 내 존재감을 한 번 더 뭉개버렸다. 세상은 나에게 의사도 묻지 않고 나를 함부로 대했다. 내가 나를 너무 과대평가하며 살았다는 자괴감에 빠져들 때 나는 이미 인생의 거친 풍랑 앞에 서 있었다. 빠져나올 수 없는 인생의 풍랑이 시작되었고 그 풍랑 속에서 오히려 나는 내 정체성을 발견할 기회를 얻었다. 회사의 부품이 되기 싫다던 피맺힌 나의 절규가 조금씩 나를 새로운 길로 인도하였다. 위기가 기회가 되려면 위기를 두려워하지 말아야 한다. 나를 굴복시키려는 그 어떤 위기도 나에게 열린 모든 기회를 막을 수는 없다.

2003년 3월 12일 수요일. 대외적으로 미국의 이라크전쟁과 북핵 문제가 내부적으로 북한 송금 문제와 SK 글로벌 분식회계가 경제를 짓누른다. 내가 결혼할 때 쓰려고 투자했던 주식형 펀드는 피멍이 들었고, 채권형 펀드는 SK 글로벌 채권 때문에 환매가 중지되었다. 고객들이 SK 분식회계에 따른 불안감으로 돈을 찾아가기 시작했다. 나는 회사의 운영자금을 마련하느라 새벽에 퇴근하였다. 바람 잘 날 없는 인생은 젊은 패기를 낡고 닳아 없어지게 하였다. 누구도 알려주지 않는 인생의 방향에 나는 불안한 마음을 가눌 길 없다.

2003년 3월 23일 일요일. 회사가 점점 더 어려워지면서 승진의 기회도 사라지고 있다. 지금은 내가 생각했던 길에서 너무 멀리 벗어나 있다. 해결하지 못한 과제들 앞에서 생각보다 빨리 세상의 막장에서나 느낄 고통을 마주하고 있다. 부서에서 나의 입지는 점점 좁아지고 있다. 나의 존재감이 가벼워질수록 하루는 길어지고 머릿속은 퇴근으로만 가득하다. 이 상황을 벗어날 뾰족한 대안을 찾지 못해 봄날의 따스함이 답답하게 느껴진다.

2003년 3월 28일 금요일. 나라 안팎은 여전히 회색빛만 감도는 불안한 상황이다. 회사 내부는 정체성을 잃은 부서들과 갈 곳 모를 직원들로 어수선하다. 어제 회사는 매각을 위해 외국계 보험회사 A○○와 MOU(양해각서)를 체결하였다. MOU 체결은 매각에 대한 구속력이 없어서 아직 회사의 운명은 안개 속에 있다. 회사는 자본잠식이 심해져 살아남으려는 노력보다 사라지려는 매각을 선택한 것이다. 회사가 쓰러지기 전에 결혼해야 한다. 직장도 없는 나를 거들떠볼 여자는 세상 어디에도 없을 것이다. 갈 길은 멀고 마음은 조급한데 뜻대로 되는 일이 없어 잠을 이룰 수 없다. 나는 작은 풍랑에도 쉽게 흔들리는 조각배에 올라탄 것 같다. 외환 위기에서 어렵게 올라탄 배가 이제 서서히 가라앉고 있다. 나의 인생이 어디로 흐를지는 그저 시간만이 알 것이다.

2003년 5월 15일 목요일. CJ지점으로 인사이동이 된 지 며칠이 지났다. 내가 대리로 승진하면 SU의 다른 부서에서 근무할 줄 알았다. 그러나 나는 어떠한 언질(言質)도 없이 CJ지점으로 인사이동이 되었다. 승진하자마자 금세 지방의 영업점으로 쫓겨난 느낌이다. 인사팀은 나를 쫓아 보낼 때 승진이라도 시켜 보내야 살아남을 거로 생각했던 것 같다. 인생이 내 마음대로 되지 않는다는 것을 알지만 세상 모두에게 너무 서운하다. 늘 알고 지냈던 인사팀 부장은 나를 지방으로 보내놓고 자기는 아무 말 없이 다른 부서로 옮겨갔다. 늘 알고 지냈던 인사팀 직원들은 아무 이유 없이 내 눈빛을 피했다. 내 인생은 언제부턴가 다른 사람에 의해 결정되고 움직여졌다. 올해 CJ지점에 직원 1명이 그만두었는데 회사가 안 좋게 보던 사람이었다. 인사팀은 그 빈자리에 누구를 보낼지 고민하다가 나를 선택한 것 같다. 다른 지점은 CJ지점에 직원을 빼앗기지 않으려고 무던히도 노력했다. 나는 내가 CJ에 연고가 있어서 오게 된 것이라고 억지로 위로하였다. 그러나 나의 존재감이 사라지는 것 같아 마음이 서글프다. SU에 올라가면 SU 사람이 될 줄 알았는데 나는 다시 시골 촌놈이 되었다. 내 인생은 결국 제자리인가!

세상은 나를 아무것도 아니라고 생각해서 함부로 대했고 정말로 내가 할 수 있는 일은 아무것도 없었다. 아름다운 모습 뒤로 숨겨진 세상의 냉정함은 나의 자존심이 별 볼 일 없다고 말했다. 나는 세상이 나에게 무엇을 해줄 수 있는지만 궁금해했지 내가 세상을 위해 무엇을 할 수 있는지는 고민하지 않았다. 세상은 내 존재에 대해 치열한 고민을 하게 만들었고 나는 그 고민의 끝에 지금의 나를 만들었다.

Part 2

세상에 길들여지기 싫어서
꿈을 꾼다

10. 영업직원으로 다시 태어난다

나는 원치 않던 인사이동에 발가벗겨진 채로 집 밖에 내팽개쳐진 느낌이었다. 세상은 아무런 예고도 없이 나를 정글에 던져버렸고 나는 어떻게 해서든 그 정글에서 살아남아야 했다. 정글에는 싸늘한 시선의 관망자(觀望者)와 굶주린 포식자(捕食者)만 존재하였다. 정글은 나같이 힘없는 사람을 배려하고 이해하는 따뜻한 사람들이 살 수 있는 곳이 아니다. 포식자가 될 수 없다면 포식자에게 아부하면서 포식자가 먹다 남긴 음식으로 목숨을 유지하는 관망자가 될 뿐이다. 나는 포식자가 될 만큼 힘이 센 것도 아니고 그렇다고 관망자가 될 만큼 얍삽한 것도 아니다. 그래서 나는 정글에서 살아남기 위한 나만의 전략이 필요했었다. 나는 냉정한 현실 앞에 오만한 자신감의 기름기를 철저히 빼야 했다. 착각으로 부풀려진 나의 가치는 차가운 세상 앞에 머리를 조아리고 겸손하게 재평가를 받아야 했다. 세월이 지나도 나는 여전히 세상 앞에 흔들리고 있지만 무른 나를 좀 더 단단하게 단련시켜준 그때가 있어서 다행이다.

2003년 9월 1일 월요일. 영업점의 첫날에는 그야말로 찬바람이 불었다. U지점장은 영업을 잘하는 직원이 오기를 바랐다. 나는 회의 시에 꿔다 놓은 보릿자루였다. 직원 중 누구도 나에게 말을 걸어오지 않았다. 특히 승진에서 빠진 모교 후배는 나를 제일 싫어하였다. 그 후배는 자기를 승진시켜달라고 회사에 요구했는데 본사는 영업해본 적 없는 초짜 대리를 그의 위로 보낸 것이다. 이래저래 나는 CJ지점의 미운 오리 새끼이다. 얼마 후, 모교 후배는 화가 났는지 스스로 자청하여 DJ지점으로 가버렸다. 나를 더 힘들게 한 사람은 본부장을 모시는 나와 나이가 같은 대리였다. 직급은 대리지만 본부장의 비서 역할을 하고 있었다. 지점장을 포함하여 본부직원들은 그를 대하는 것을 몹시 부담스러워했다. 나 역시 영업점 생활에 적응되었는지 그 친구가 몹시 부담스럽다. 자기가 뭐라고 가끔 직원들에게 상품에 관해 물어보기도 하고 영업실적에 관해 물어보기도 한다. 그때마다 대답을 제대로 하지 못하면 괜히 본부장에게 혼나는 느낌이었다. 본부장이 그에게 그렇게 하라고 시킨 것인지 아니면 그의 충성심에서 나온 자발적 행동인지는 모르겠다. 그러나 시킨 놈이나 행한 놈이나 내 눈에는 다 똑같은 놈이다. 조직의 속성상 어쩔 수 없는 일이라고 하지만 날이 갈수록 거만해지는 본부 대리의 행동에 나는 굴욕감을 느꼈다. 본부 대리는 강자에게 아부하고 약자에게 군림하는 전형적인 위선자(僞善者)였다. 나중에 그가 영업점으로 발령 나면 직원들은 그를 싫어할 텐데 무지한 것인지 무시하는 것인지 그는 아랑곳하지 않는다. 이 바닥은 그야말로 위선자만 살아남을 수 있는 믿을 수 없는 곳이다. 이래저래 마음고생으로 살이 5kg이나 빠졌다.

2003년 9월 2일 화요일. 아침에 오자마자 미국 증시를 확인한다. 오전 9시부터 오후 3시까지는 한국 주식시장을 뚫어지게 본다. 오후만 되면 눈은 뻘겋게 충혈되고 정신은 혼미하다. 어느새 나는 세상을 빨간색과 파란색으로만 구분하여 규정짓고 있다. 내 눈에는 중간의 색이 없다. 저녁에 지친 몸을 이부자리에 누이면 꿈속에서도 빨간색과 파란색의 세상만 교차한다. 빨간 세상으로부터 도망치면 파란 세상이 나오고 파란 세상으로부터 도망치면 빨간 세상이 나온다. 깊은 수렁에서 헤어 나올 줄 모르는 증권맨의 비애이다. 내 인생이 빨갛고 파란 쳇바퀴에서 벗어나지 못할까 봐 두렵다.

2003년 10월 23일 목요일. 드디어 진상 고객을 만났다. 얼마 전 그 고객은 내게 회사의 판촉물 중 보온병이 있냐고 물어보았다. 당연히 없었다. 고객은 자기 아들이 고3 수험생인데 보온병이 필요하다고 했다. 그러고는 자꾸 펀드 수익률이 낮다며 불만을 표시하였다. 뒤에서 지켜보던 지점장은 내게 신용카드를 주면서 사모님에게 보온병을 사드리라고 했다. 우리 엄마하고도 가지 않는 시장에서 나는 고객의 아들을 위해 몇 시간 동안 보온병을 찾아 헤맸다. 고객이 돈을 찾아갈까 봐 걱정하는 지점장과 이렇게 해서라도 먹고 살아야 하는 나에게 자존심은 그야말로 거추장스러운 쓸데없는 감정이다. 또 얼마 전에는 나이 든 고객이 대낮부터 술을 마시고 찾아와 수익률이 낮다고 행패를 부렸다. 지점장은 다른 고객에게 피해가 갈까 봐 걱정하였다. 이번에도 지점장은 나에게 신용카드를 주면서 그분을 데리고 나가서 밥을 사드리라고 했다. 고객은 영업점 밖으로 나오자마자 나에게 날아 차기를 시도하였다. 세상에 불만이 많은 사람 같았다. 자기는 근처 가구점 사장이고 젊었을 때는 조직폭력배였다고 자랑을 한다. 나는 몇 시간 동안 그 고객을 달래느라 진땀을 뺐다. 나에겐 간도 쓸개도 없다는 생각에 서글픈 마음을 주체할 수 없었다. 냉혹한 현실 앞에 나는 가진 것이 아무것도 없는 나를 발견한다. 무조건 이 정글에서 살아남아 당당히 두 발로 걸어 나가리라.

내 인생은 언제 포식자에게 잡아먹힐지 모를 이름 없는 먹잇감이었다. 아무리 인생이 억울하고 부당하다고 말해도 약육강식이 지배하는 정글에서는 그저 서글픈 약자의 변명일 뿐이다. 세상을 아름답게 보려면 비록 몸집은 작아도 강인한 야수의 심장을 지녀야 하고 비록 시력은 나빠도 영민한 지혜의 눈을 가져야 한다. 세월이 흐른 후에야 나는 야수의 심장과 영민한 지혜의 눈도 노력으로 만들어질 수 있다는 것을 깨달았다.

11. 기억하고 싶지 않은 기억들

내 인생에서 2004년은 가장 지워버리고 싶은 힘든 한해였다. 자본잠식상태인 우리 회사는 HD그룹에 속해 있었다. 2000년 초부터 HD그룹은 우리 회사를 매각하려고 무던히 노력했었다. 나는 그것도 모르고 취직되었다고 좋아했었다. 100대 1의 경쟁률을 뚫었다는 인사팀 직원의 말에 우쭐하기도 했었다. 2003년 초 우리 회사는 A○○와 MOU를 맺었지만, 매각은 실패로 돌아갔다. 그 이후, 다시 찾은 매각상대자는 미국의 P그룹이었다. 많은 시련 끝에 2004년 2월 우리 회사는 P그룹에 매각되었다. 안타깝게도 매각 과정에서 구조조정의 아픔이 있었고 많은 직원이 회사를 떠났다. 아직도 그녀의 울음소리가 귓전을 때린다. 회사에는 인사팀이 구조조정 대상자에게 전화했다는 소문이 돌았다. 며칠 후 직원들은 누가 인사팀으로부터 전화를 받았는지 정보를 공유하기 시작했다. 그러나 우리 지점은 너무 조용하여 인사팀으로부터 전화를 받은 직원이 없는 줄 알았다. 얼마 후 우리 지점은 갑자기 회식을 했다. 나는 회식의 이유도 모른 채 그저 저녁 한 끼가 해결되었다며 좋아했었다. 그날 내 옆자리에 앉아 있던 그녀는 세상에서 가장 슬픈 목소리로 흐느껴 울었다. 우리 지점에서 그녀가 인사팀으로부터 전화를 받은 것이다. 고객을 앞에 두고 무심코 해고 전화를 받았을 그녀를 생각하니 마음이 너무 아팠다. 몸도 마음도 얼어버렸을 그녀는 회식하는 전날까지 울음을 참은 것이다. 그녀는 나보다 두 살이 더 많았고 상업고등학교를 졸업하여 줄곧 증권회사에서만 근무하였다. 아무도 구조조정 대상자의 선정 기준을 알지 못했다. 그녀는 인사팀의 해고 제안을 거부하고 계속 회사에 다닐 수도 있었다. 그러나 해고 제안을 무시하기에는 그녀의 마음이 너무 여렸다. 그때 나는 30대 중반이었지만 그녀의 모습이 나의 미래 모습일 거로 생각했었다. 그때부터 나는 회사를 벗어날 궁리를 했다. 일단 나는 구조조정에서 살아남기 위해 아버지에게 돈을 입금해달라고 부탁하였다. 조금이라도 영업실적을 올리고 싶었다. 물론 우리 아버지는 나의 영업실적에 변화를 줄 만큼 많은 돈을 갖고 있지 않았다. 직원들은 회사가 몰아붙이는 혹독한 영업 정책에 쓰러졌고 나도 작고 나약한 소심한 바보로 변해갔다. 어떻게 하면 이 바닥에서 살아남을 수 있을지 어느 때보다도 절실히 고민했었다. 본사에서 재무 업무만 하다가 영업점으로 오니 영업을 잘 몰라 늘 무시만 당하였다. 한동안 지점장은 나에게 아무런 질문과 관심도 던지지 않았다. 나는 철저히 영업직원으로 거듭나기 위해 묵혔던 오만함의 군살을 모두 빼려고 노력했었다. 그러나 그때로 다시 돌아갈 수 있다면 처절했던 나에게 걱정하지 말라며 따뜻하게 안아주고 싶다. 기억을 더듬어 2004년에 한 일을 몇 가지 적어본다.

2004년 9월 4일 토요일. 내가 왜 그런 무모한 짓을 했을까? 제8회 BD가요제 예심에 참가하기 위해 JC로 갔다. 본사 관리직에서 영업직으로 전환되면서 나의 모든 생각과 행동을 머리부터 발끝까지 개조해야 한다고 생각했다. 그래서 생각해낸 것이 가요제 참가이다. 내가 밤늦게 영업점에 남아 혼자 노래를 부른 이유는 오직 나밖에 알 수 없다. 남들이 미친놈이라고 할까 봐 오직 나만 알기로 했다. JC의 어느 야외음악당이다. 나는 가수가 되려는 것이 아니다. 영업직원으로 거듭나기 위해 많은 사람 앞에 나 자신을 내려놓고 싶은 것이다. 예심 장소에는 깜짝 놀랄 만큼 많은 사람이 가수가 되겠다고 몰려와 있었다. SU에서 온 한 친구는 가수가 되기 위해 전국의 모든 가요제를 쫓아다닌다고 했다. 사람들은 예선인데도 불구하고 미용실에 들러 머리를 손질하였고 반짝이 옷을 입고 왔다. 너무도 대책 없고 무성의한 나의 준비에 나 자신이 창피하였다. 나의 참가곡은 박상철의 〈자옥아〉였고 대부분 참가자도 〈자옥아〉였다. 나의 노래가 다른 참가자의 노래와 차별화될 수 있을지 의문이었다. 거의 점심때가 돼서야 내 차례가 왔다.

내 앞으로 무수히 많은 사람이 박상철의 '자옥아'를 불렀고 나 역시 그 노래를 불렀다. 무대에 오르자 예심에 통과하고 싶은 생각보다 이 황당한 상황을 빨리 끝내고 싶었다. 나는 잘했든 못했든 노래가 끝나자마자 황급히 무대를 내려왔다. 나는 내 뒤의 참가자들이 노래를 잘하는지 지켜보기로 했다. 시간이 흐르자 더 황당한 상황이 벌어졌다. 내 뒤로 2명의 참가자가 노래를 부른 후 초대 가수가 왔다. 그는 다름 아닌 박상철이었다. 그는 역시나 〈자옥아〉를 불렀고 〈무조건〉이라는 신곡도 불렀다. 창피한 마음에 결과도 보지 않고 집으로 돌아왔다. 그래도 나 자신의 한계를 깨기 위한 좋은 경험이었다. 세상이 나를 바라보는 눈높이에 내가 세상을 바라보는 눈높이를 맞추는 기회가 되었다.

2004년 10월 10일 일요일. 나는 또다시 무모한 도전을 하였다. SN산 DP 가요제에 참가하였다. 나의 영업력 증대를 위해 뻔뻔함을 키워야 했다. 나의 참가곡은 김범수의 〈보고 싶다〉였다. 심사위원은 시간 관계상 두 소절만 듣고 예선 통과 여부를 가늠하였다. 내 차례가 되어 무대 위로 올라갔다. "미칠 듯 사랑했던 기억이~ 땡!" 잠시 후 나에게 또 다른 황당함이 찾아왔다. 내가 영업을 위해 가끔 찾아갔던 C백화점의 재무팀 K대리가 무대 위에 보였다. 그도 역시 '땡'이다. 그 친구는 나를 보았을까? 그 친구는 무슨 생각으로 여기까지 왔을까? 나처럼 인생이 답답해서 참가했을까? 이 정도면 관리직이었던 나의 한계를 충분히 깼다는 생각이 들었다. 젊다는 것은 완생(完生)을 향한 미생(未生)의 여정이기에 항상 불안하고 초조하다. 미생은 완전히 살아남기 위해 무엇이든 해야 한다. 무엇이든 마음먹으면

할 수 있다는 무모함이 젊은 미생의 특권 아닐까 생각해본다.

살아남기만 하면 미생의 기억도 완생의 두 눈으로 아름답게 볼 수 있다. 우리는 지루하고 초라한 미생을 거쳐야 완생이 된다는 것을 알면서도 완생을 향한 조급함에 미생의 시간을 괴로워한다. 지나고 보니 세월을 앞서려는 우리의 노력보다 세월을 받아들이는 우리의 인내가 완생을 만드는 것 같다. 완생의 모습은 각자 다르겠지만 세월을 이겨낸 우리 자신을 사랑하고 감사한다면 우리는 모두 완생이 아닐까 생각한다.

12. 잊지 못할 인생의 전환점

사회생활 6년 차가 되니 운명의 여신이 나를 빛으로 인도하였다. 나는 좌충우돌(左衝右突)이지만 영업의 비법을 터득하였고, 후배의 권유로 대학원에 다니게 되었다. 숨 막히는 바쁜 한해였지만 내 인생의 전환점이었다. 어쩌면 내 인생에서 지금의 나를 만드는 데 가장 많이 이바지한 해일지도 모른다. 시간은 끝없이 이어진 영원(永遠)으로 보이지만 지나고 나면 단절된 찰나(刹那)의 합이다. 그래서 매 순간의 의사결정은 돌이킬 수 없는 과거로 쌓여 미래를 만든다. 어느새 세월은 흘렀고 지난날의 젊은 나는 나에게 뒤를 돌아볼 수 있는 여유를 주었다. 또한 절체절명(絕體

絕命)의 위기에서 대학원을 다닌 것이 사그라질 내 인생을 일으켜 세웠다. 정말 신(神)의 한 수였다.

2005년 4월 23일 토요일. 올해부터 후배의 권유로 CB대학교의 대학원 박사과정을 다니게 되었다. 회사에 다니면서 공부하는 것이 얼마나 힘든지 경험해보지 않은 사람은 모를 것이다. 그나마 지금은 퇴근 시간이 HD투자신탁증권일 때보다 빨라져서 가능한 일이다. 효율성을 강조하는 P투자증권은 지점장들에게 직원들을 이유 없이 잡아두지 말고 일찍 퇴근시키라고 지시했다. 지시를 어기는 지점장에게는 인사상의 불이익을 주겠다고 엄포도 놓았다. 달라진 회사정책은 나에게 인생을 바꿀 기회를 주었다. 나는 일주일에 세 번 저녁에 대학원을 간다. 고단한 나의 하루에 마음 편히 쉴 수 있는 시간은 거의 없다. 그래도 내 사랑을 위한 시간은 언제나 열려 있다. 나는 가쁜 숨을 몰아쉬며 지금의 고통만큼 눈부실 그녀를 기다리고 있다. 며칠 전 결혼정보회사가 신랑감과 신붓감을 점수화하여 만든 표를 보았다. 나는 지방대학 출신의 장남으로 시누이는 넷이나 있다. 부모님은 전문직이 아니니 나의 점수는 결혼 시장에서 형편없다. 점수로 볼 때 결혼은 아득히 먼 저세상의 이야기 같다. 그래도 굴러가다 보면 볕들 날이 오겠지.

2005년 11월 중순. 얼마 전, S운용사는 우리 회사가 자기 회사의 금융상품을 많이 팔아주어 고맙다며 일부 직원에게 홍콩 본사에 방문할 기회를 주겠다고 했다. 지점장은 아침 회의 시간에 누가 갈 것인지 직원들에게 물었다. 직원들은 모두 그 운용사의 상품을 팔았지만 자기가 가겠다고 선불리 나서지 못했다. '내가 간다고 하면 직원들이 구시렁거리겠지. 그렇다고 지점장이 가면 내가 또 억울하잖아. 다른 직원이 간다고 내 맘이 편할까? 내가 간다고 대답하지 못한 것을 두고두고 후회하지는 않을까?' 나는 잠시 생각한 끝에 내가 가겠다고 말했다. 누구도 호응하지 않았지만, 누구도 반발하지 않았다. 내가 보이지 않는 곳에서 나를 비난할 다른 직원들의 모습이 눈에 선하다. 그래서 내가 가겠다고 말하길 잘한 것 같다. 누구나 가고 싶어 했을 것이다. 세상은 나에게 먹이를 물어다줄 만큼 친절하지 않다. 때로는 눈치만 보는 나를 세상으로 등 떠밀어 스스로 응원하고 위로해야 할 필요가 있다.

2005년의 끝자락이다. 대학원 생활은 나의 한 해를 몹시도 짧게 만들었다. 지나간 달력은 매일 매일 무언가로 빈틈없이 채워져 있다. 낮에는 영업실적에 시달리고 저녁에는 마음 졸이며 대학원에 다녔다. 무탈했던 나의 하루는 달력에 승리의 의미로 가위가 표시되며 기억 저 멀리 기쁜 마음으로 보내졌다. 이제 대학원은 겨울방학이 시작된다. 두 달간은 조마조마한 날들을 뒤로 하고 잠시 안도의 숨을 쉴 것이다. 저녁에 회사 교육이나 영업 회의가 있을 때면 친구 부모님과 친척 여럿이 나의 핑계로 돌아가시면서 나의 공부를 도왔다. 주말에는 대학원 과제를 해결하기 위해 회사에 나갔다. 우연히 회사에 들른 여직원은 나를 보더니, 주말에 답답하게 뭐 하는 거냐고 핀잔을 줬다. 그녀는 외로움에 지친 노총각의 무기력한 모습으로 느꼈을 것이다. 그렇게 나는 하루하루를 채워나갔다. 그 하루들이 나를 어디로 데려갈지 모르지만, 최선을 다했다. 돈을 빼면 설명할 길이 없는 회사생활에서 대학원으로의 외도(外道)는 나에게 작은 해방감을 안겨주었다. 딱히 무엇을 위해 대학원에 간 것은 아니지만 온전히 내가 선택한 나만의 시간이었다. 정신없이 바빴지만, 아직 내가 살아 있다는 것을 느낀 행복한 순간이었다.

13. 바빠진 운명의 시계

사회생활 7년 차가 되니 묵혔던 나의 과제들이 하나씩 풀리기 시작했다. 운명의 시계는 느끼지 못할 만큼 천천히 움직이지만, 우리의 하루는 빠르게 지나간다. 그 움직임은 많은 시간이 흐른 후에야 바쁘게 움직였던 우리의 순간이었음을 깨닫게 된다. 대학원에서 다시 시작한 공부는 죽어가는 나의 영혼에 생기를 불어넣었다. 대학원 공부는 일상에서의 작은 일탈이지만 알지 못할 자유의 희열을 안겨주었다. 박사과정은 한 번도 가본 적이 없는 길이었지만 나에게 새로운 설렘을 안겨주는 삶의 활력소였다. 끊임없는 경쟁은 피할 수 없는 숙명이었고 지친 내 마음은 누군가로부터 위로받고 싶었다. 자꾸 바빠지는 나의 하루는 운명의 시계를 재촉하였다.

2006년 2월 5일 일요일. 내가 믿던 세상은 참 많이 변했다. 최근 금융권도 직원의 능력 평가를 다른 잣대로 들이대고 있다. 불과 10년 전만 해도 금융권은 주산이나 암산을 잘하는 사람을 우대했었다. 그러나 지금은 전산화가 되면서 그런 사람들의 능력이 퇴색되고 영업에 재능이 있거나 컴퓨터를 잘 다루는 사람들을 우대한다. 짧은 시간은 소리 없이 세상을 바꿔놓았고 우리의 발걸음은 세상을 따라잡는데 버겁기만 하다. 잰걸음이 느려지고 지쳐 멈추면 퇴출이라는 놈이 우리를 기다릴 것이다. 물질적 풍요와 맞바꾼 내 발걸음이 자꾸 무뎌지고 답답해진다. 무거워진 내 발걸음이 지금 어디로 향하고 있는지 궁금하다. 그래서 한 발짝 한 발짝이 더 소중해진다.

2006년 2월 15일 수요일. 유가가 하락하자 미국의 주식시장이 급등하였다. 종합주가지수는 24포인트 하락하였지만 크게 걱정되지는 않는다. 기관투자자는 고객의 펀드 환매(還買)를 예상하고 미리 주식을 매도하였다. 외국인 투자자도 주가가 오르자 이익을 실현하기 위해 주식을 매도한다. 개인투자자들은 단기 차익을 위해 저가 매수에 참여하고 있다. 주식시장은 한 번도 가보지 않은 길을 한 걸음 조심스럽게 내딛고 있다. 종합주가지수가 1,000포인트 언저리에서 요동치는 것은 새로운 길에 대한 두려움의 진통일 것이다. 나도 한 번도 가보지 않은 인생길을 두려움과 설렘을 안고 내딛고 있다. 연습이 없는 인생이지만 두려움에 마냥 주저앉아 있을 수는 없다. 나는 진통을 넘어서면 성장이 있다는 것을 굳게 믿는다.

2006년 2월 18일 토요일. 나에게 아침 일찍 오는 전화는 보통 2가지이다. 하나는 마음이 아프고, 다른 하나는 마음이 두려운 것이다. 오늘도 눈을 뜨니 전화 두 통이 걸려 왔다. 하나는 아버지한테서 왔다. 혼자 사는 아들이 아침은 먹고 지내는지 걱정하는 안부 전화이다. 또 하나는 고향 친구한테서 왔다. 내 맘도 모른 채 기쁜 목소리로 결혼 소식을 알리는 친구 전화이다. '설마 내가 그놈보다 늦게 결혼할까!' 생각했던 내 초라한 자존심이 전화 한 통에 금세 무너진다. 요즘 주위에선 나를 자꾸 독신주의자로 몰아간다. 이렇게 황당하고 슬픈 일이 있나! 내 의사도 묻지 않고 그들은 나를 마음대로 해석해버렸다. 제멋대로 나를 재단(裁斷)하는 세상에서 나는 애써 흔들리는 감정을 추스른다.

2006년 3월 11일 토요일. 오늘도 나보다 늦게 결혼할 것 같았던 친구가 결혼하였다. 옆에서 항상 같이 달리던 친구가 한참 앞서 멀어지는 것 같다. 친구와의 우정을 생각하며 멀어지는 그 친구를 그저 멍하니 바라본다.

외로움이 사치스러운 감정이 될 수 있도록 미친 듯이 나를 바삐 움직였다. 답답하게 새로운 변화를 기다리는 것보다 차라리 채찍질하여 나를 괴롭히는 것이 오히려 마음을 편하게 하였다. 그렇게 해서라도 방향은 모르겠지만 제자리에 있는 나의 운명을 움직이고 싶었다. 우리의 운명을 움직일 수 있는 사람은 우리 자신뿐이라는 것을 깨닫는다.

14. 불안해서 견딜 수 없는 청춘

앞만 보고 가려 해도 내 마음은 오래전의 그 꿈에 서성거렸다. 그래서 가슴 깊이 묻어두었던 그 꿈을 다시 열어보았다. 꿈으로 가는 길이 힘들어서 다른 길을 택했었지만 내 가슴은 여전히 그 꿈을 향해 뛰고 있었다. 교수가 되겠다는 꿈이 남들의 웃음거리가 될까 봐 나 혼자 가슴 깊이 간직했었다. 내 인생은 주식시장에 흔들리며 젊음도 사라져갔다. 내게 남은 것은 돈 몇 푼 외에 아무것도 없었다. 내 인생에서 나를 위한 나는 없었고 오직 다른 사람들을 위한 나밖에 없었다. 그래서 나를 위해 무언가 하지 않으면 불안해서 견딜 수 없는 아픈 청춘이었다. 뒤를 돌아보니 그 꿈이 있어서 아픈 청춘도 별일 없이 건넜던 것 같다.

2006년 2월 19일 일요일. 대학원 석사과정 때 나의 꿈은 교수였다. 그러나 부모님은 내가 대학원을 졸업하고 취업하기를 바라셨다. 교수가 되는 길이 너무 멀고 험하다는 것을 잘 알고 계셨다. 그러나 지금 내 마음은 가던 길을 돌아서서 다시 또 제자리에 서 있다. 사회생활을 하면 할수록 교수가 되고 싶다는 꿈은 강해져만 갔다. 남들에게는 나의 꿈을 얘기하지 않는다. 나의 꿈이 현실적으로 터무니없다고 생각하는 사람들에게 내 마음을 다치기 싫어서이다. 사람들은 돈도 없고 연줄도 없는 네까짓 것이 어떻게 교수가 되겠다고 덤비는지 우습다고 말할 것 같았다. 그래서 가슴에 품은 나만의 꿈은 나밖에 모른다. 결과가 어떻든 간에 나는 마음에 그 꿈을 품고 살얼음 걷듯 걸어가보려고 한다. 누가 뭐라고 하든 무모한 내 꿈이 내게 살아갈 용기를 줄지 모른다.

2006년 2월 20일 월요일. 주식시장이 흔들릴 때마다 나를 응원해주는 고객들이 있다. 그들은 내게 '박 차장은 끈기 있고 성실해서 나중에 꼭 성공할 거야.'라고 말한다. 오늘도 나는 경제라는 거대한 바다에 나를 띄우고 암초와 높은 파도를 헤치며 나아간다. 나를 믿고 내 배에 올라탄 고객들을 나는 최선을 다해 목적지까지 모시고 가야 한다. 오늘도 고객 한 분이 새로운 고객을 소개해주셨다. 나를 믿는 고객에게 포기하고 싶은 나약한 마음을 들키지 않으려고 나는 여유로운 웃음을 던진다.

2006년 3월 6일 월요일. 봄은 왔건만 주식시장은 아직도 겨울이다. 그래도 겨우내 입고 있던 옷이 몹시 무겁게 느껴진다. 봄 내음 물씬 나는 거리는 청춘남녀들로 가득하고 그 속에 나는 이제 아저씨라는 소리를 들어도 낯설지 않다. 가난한 내 마음에도 찬란한 봄날이 올 거라고 애써 위로한다.

2006년 3월 8일 수요일. 선물옵션만기일을 앞두고 주식시장이 요동을 친다. 이틀간 중국 본토의 종합주가지수와 홍콩의 항셍지수가 낙폭을 키우며 등락을 거듭한다. 주식시장이 요동칠 때마다 내 젊음의 시름이 깊어진다. 전 세계가 금리를 인상하려고 하니 외국인 투자자들은 국내 주식시장에서 자금을 빼가고 있다. 시선을 온통 모니터에 빼앗긴 내 삶은 세월의 변화에도 둔감하다. '나는 어디로 가고 있는 것일까? 나만 빼고 다른 사람들은 모두 성공의 길로 잘 달려가고 있는 것 같다. 내가 예전에 궁금해했던 미래의 내 모습이 지금 여기에 있다. 그러나 나는 여전히 제자리에 있고 세월만 훌쩍 흐른 것 같다. 무엇을 찾으려고 했던 것도 아니지만 오늘도 나는 자꾸 무엇을 찾고 있다. 이렇게라도 하지 않으면 인생이 불안해서 견딜 수 없다. 그래서 젊음은 희망을 품은 불안의 연속인 것 같다.

15. 포기하지 않으면 운명은 내 편

얼마 지나지 않아 대학원 전임조교와 모교 선배는 모두 교수가 되었다. 그들은 간장에 밥 비벼 먹으면서 희망의 끈을 놓지 않았다. 그들의 약진(躍進)에 나는 근근이 밥만 먹고 사는 회사원 생활이 초라해 보였다. 나는 꼼지락거리고 있었지만, 항상 제자리에 서 있는 것 같아 답답했었다. 사람들은 성공한 사람의 현재 모습에만 관심을 가질 뿐 현재를 만든 과거의 모습은 등한시한다. 사람들은 누군가의 썩은 내 진동하는 처참한 과거보다 향기롭고 눈부신 현재의 모습에 더 눈길을 줄 것이다. 나는 화창한 봄날 찾는 이 하나 없는 쾌쾌한 방구석에서 썩어가고 있었다. 그러나 때가 되었는지 나를 그 방구석에서 꺼내줄 그녀가 나타났다. 나만 포기하지 않으면 운명은 아주 천천히 내 편이 되는 것 같다. 그렇게 꿈도 사랑도 느리지만 천천히 내 편이 되어갔다.

2006년 3월 12일 일요일. 늦잠을 잘 여유가 없다. 대학원 과제를 해결하기 위해 CB대학교에 갔다. 내가 91학번이니 대학교를 입학하고 벌써 15년이 지났다. 그러나 나는 지금 그때와 똑같은 곳에 와 있다. 졸업할 때는 내가 다시 이곳에 올 일이 없을 줄 알았다. 바뀐 거라면 15년 전에 그렇게 맛있었던 학교 식당의 밥맛이다. 사회생활을 해서인지 학교 식당의 밥이 맛이 없다. HY대학원 때 내 전임조교였던 D형님은 유학에서 돌아와 JY대학교의 교수가 되었다. 내 인생의 길잡이였던 G형은 DG대학교 교수가 되었다. 내가 회사에서 쥐꼬리만 한 월급에 안주하고 있을 때 그들은 각자의 길을 고집스럽게 달려간 것이다. 도서관 창 너머로 새내기 대학생들이 보인다. 미소가 가득한 그들을 보며 '나도 저런 때가 있었지.'라고 회상에 젖는다. 대학교 때는 따분한 오후가 심심하다며 시간을 원망하기도 했었다. 그게 얼마나 행복한 순간이었는지 이제야 깨닫는다. 박찬호가 등판하는 날이면 기숙사 휴게실은 친구들의 응원 소리로 떠나갈 것 같았다. 지금은 그렇게 긴 야구 경기를 볼 시간이 없다. 아침 7시 반까지 출근하여 저녁 6시 반에 퇴근하고 퇴근 후에는 대학원에 갔다가 거의 11시에 집에 돌아온다. 집에 돌아가면 너저분한 빨래와 쌓인 쓰레기 그리고 오래된 TV가 나를 반긴다. TV에서 흘러나오는 사람의 목소리와 벽지 뒤로 움직이는 바퀴벌레 소리가 그나마 나의 외로움을 달랜다.

2006년 3월 14일 화요일. 어제는 대답 없는 그녀에게 택배로 초콜릿을 보냈다. 그녀의 나를 향한 마음은 사라진 지 오랜데 나는 아직도 미련이 남았나 보다. 내가 나를 위로하기 위해 어쩔 수 없이 초콜릿을 보냈다. 오후에 G형은 내가 서른 중반이라고 일깨워주었다. 예전에 나는 G형이 참 늦게 결혼했다고 생각했었는데 서른하나에 결혼했다는 얘기를 들으니 가슴이 새까맣게 타들어간다. '언제 이렇게 나이를 먹었지?' 갑자기 위가 경련을 일으킨다. 세상이 흘러가는 대로 움직이는 주가처럼 내 인생도 갈피를 못 잡고 세상이 부는 대로 나부낀다.

2006년 4월 9일 일요일. 투고했던 논문의 심사 결과가 이미 도착해 있다. 그러나 회사생활에 쫓겨 논문을 수정하지 못하고 있다. 해결하지 못한 논문이 머리 한구석에 멍 자국처럼 남아 있다. 주말 내내 아침 7시부터 논문을 수정하였다. 온몸의 에너지가 소진되는 느낌이다. 저녁이 돼서야 완벽하지는 않지만 수정된 논문이 내 마음을 진정시켰다. 아무도 없는 방안에서 나는 이틀째 책상에 붙들려 있다. 내가 폭삭 늙어버린 느낌이다. 사람들은 인생이 너무 짧아 소중하다고 말하는데, 내 젊은 시간을 이렇게 보내도 되는지 자꾸 내게 물어본다. 화창한 주말에도 세상은 칙칙한 방구석에 갇혀 있는 젊은 영혼에 관심이 없다.

2006년 5월 18일 목요일. 얼마 전 한 고객이 여자분을 소개해주었다. 그녀는 내게 호감을 표시하였고, 나 역시 그녀가 싫지 않다. 나는 한 번도 잘생겨본 적이 없어서 여자로부터 적극적인 호감을 받아본 적도 없다. '정말 그녀가 나를 좋아하는 것일까? 나의 뭐가 좋은 거지.' 그렇게 기다리던 나에 대한 여자의 호감을 오히려 나는 자꾸 의심하고 있다. '내가 그녀를 감싸줘야 할 무엇이 있는 것일까?' 그러나 나는 그녀와 결혼까지 생각해보려고 한다. 집으로 가는 길에 그녀의 집에 들러 그녀를 만났다. 그녀가 나를 좋아한다는 사실만으로 나는 그녀가 맘에 든다. 지금까지 만났던 여자들은 나를 평가하려고 했지만, 그녀는 나를 이해하려고 하였다. 종합주가지수는 40포인트나 빠졌지만, 왠지 모를 희망에 마음은 밝아지고 있다.

16. 내 사랑 언제나 내 곁에

나는 회사와 대학원을 오가며 숨이 넘어갈 정도로 바빴다. 손실이 났다고 고객에게 혼났고 과제물을 엉성하게 제출했다고 교수님에게 혼났다. 영업실적이 안 좋다고 지점장에게 혼났고 그것밖에 못 하냐고 나 자신에게 혼났다. 회사가 새로 도입한 영업시스템은 나를 미쳐버리게 했고 먼 훗날 그것은 회사를 매각하기 위한 포장이었다는 것을 알게 되었다. 어느 하나 내 마음대로 감당할 수 없어서 무척 괴로웠던 고난의 나날이었다. 그러던 어느 날 내가 자청(自請)한 고난의 길에서 혼자 울고 있을 때 그녀가 나타났다. 그녀는 내가 아무리 바빠도 언제나 내 곁을 조용히

지켰다. 다른 여자들은 나에게 이해타산(利害打算)의 저울을 들이댔지만, 그녀는 나에게 마음을 보여주는 거울을 주었다. 시간이 무척이나 거칠고 힘들게 지나갔다. 그러나 그녀가 있어서 거친 시간을 이기고 꿈을 지킬 수 있었다.

2006년 6월 23일 금요일. 대학원 박사과정 3학기를 마쳤다. 아직도 모든 것이 끝난 것은 아니지만, 오늘따라 눈물 나게 힘들다. 회사 몰래 대학원에 다니려 하니 이만저만 힘든 것이 아니다. 8월부터 회사는 영업에 효과적이라고 말하지만, 직원들에게는 짜증나는 마케팅 기법을 도입한다. 마지막 박사과정 4학기를 제대로 다닐 수 있을지 걱정이다. 최근에 본부장이 바뀌어 영업 정책이 어떻게 변할지 모른다. 그러나 힘들기는 마찬가지일 것이다.

2006년 7월 6일 목요일. 미국의 금리 인상 중단으로 반짝 상승했던 주가가 북한의 미사일 발사로 다시 하락하고 있다. 그렇지 않아도 할 일이 많아 머리가 복잡한데 고객들이 동요하지는 않을까 걱정이다. 몸 하나는 회사원으로 다른 하나는 학생으로 있으면 좋겠다. 결혼을 위해 노력하는 또 다른 나도 있으면 좋겠다. 며칠째 그대로 있는 밥통에는 식은 밥이 썩어가고 있고, 세탁기에는 빨래가 쌓여간다. 썩어가는 식은 밥과 쌓여 가는 빨래는 세월의 속도를 느끼게 한다. 저녁에는 고객을 만나야 한다. 고객을 만나러 다니지 않으면 영업실적이 떨어진다. 온몸이 마른 낙엽처럼 손만 대도 바스러질 것 같다.

2006년 7월 15일 토요일. 얼마 전 난생처음으로 아파트 청약을 하였다.

이젠 떠돌이 생활이 너무 지겹다. 더구나 지금 사는 전셋집이 경매로 넘어가 아파트 청약을 하게 되었다. CJ지역도 아파트 붐이 일어 1순위로도 당첨되기 힘들다. 나 역시 당첨되지 않았지만, 당첨 부적격자가 많아 당첨 예비후보자가 되었다. 오늘 분양사무소에서 후순위로 아파트를 분양받게 된다. 그러나 회사는 주말인데도 영업 세미나를 열어 나는 후순위 분양에 참여할 수 없었다. 아버지에게 후순위 분양 참여를 부탁드렸다. 내 주민등록증과 도장은 얼마 전에 만난 그녀에게 맡겼다. 그녀에게 그것을 시골에서 올라오시는 아버지께 전해달라고 부탁했다. 아직 사귄다고 말하기에는 어색한 사이지만 그녀는 오늘 아버지와 첫 대면을 하게 되었다. 저녁때 아버지는 계속 나에게 그녀에 관해 물어보셨다. 나는 시간이 지나 봐야 알 것 같다고 말씀드렸다. 그러나 내심 그녀가 아버지의 마음에 들기를 바랐다.

2006년 8월 끝자락. 공포의 영업시스템이 도입되었다. 일주일에 3명 이상의 신규고객을 발굴해야 하며, 회사에서 배운 롤플레잉대로 고객에게 접근해야 한다. 매일 고객과의 접촉내용을 영업시스템에 입력해야 하고 일정 횟수의 전화를 고객에게 해야 하며, 일정 인원의 잠재고객을 발굴해야 한다. 일부 직원은 혹독한 영업시스템에 지쳐 다른 회사로 이직하였다. 회사에 다니면서 대학원 과정을 무사히 마칠 수 있을지 걱정이다.

2006년 9월 끝자락. 회사의 빈틈에 대학원 수업 시간을 끼워 맞추려 하니 하루하루가 고달프다. 새로 적용된 영업시스템은 아침저녁으로 영업에 관한 공부를 하도록 하였다. 미치도록 빨리 대학원 생활을 마치고 싶다. 박사학위를 취득하면 날아갈 듯이 행복할 것 같다. 이것이 매일 곱씹는 나의 희망 고문이다. 입이 바짝 마르고 속이 타들어가는 나날들이다.

2006년 10월 끝자락. 회사에서 프레젠테이션 경진대회를 한다고 난리다. 내 마음은 학교에 가 있는데 회사는 나를 편히 두지 않는다. 회사는 낮에도 모자라 꿈속에서도 나를 괴롭힌다. 대학교 교수님은 과제와 술자리로 저녁과 주말마다 나를 괴롭힌다. 징글징글하고 끔찍한 하루가 지나가고 있다. 회사가 내 사정을 알아줄 리 없고, 학교가 내 상황을 이해할 리 없다. 새까맣게 타들어 가는 나의 마음은 오직 나만이 위로할 수 있다.

2006년 11월 끝자락. 나는 GS마트의 문화센터에서 투자설명회를 개최하였다. 이것도 새로운 영업시스템 중 하나이다. 하루는 느린데 한 달은 정말 빨리 간다. 내년에 써야 할 졸업논문으로 머리가 아프기 시작한다. 대학원 지도교수인 P교수가 안식년에 들어가 나는 지도교수를 J교수로 바꿨다. J교수는 10년 전 HY대학원에서 나와 학생 신분으로 만났었다. 그분은 지금 CB대학교의 교수이다. 그때의 짧은 인연이 10년 후 스승과 제자의 관계로 다시 만난 것이다. 짧고도 빠른 세월에 인연은 실타래처럼 얽혀 있지만 질기고도 길게 이어진다.

2006년 12월 끝자락. 낮이나 밤이나 평일이나 주말이나 무척 바빴던 한 해였다. 다른 해와 다른 점은 사랑할 사람이 생겼다는 것이다. 수첩의 달력은 올해도 모든 칸이 가위 표시로 난도질되어 있다. 주말에는 기억이 가물가물한 낯선 여자들의 이름과 전화번호 그리고 대학원 과제들이 빼곡히 적혀 있다. 바빴지만 허투루 보낸 날이 하루도 없었기에 더없이 보람찼다.

17. 영업직원으로서 승진

2003년 5월 원치 않던 인사이동은 내게 영업직원으로 살아남아야 한다는 화두(話頭)를 던졌다. 세상에 대한 배신감과 생존에 대한 걱정으로 매일 밤잠을 이루지 못했다. 영업 잘하는 직원을 원했던 지점장, 승진을 원했던 모교 후배 그리고 영업점에 정통한 관리자를 원했던 직원들 모두에게서 나는 필요 없는 존재였다. 내가 대리로 왔다는 이유만으로 직원들은 나에게 영업 방법도 가르쳐주지 않았다. 직원들에게 바보 아닌 바보가 되어 숨죽이며 시간을 보냈다. 그러던 어느 날, 내가 좋아하는 등산을 가기로 했다. 산악회를 다니면서 맨땅에 헤딩하듯 하나둘 사람들을 알아갔다. 산이 좋아 시작한 등산이지만 나중에 커다란 꿈을 이루는 초석(礎石)이 되었다. 또한 나는 영업시간만 되면 무조건 밖으로 뛰쳐나갔다. 한 손에는 전단 한 묶음, 다른 한 손에는 메모지와 펜을 들고 세상을 배회하였다. 고민 끝에 처음 찾아간 곳은 아파트 분양사무소였다. '혹시, 이 사람들에게 전단을 나눠주면 영업이 되지 않을까?' 몇 달간, 나는 분양사무소에서 전단을 뿌렸다. 그러던 어느 날, 본부 대리로부터 전화가 왔다. 이 인간이 어쩐 일로 내가 열심히 영업한다고 칭찬을 했다. 알고 보니, 자기 배우자가 아파트 청약하러 갔다가 내가 나눠준 전단을 받았다고 했다. 그러나 나는 더 이상 아파트 분양사무소에 전단을 뿌리지 않기로 했다. 아파트에만 관심 있는 사람들이 금융상품에 관심 있을 리 없다고 생각했다. 나는 중국집 배달원처럼 아파트 문 앞에 전단을 붙이기 시작하였다. 2주에 한 번씩 부자들만 산다는 아파트에 찾아가 전단을 붙이고 왔다. 퇴근할 때나 근처에 갈 일이 있으면 항상 전단을 붙이고 왔다. 얼마 지나지 않아 모르는 사람들로부터 문의 전화가 왔다. 그렇게 1명, 2명 나의 충성고객들이 생기게 되었다. CJ지점으로 인사이동 되었을 때 내가 할당받은 고객은 몇 명 되지 않았다. 그것도 대부분 주식형 펀드로 손실을 본 고객들이라 불만이 많았다. 나의 영업 방법은 새로운 희망을 싹 틔우기 시작하였다. 그렇게 영업직원으로서 첫해가 지나갔다. 그러나 여전히 나는 사원만도 못한 무늬만 대리였다.

2004년 2월 회사는 'P투자증권'으로 개명(改名)하였다. 나는 한동안 살아남은 자의 슬픔에 빠져 있었다. 구조조정의 거대한 파도가 지나간 후,

진정한 영업직원으로 살아남아야겠다고 마음을 먹었다. '어떻게 하면 나를 회사에서 영업직원으로 부각할까!' 대도시의 영업직원들은 우량 고객을 많이 가지고 있어서 지방의 영업직원들보다 수익과 자산규모 측면에서 실적을 내기 유리하였다. 그래서 내가 생각해낸 대안은 신규고객 창출과 적립식 펀드였다. 주식형 적립식 펀드는 장기로 투자하므로, 젊은 고객층에게 적합한 상품이었다. 그렇다면, 젊은 고객층을 어떻게 늘릴 것인가? 얼마 지나지 않아, 나에게 행운의 여신이 찾아왔다. 그해 초, 소개로 만난 여자분이 친구 이상으로 발전하지는 않았지만 내가 CJ에서 일어설 수 있는 기반을 마련해주었다. 그녀는 치과병원의 간호사, 학원 강사, 피부미용실 직원, 새마을 금고 직원, 골프장 캐디, 건강관리 강사 그리고 유치원 선생 등 다양한 직업의 사람들을 소개해주었다. 나의 고객은 나의 고민을 딛고 나날이 늘어가기 시작하였다. 가입한 고객은 또 다른 고객을 소개해주며 든든한 나의 지원군이 되었다. 그러나 늘어나는 고객 수에 비해 자산의 규모는 많이 늘어나지 않았다. 고민 끝에 나는 자필로 편지를 써서 지역유지들에게 거래를 권유하였다. 또한 대학교 홈페이지를 통해 알게 된 교수들에게도 편지를 보냈다. 효과는 빨랐다. 2명의 고객이 10억 원을 거래하게 되었다. CJ의 경제 규모를 고려하면 그들의 거래금액은 이례적으로 큰 규모였다. 2004년은 회사가 어수선했지만, 나에게 영업직원으로 도약할 수 있었던 한 해였다.

2005년 연초부터 수익이 적은 영업점은 폐쇄될 거라는 소문이 돌고 있었다. 우리 영업점이 폐쇄 대상에 포함된다는 이야기도 들었다. 우리 영업점이 폐쇄될 수 있다고 하니 무엇을 해야 할지 막막하였다. 나는 영업점에서 살아남기 위해 고객 수를 많이 늘려야겠다고 생각했다. '고객이 늘어나는데 설마 영업점을 폐쇄할까?' 한편 연초에 만난 대학 후배는 내 인생의 또 다른 은인이 되었다. 그는 나에게 퇴근하고 뭐하냐고 물었다. 대답 못 하는 나에게 그는 대학원을 다녀보라고 권유하였다. 그는 박사 학위를 취득한 후 계속 대학교 문을 두드리고 있었다. 사회생활에 지친 나를 보고 잃어버린 꿈을 되찾아주었다.

"형! SU에 가서 교수가 되어 돌아온다고 하더니 증권맨이 되어 돌아왔네. 형! 공부하는 거 좋아했잖아."

"그래, 난 공부를 잘하진 못했어도 좋아는 했었지. 내가 직장을 다니면서 대학원에 잘 다닐 수 있을까?"

낮에는 춤추는 주식에 영혼이 피폐해졌고, 저녁이면 각종 교육과 회의로 내 몸이 내 것이 아니었다. '내가 이렇게 많은 장애물을 극복할 수 있을까?' 그는 나의 고민을 간단하게 해결해주었다. 다니다가 힘들면 그만두면 되지 않느냐고 말이다. 그렇게 해서 나는 인생에서 가장 바쁜 두 해를 시작하였다. 힘들긴 했어도 회사원이 아닌 다른 신분으로 하루 일부를 살아간다는 것이 그렇게 큰 쾌감을 가져다줄 줄은 미처 몰랐다. 그러한 쾌감은 미래에 대한 나의 두려움을 조금씩 수그러들게 하였다. 2005년은 영업에 익숙해졌고 학생의 신분도 얻은 한 해였다.

2006년에는 2008년에 개최될 북경올림픽으로 한 번 더 성장하였다. 중국은 주식시장이 6개나 된다. 2개는 홍콩에 있고, 나머지 4개는 중국 본토에 있다. 그러나 대부분 외국인 투자자는 중국 정부의 규제로 홍콩 시장에만 투자할 수 있다. 중국은 올림픽을 개최하기 위해 많은 외국자본을 유치하였다. 외국자본은 자연스럽게 중국 본토로 흘러갈 것이고, 본토 주식시장도 곧 개방될 거로 생각했었다. 나는 2004년 말부터 고객들에게 중국 펀드의 가입을 권유하였다. 펀드의 수익률은 연 50%를 상회하였다. 고객들은 수익이 잘 나자 자연스럽게 다른 고객을 소개해 주었다. 2006년에 인생의 반려자를 만났고, 박사과정도 무사히 마쳤다. 그리고 걱정했던 날들을 뒤로하고 영업직원으로서 승진도 하였다. 나의 작은 생각과 실천이 커다란 변화를 가져왔다. 그래서 운명은 내가 개척할 수 있다고 믿게 되었다.

18. 살아남기 위해 미운 오리가 되다

CJ지점에 온 지 몇 해가 지났다. 인사발령이 날 때마다 내 이름이 명단에 있을까 봐 조마조마했었다. 개인적으로 결혼도 해야 했고 대학원도 졸업해야 했다. 지점장들은 치고 올라오는 부지점장들을 견제하느라 바빴다. 나이 든 지점장들은 부지점장들에게 자리를 빼앗기면 갈 곳이 없었다. 특히 지점장들은 영업실적으로 주목받는 부지점장들을 몹시 경계했었다. 그래서 지점장들은 부지점장들에게 살갑게 대하지 못했고, 이를 참지 못한 일부 부지점장들은 다른 증권회사로 이직했다. 부지점장이었던 나도 그 틈바구니에서 불편한 시간을 보냈다. 내가 의도치 않아도 지점장은 내 생각을 마음대로 해석하고 견제하였다. 다 같이 배려하고 이해하면 다 같이 행복할 줄 알았는데 현실은 그저 냉혹한 동물의 세계였다.

2007년 1월 13일 토요일. 내 나이 이제 서른여섯이라 사내 정치에 휘말리기에는 아직 젊다고 생각했다. 그러나 점점 휘말리고 있다. 회사는 1년에 한 번씩 영업실적이 100등 안에 드는 우수실적 직원에게 해외여행의 특혜를 준다. 나는 이번에 101등을 하였다. 너무나 억울하고 안타까운 마음에 이메일로 부사장에게 하소연하였다. 나의 하소연은 지난해 12월 중순 영업실적이 80등 언저리에 있었지만, 자산규모가 작은 영업점에 있어서 연말을 불과 며칠 앞두고 101등으로 밀려났다는 내용이다. 그리고 동기부여 차원에서 나도 일본 연수에 참여할 수 있게 해달라고 부탁하였다. 작년에 CJ 지점은 신입사원이 오기 전까지 4명에 의해 운영되었다. 그 와중에도 나는 누구보다 최선을 다해 일했다. 얼마 후 나의 하소연은 중간관리자들의 심기를 발칵 뒤집어놓았다. 이렇게 될 줄 알면서도 내가 부사장에게 메일을 보낸 것은 내가 살아남기 위한 전략이었다. 영업점에는 여직원 2명과 지점장을 포함한 남자 직원 3명이 근무하고 있다. 지점장은 자기가 물어온 고객을 여직원에게 주는 경향이 있었다. 이러한 행동에는 여러 가지 이유가 있겠지만 일단 그 여직원이 다른 직원보다 지점장을 잘 따랐다. 지점장이 나를 조금만 도와줬으면 내 영업실적이 100등 안에 무사히 안착했을 텐데 아쉽다. 나는 묻혀버린 내 존재감을 드러내기 위해 어쩔 수 없이 부사장에게 이메일을 보낸 것이다. 이 일이 있고 나서 내가 생각한 대로 한동안 지점장은 나의 의견에 귀를 기울였다. 지점장은 그렇게 하지 않으면 내가 다시 부사장에게 이메일을 보낼 거로 생각했을 것이다. 작년에 지점장이 바뀌었다. 지금의 지점장은 나와 영업을 같이 했던 부지점장이었다. 그는 부지점장이었을 때 나와 영업실적이 비교되는 것을 무척 싫어했었다. 특히 나의 모교 동문인 U지점장이 나를 치켜세울 때마다 그는 나에 대해 피해의식이 컸던 것 같다. 부사장은 나의 일본 연수 참석을 흔쾌히 허락하였다. 그러나 나는 C본부와 CJ지점의 미운 오리가 되어버렸다.

2007년 1월 17일 수요일. 본부의 사업설명회가 JJ지점에서 열렸다. 나는 부사장에게 이메일을 보낸 사건으로 본부에서 유명 인사가 되었다. 사실 내가 잘못한 것은 없다고 생각한다. 나는 열심히 일했고, 불리한 영업환경을 조금만 고려해달라는 것뿐이었다. 사업설명회는 매우 열띤 분위기였다. 쉬는 시간이 되었다. 본사의 영업 담당 L상무가 나를 잠깐 보자고 하였다. 그는 인사팀장과 함께 와서는 내게 SU에 가서 일할 생각 없냐고 물었다. '내가 부사장에게 이메일을 보내서 징계 성격의 인사를 하려는 것일까? 아니면 열악한 영업환경에서 나를 벗어나게 해주려고 호의적인 인사를 하려는 것일까? 아니면 맨날 거드름 피우는 본부 대리가 CJ지점에서 근무하고 싶다고 했었는데, 그 친구의 장난일까?' 본부 대리와 L상무는 같은 부서에서 일한 적이 있었다. 나는 얼떨결에 L상무에게 5월에 결혼한다고 핑계를 대고 인사이동 결정을 보류하였다. 사실 나는 아직 결혼을 결정하지 않았다. 그러나 결혼이 인사이동을 막을 수 있는 가장 좋은 핑계라고 생각했다. 나에게 드리우는 알지 못할 그림자가 마음을 심란하게 한다.

2007년 1월 18일 목요일. 어제저녁 U지점장과 통화하였다. U지점장은 재작년까지 CJ지점에서 근무하다가 승진하면서 SU로 올라갔다. 전후 사정을 얘기하니 U지점장은 이번 인사이동에 본부 대리가 CJ지점으로 갈 것 같다고 했다. 그러나 내가 SU로 가는 것에 대해서는 잘 모른다고 했다. 본부 대리는 나와 나이는 같지만 틈만 나면 자기가 CJ지점의 지점장이 될 거라며 거들먹거렸다. 그럴 때마다 내 마음은 한없이 움츠러들었고 내 인생이 어디로 흘러갈지 걱정했었다. 아무리 생각해도 지금 내가 SU로 가기에는 해결해야 할 일들이 너무 많다. 대학원 졸업, 결혼 문제, 다져놓은 인맥 그리고 영업 자원들을 모두 포기해야 한다. 오후 1시쯤 나는 L상무에게 전화를 하였다. 지금은 도저히 SU로 가기 힘들다고 말씀드렸다. 일단 L상무도 긍정적인 대답을 하였다. 그렇다면 나와 나이가 같은 본부 대리는 정말로 이곳에 올까?

2007년 내가 CJ지점을 떠났었다면 나는 지금 어디에서 무엇을 하며 헤매고 있었을까? 본부 대리의 비위를 맞추며 비굴하게 CJ지점에서 버티고 있지는 않았을까? 세상에 순응하며 산다고 내 인생이 평화로울 것 같지는 않다. 내 인생은 내가 지켜야 하며 필요하다면 누군가의 미운 오리도 되어야 한다. 뒤돌아보면 세상에 순응했을 때보다 세상으로 인해 흔들릴 때 나에게 더 많은 기회가 찾아왔던 것 같다. 그 흔들림도 세월이 지나면 별일 아니라고 말할 수 있겠지만, 그때는 정말 나에겐 끝 모를 고난의 연속이었다. 인생은 연습이 없다지만 노력하면 어느 정도는 바꿀 수 있다. 먼 훗날 고난이 별일 아니라고 말하려면 오늘에 온 힘을 쏟아부어 치열하게 고민해야 한다. 그래야 지나간 시린 기억을 당당히 마주할 수 있다. 그때 내가 미운 오리가 되지 않았다면 결혼도 못 했을 것이고 대학원 졸업도 못 했을 것이며 교수의 꿈도 꾸지 못했을 것이다.

Part 3

흔들리는 세상도 나를
흔들진 못한다

19. 아름다운 구속

사회생활 8년 차에 결혼이라는 중대한 과제를 해결하였다. 나는 SU로 다시 인사이동될 뻔한 위기를 결혼해야 한다는 핑계로 모면하였다. 그때 당시 결혼에 대한 확신은 없었으나, 핑계가 씨가 되어 결혼하게 되었다. 그러나 세상 물정 모르던 내가 그때 더 머뭇거렸다면 평생 결혼하지 못했을지도 모른다. 인생은 새옹지마(塞翁之馬)이고 전화위복(轉禍爲福)이다. 도낏자루 썩는 줄도 모르고 내가 가진 것과 남이 가진 것을 비교하며 세월을 보내는 것은 정말 어리석은 짓이다. 세월이 지나고 나면 내가 가진 거나 남이 가진 거나 아무 의미 없을지도 모른다. 아내와 난 세월을 이겨내며 살아왔고, 지금은 서로의 늙어가는 모습을 안타까워하며 위로한다.

2007년 1월 1일 월요일. 누구도 새해 첫날 나의 안부를 궁금해하지 않았었다. 그러나 올해는 다르다. 그녀가 아침부터 양은 냄비에 떡국을 담아 우중충한 나의 자취방에 찾아왔다. 이 고요한 아침에 나의 존재를 기억하는 사람이 있어서 너무 행복했다. 나는 떡국을 먹고 다시 논문을 쓰기 시작했다. 나를 이해해주는 그녀에게 정말 고맙다. 창밖에는 눈이 내리고 나는 서늘한 방안에서 가난한 마음을 논문에 옮긴다. '내가 왜 이런 고생을 해야 하지? 아마 내가 너무 미래가 두려운가 보다.'

2007년 1월 19일 금요일. 아침에 지점장은 내가 CJ지점에서 계속 근무하기를 바란다고 말했다. 내가 SU로 가도 지점장들이 영업자산을 많이 안 줄 것이고 성격도 호락호락하지 않다고 했다. 언제는 나를 그렇게 견제하더니 내가 떠날 것 같으니 아쉬운가 보다. 나 역시 해결해야 할 많은 문제로 이곳을 떠날 수 없어서 지점장의 말에 수긍하였다. 잠잠했던 나의 인생에 변화의 바람이 불기 시작한다. 세상은 어떤 방향이 정답이라고 말하지 않지만, 자꾸 내 인생을 흔든다. 어디로 가야 하나? 시선은 갈 곳을 찾아 저 멀리 헤매고 있는데 해결되지 않은 많은 일이 발목을 잡는다.

2007년 2월 1일부터 2월 3일까지 일본 연수에 참여하였다. 이미 나에 대한 소문이 퍼져 주변 동료들의 시선이 불편하였다. 그래도 잘한 일이다. 나는 졸라서라도 일본에 가지 않았다면 마음이 더 괴로웠을 것이다. 아무것도 하지 않으면 아무 일도 일어나지 않고, 내가 착하게 산다고 세상 사람들이 나를 챙겨주는 것도 아니다. 우는 아이 떡 하나 더 준다는 말이 달리 나온 말은 아니다. 내가 나를 위로하지 않으면 서러워서 살 수 없는 세상이다.

2007년 3월 3일 토요일. SU로 인사이동이 되면 아무리 노력을 해도 학교와 멀어지게 된다. 주변에는 이런 이유로 7~8년 만에 박사학위를 취득한 사람도 종종 본다. 얼마 전까지 회사에서 청소나 하며 하루를 보냈는데 이제는 내 자리를 지키려고 노력해야 한다. 갓 서른 중반을 넘겼는데 회사 조직이 피라미드 구조라는 것을 피부로 느낀다.

2007년 4월 7일 토요일. 상견례를 하였다. 인생에서 최고의 선택은 있을 수 없지만, 최상의 선택은 있다. 내가 그녀와 결혼을 서두른 이유가 몇 가지 있다. 첫째, 올해 초 SU로 인사이동이 될 뻔했었다. 다른 지역으로 가면 다시는 결혼 준비를 못 할 것 같았다. 몇 해 전 SU에서 사귀던 여자 친구가 있었다. 내가 갑자기 CJ로 인사발령이 나자 그녀의 부모님은 언제 다시 SU로 올 거냐며 물어보셨다. 주말에 장거리 연애를 했었지만, 마음보다 몸이 먼저 지쳐 그녀와 헤어졌다. 이번에도 또 그런 일이 생길까 봐 두려웠다. 둘째, 내 나이가 벌써 서른여섯이 되었다. 나를 좋아해줄 사람이 앞으로 몇 명이나 더 나타나겠는가? 박사과정으로 공부해야 하는 나를 이해해줄 사람이 많지 않을 것이다. 셋째, 회사원일 때 결혼해야 한다. 회사가 다시 매각된다는 소문이 돌아 불안하다. 아무리 나를 사랑한다고 해도 직업이 없는 나를 좋아할 여자는 없을 것 같다. 마지막으로 그녀만큼 나를 사랑해줄 여자는 없을 것 같다. 나만의 착각이라고 해도 그렇게 믿어야 최상의 선택이 된다.

2007년 4월 11일 수요일. 며칠 전 다른 증권회사에 다니는 모교 후배를 만났다. 후배는 벌써 사내 정치로 스트레스가 이만저만 아니다. 그의 능력이 회사에서 주목받자 직속 상사는 그를 견제하기 위해 자기를 잘 따르는 다른 직원을 먼저 승진시켰다고 했다. 나도 벌써 사내 정치를 걱정할 나이가 되었다.

2007년 5월 19일 토요일. 드디어 결혼한다. '나도 이젠 이렇게 누군가와 같이 사는 건가?' 내 인생에 오지 않을 것 같았던 결혼식이 순식간에 지나가버렸다. 앞으로는 혼자일 수 없는 우리의 인생이 같은 곳만 바라보며 잘 걸어갔으면 좋겠다. 결혼이 아름다운 구속이길 빌어본다. 후회의 두려움보다 미지(未知)의 설렘이 인생을 더 풍요롭게 할 거로 믿어본다.

2007년 6월 중순. 내 옆에는 살아온 환경과 생각이 전혀 다른 또 다른 내가 있다. 아내는 나의 까칠한 성격을 잘 받아주어 아직 크게 싸우지는 않았다. 타지(他地)로만 떠돌아다녔던 나에게 정착해야 할 이유가 생긴 것이다. 내 곁에는 누가 뭐라고 해도 이 세상 끝까지 내 편일 아내가 있다. 더 이상 굳이 고독을 선택할 필요가 없어서 마음이 놓인다.

20. 내가 나를 가둔 형틀에서 벗어났다

마침내 내가 나를 가둔 형(刑)틀에서 벗어났다. 미래의 불안감을 견딜 수 없어서 어쩔 수 없이 나를 가둬둔 형틀은 나에게 미래를 그려볼 수 있는 캔버스(canvas)를 주었다. 회사생활과 병행했던 대학원 생활은 뼈가 녹고 살이 타는 고통이었다. 미래를 가만히 기다리지 못해 대학원에 다닌 죄로 매일 저녁을 굶었다. 다른 사람의 눈빛과 표정에 얽매인 내 삶이 너무 싫었다. 그런 내 삶을 싫어한 죄로 주말마다 논문과 씨름하며 방구석에 스스로 갇혔다. 꽃이 피고 꽃이 지고 단풍이 들고 단풍이 져도 나를 기억해내는 사람은 아무도 없었다. 다행히 늦게 만난 아내만이 나에게 세상 밖의 이야기를 들려주었고 햇살 좋은 날에는 나를 칙칙한 방구석에서 꺼내주었다. 나약한 내 마음이 미래의 두려움에 따라잡히지 않으려고 미친 듯이 달렸다. 그렇게 달리다 보면 어딘가는 몰라도 답답한 현실에서 벗어날 수 있는 이상향에 닿을 거라고 믿었다. 달리고 달리다 보니 이미 지나간 건지 이상향은 못 찾고 세월만 훌쩍 지나가버렸다. 그러나 세월은 거칠게 지나가면서 나에게 세상에 흔들리지 않을 단단한 마음과 박사학위를 주었다.

2006년 6월 끝자락. 지도교수가 안식년에 들어가 지도교수를 J교수로 바꿨다. 전에 진행했던 논문은 폐기하고 새로 논문을 쓰게 되었다. 나는 신혼이라는 단꿈을 뒤로하고 매일 컴퓨터 앞에 앉아야 했다. 낮에는 회사 일에 시달렸고 밤에는 논문과 씨름하였다.

2007년 7월 끝자락. 더운 날씨에 회사 일도 벅찬데 다가오는 졸업 날짜가 내 목을 조여왔다. 주말에는 에어컨도 없는 방구석에서 종일 컴퓨터와 대화하였다. 미안했지만 아내를 처가로 보내놓고 나는 목석처럼 책상 앞에 앉아 여러 날을 보냈다. 지도교수는 논문이 마음에 들지 않는지 자꾸 수정을 요구하였다. 갈 길 바쁜 내 마음도 모른 채 그는 길 위에 돗자리를 폈다. 회사에서 언제 또 인사이동이 있을지 구조조정은 또 어떻게 이루어질지 내 머릿속은 온통 전쟁터였다. 그러나 지도교수는 나와는 다른 평화롭고 안전한 세상에 사는 것 같았다. 아내는 임신하였다. 아내 앞에만 서면 나쁜 아빠와 나쁜 남편이 된 것 같아 미안했다. 회사는 수익성이 악화하여 혹독한 구조조정으로 살아남으려고 한다. 이런 상황이 내가 혼자일 때와는 사뭇 다른 엄청난 무게로 내 가슴을 짓누른다. 살려달라고 아무리 가슴 깊이 아우성 쳐봐도 돌아오는 것은 냉담한 세상의 무관심뿐이다.

2007년 8월 끝자락. 논문 작성은 끝이 보이질 않는 산꼭대기를 한밤중에 더듬거리며 오르는 느낌이다. 나에게는 모든 것이 마지막 기회이고 한 번 들어선 길을 다시 돌아가기에는 인생이 너무 짧다. 신혼의 단꿈은 퇴색한 지 오래고 아내의 외로움은 더해만 간다. 나는 배 속에 있는 아기에게 그 흔한 태명도 지어주지 못했다. 아내가 내 세상에만 빠져 있는 나를 묵묵히 지켜주어 너무 감사하다.

2007년 9월 끝자락. 며칠 전 1차 논문 심사가 끝났다. 지도교수는 논문을 전면 재수정해야 한다고 말했다. 그의 말 한마디에 주말이 통째로 사라진다. 두 팔로 얼굴을 가린 채 웅크리고 앉아 인내와 끈기로 세상 풍파를 견디고 있다. 시간은 가는데 지도교수는 논문의 어느 부분을 수정해야 할지 언급이 없다. 종일 세상 눈치만 보느라 퇴근하고 나면 온몸은 물에 젖은 솜뭉치가 된다. 인생에서 쉽게 얻을 수 있는 것은 아무것도 없지만, 이번만은 정말 쉽게 얻을 수 없을 것 같다.

2007년 10월 10일 수요일. 2차 논문 심사를 받았다. 심사위원 한 분은 논문을 처음부터 다시 수정해야 한다고 겁을 준다. 논문 제출일은 논문인쇄까지 고려하면 이제 한 달밖에 남지 않았다. 대학원 졸업과 회사 걱정에 머리는 깨질 듯이 아프고 구토가 날 것 같다. 일단 지도교수가 내 논문에 대해 많은 부분을 옹호하여 논문 심사가 끝까지 갈 수 있었다. 심사에서 지적

된 부분을 재수정하여 3차 심사를 하자는 결론이 났다.

2007년 11월 끝자락. 끝없이 상승할 것 같던 중국 주식시장이 무너지기 시작했다. 미국의 서브프라임 모기지 사태(subprime mortgage crisis)가 전 세계 경제를 흔들고 있다. 나 역시 이 소용돌이에서 벗어날 수 없다. 매일 고객들은 펀드를 어떻게 해야 하냐며 직원들에게 불만을 제기한다. 개장만 하면 주가는 곤두박질치고, 공포에 질려버린 직원들은 하나둘 회사를 떠난다. 물러날 곳 없는 나는 퍼붓는 고객의 독설에 가슴이 헐어버린다. 지옥 같은 날들에 출근하기가 겁난다. 퇴근해도 마무리되지 않은 논문이 나를 기다리고 있다. 허리와 목이 아파 잠을 이룰 수 없다. 언젠가 이 또한 지나가리라는 믿음으로 하루를 지워나간다.

2007년 12월 14일 금요일. 3차 논문 심사를 받았다. '오늘만 버티면 모든 것이 끝난다.' 오후 5시 40분쯤 심사위원과 지도교수가 나타났다. 나는 30분가량 논문을 발표하고 강의실을 나왔다. 교수님들은 한참을 상의하더니 감사하게도 나의 논문을 박사학위논문으로 인정해주었다. 드디어 나는 박사가 되었다. 집으로 돌아오는 내내 눈가에 눈물이 고였다.

2007년 12월 27일 목요일. 오후에 회사를 몰래 나와 학교로 향했다. 인쇄소에서 온 박사학위논문이 학과사무실에 가지런히 놓여 있었다. 한동안 학교를 서성거렸다. 성취에서 오는 허탈감과 무사히 마쳤다는 안도감이 교차하였다. 아무 생각 없이 시작한 공부가 또 다른 세상을 보게 한다. 논문의 마지막에 이렇게 글을 남겼다.

"어느새 지난 3년이 찰나(刹那)와 같이 흘렀습니다. 뒤를 돌아보면 힘겹게 지나간 하루하루가 너무도 아름답고 소중한 추억이 되었습니다. 오랜만에 다시 시작한 공부라 책이 손에 잡히지 않았습니다. 또한, 퇴근 후에는 학교에 늦지 않으려고 항상 저녁을 굶었습니다. 이렇게 두 해가 지나니 예전에는 없었던 지독한 위장병과 두통이 생겼습니다. 지난해 겨울, 박사과정의 마지막 수업을 마치고 집으로 돌아가는 길에 눈이 내렸습니다. 늘 그래왔듯이 늦은 저녁을 해결하려고 식당가를 서성거렸으나 열린 곳은 없었습니다. 눈물이 핑 돌고 코끝이 찡하였습니다. '내가 왜 이렇게 공부를 해야 하나?'라고 나 자신에게 수없이 질문하였습니다. 그러나 나는 그 무엇보다 소중한 기회를 얻었습니다. 지금 저는 많은 분의 도움으로 무사히 새로운 인생의 전환점에 서게 되었습니다."

21. 나도 아빠가 되었다

사회생활 9년 차에 나도 아빠가 되었다. 그리고 남들처럼 아파트도 갖게 되었다. 동이 트기 전의 새벽이 가장 어둡다고 하지 않았는가! 아이러니하게도 가장 행복한 일들이 가장 힘든 시기에 찾아왔다. 2007년부터 시작된 금융위기가 다시 한번 외환 위기의 어두운 그림자를 드리웠다. 회사에는 다시 구조조정의 소문이 돌기 시작했다. 익숙했던 얼굴들은 지레짐작 겁을 먹고 회사를 떠나기 시작했다. 어느 하나 온전히 제 모습을 지키지 못하는 세월 속에 나는 다시 격랑(激浪) 속으로 빠져들었다. 내 인생을 내 마음대로 하지 못하는 상실감은 아빠와 남편으로서 더 커져만 갔다. 그러나 동이 튼다는 믿음만 있으면 세상은 그렇게 어둡지 않다. 고비를 넘기지 못해도 실패의 교훈을 얻을 것이고, 고비를 넘기면 성공의 경험을 쌓을 것이다. 인생은 버티기만 하면 승리할 것이다. 이것이 이 세상 가장들에게 가장 필요한 자세일 것이다.

2008년 1월 8일 화요일. 올해 드디어 아파트에 입주한다. 내 집 마련이 나에게 큰 의미로 다가온다. 나는 2003년 CJ로 인사이동하면서 급하게 집을 구하느라 저당권이 잡혀 있는 지금의 집에 들어왔다. 들어가 산 지 얼마 되지 않아 집주인은 병으로 돌아가셨다. 건물의 소유주는 돌아가신 집주인의 명의로 되어 있었다. 그러나 건물이 깔고 있는 땅은 그분의 어머님 소유였고 돌아가신 후 소유권이 형제들의 명의로 쪼개졌다. 이렇게 명의가 복잡한 집을 누가 사겠는가? 집주인이 돌아가시고 1년이 지나자 돈을 빌려준 금융기관이 집을 경매에 넘겼다. 퇴근하고 집에 돌아오면 문틈에 법원에서 날아온 빨간 도장의 경매통지서가 꽂혀 있었다. 그렇게 4년 이상 경매가 유찰되면서 내가 아파트를 분양받았다는 사실이 부담으로 다가왔다. 다행히 전셋집은 동네가 재개발된다는 소문과 함께 작년에 낙찰되었다. 이런 경험은 나에게 남의 집에 사는 것을 몹시 부담스럽고 불안하게 하였다. 또한 돈에는 감정이 없다는 것을 깨닫게 되었다.

2008년 1월 26일 토요일. 처가에서 돌아오는 길에 아내가 치킨을 먹고 싶다고 했다. 녹색불을 보고 교차로에 진입하였는데 멈출 줄 알았던 우회전하는 자동차가 계속 달려왔다. 결국 그 차는 내 차의 왼쪽 앞부분을 받았다. 앞부분이 심하게 부서졌고 임신한 아내는 깜짝 놀라서 말을 잇지 못했다. 태아에게 무슨 일이 일어난 것은 아닌지 몹시 걱정되었다. 상대방 운전자는 딴생각하다가 사고를 냈다며 잘못을 시인하였다.

2008년 2월 11일 월요일. 아내는 전치태반이라 제왕절개 수술을 해야 한다. 일전의 교통사고에도 불구하고 다행히 태아에 아무런 이상이 없다. 저녁 6시 수술실에 들어간 아내는 3kg의 건강한 여자아이를 출산하였다. '아내가 얼마나 아팠을까?' 수술을 마친 아내는 다행히 잘 견뎌주었다. 아기의 손과 발은 너무도 작고 가늘어 보기만 해도 부러질 것 같았다. '이렇게 나도 아빠가 되는구나!' 형용할 수 없는 감동과 책임감이 밀려왔다. 가족에 대한 책임감이 무섭게 나를 압도한다.

2008년 2월 21일 목요일. 대학원 졸업식 날이다. 지점장에게 집안일이 있다고 말하고 졸업식에 참석하였다. 부모님은 집안에 박사가 나왔다며 모든 일을 제쳐놓고 참석하셨다. 학위증을 받고 단상을 내려오면서 '이제 모든 것이 끝났구나!' 하는 생각이 들었다. 주변 사람들과 석별(惜別)의 악수를 하는데 문득 지난 고통만큼 감당할 수 없는 허무함이 밀려왔다. 고통의 깊이만큼 성취에 대한 극도(極度)의 쾌감이 찾아왔고 뒤이어 허무함이 길게 여운으로 남았다. 세상은 변한 것이 없는데 나 혼자 빈 강단에 서서 한동안 세상에 감격해하였다.

2008년 3월 3일 월요일. 미국에서 시작된 금융위기가 수그러들 기미를 보이지 않는다. 회사에는 다시 구조조정에 대한 소문이 돌기 시작한다. 돌이켜보면 1997년 외환위기 이후 그리 편한 날이 없었다. 상상도 못할 경쟁률을 뚫고 들어간 증권회사는 금방 외국계 금융기관에 매각되었다. 줄 세우기를 해서 실적이 저조한 영업점은 폐쇄되었고 갈 곳 잃은 직원들은 해고되었다. 교수가 되려고 대학원에 간 것은 아니었다. 그러나 지금은 무엇이라도 잡아야 할 것 같은 절박한 상황이다. 시간강사 경력도 있어야 하고 논문도 계속 써야 한다.

2008년 3월 20일 목요일. 아내가 육아에 전념하기 위해 직장을 그만두었다. 외벌이가 된 나는 재정적으로나 심리적으로 위축이 된다. 이번 겨울에는 아내의 임신으로 난방비가 많이 들었다. 어른들은 애가 생기면 알 거라고 하셨는데 무슨 의미인지 가슴으로 와닿는다. 애가 태어나니 결혼은 이상이 아닌 현실임을 철저히 깨닫는다. 3월이 되자 자녀가 결혼한다고 고객들로부터 청첩장이 날아든다. 그러나 행복한 결혼을 축하하기에는 내 마음과 내 지갑이 너무 가난하다.

2008년 4월 11일 금요일. 미국의 금융위기가 전 세계로 퍼지면서 세상이 흔들리고 있다. 회사는 적립식 펀드, 연금저축 그리고 장기주택마련펀드 가입을 위한 캠페인을 시작하였다. 매일 영업실적 등수가 공개되는 힘든 나날이다. 추락하는 주식에는 전혀 날개가 없다. 1997년 외환 위기 이후 10년 만에 다시 금융위기가 찾아왔다. 사내 인트라넷에 들어가 보니 낯익은 얼굴들이 사라지고 있다. 나를 괴롭혔던 BS 가시와 까칠 막내도 사라진 지 오래다. 한 번의 하락장이 올 때마다 사람들이 소리 소문 없이 사라진다. 그들은 고객에게 가슴이 멍들고 회사에 질려버려 그만둘 수밖에 없었다. 살아남은 증권맨에게 금융위기는 가슴에 박히는 훈장과도 같지만 지울 수 없는 슬픔이기도 하다. 나에게 벌써 몇 개의 훈장이 붙어 있지만 바람에 나부끼는 내 인생은 슬픔으로 가득하다. 그래도 가장이 된 이상 이번 금융 위기를 잘 넘겨야 한다.

22. 무모하게 문을 두드린다

무식하면 용감할 수 있다지만 용감하다고 무식한 것은 아니다. 나는 딸랑 지방대학 박사학위 하나를 들고 무모하게 학교의 문을 두드렸다. 아무런 연줄도 없이 참가한 학술대회에서는 지독한 외로움의 참맛을 느꼈다. 무모하게 문을 두드린 내게 학교는 보잘것없다며 냉소적인 쓴웃음을 지었다. 학연도 지연도 없는 나는 학교 문을 두드린 죄로 철저히 무시당했다. 그러나 나는 철저한 계획과 준비를 하였다면 오히려 시도조차 못 하고 포기했을지도 모른다. 우리가 인생에서 용감하기 위해 약간 무식해지는 것은 현실 앞에 소심한 것보다 100배 1,000배 낫다. 우리는 남의 생각과 시선에 사로잡혀 먼지 쌓인 채 묻어둔 도전과 기회가 너무 많다. 어차피 세월이 지나면 무식했던 용감함도 소심했던 창피함도 한낱 기억 속에 잊히는 의미 없는 감정일 것이다. 이렇게 짧은 인생인 줄 알았다면 좀 더 어깨 펴고 당당하게 무식해질 걸 하는 작은 후회가 밀려온다. 세월은 이제야 무모하고 무식했던 나의 도전이 진정한 용기였다고 말한다.

2008년 5월 4일 일요일. BJ대학교에서 교수 채용 공고가 떴다. 막상 교수 시장에 들어가보니 지방대학 학위로는 한계가 있어 보인다. 그러나 무모한 도전을 시작한다. '내가 언제 무엇에 의지하며 살아왔는가!'

2008년 5월 24일 토요일. 처음으로 학술대회에 참석하였다. 학술대회는 나에게 또 다른 외로움을 선사하였다. 내가 발표하는 세미나실에는 3명의 발표자가 배정되어 있었고 제법 많은 청중이 자리하였다. 내 발표순서가 돌아왔다. 무슨 일인지 청중들이 모두 다른 방으로 빠져나갔다. 알고 보니 청중의 대부분은 내 앞의 발표자와 관련 있는 교수나 대학원생이었다. 나에게 관심을 두는 사람은 많지 않았다. 나는 썰렁한 분위기에서도 끝까지 최선을 다해 발표하였다. 나 자신에게 애썼다며 나를 토닥였다. 그러나 앞으로 나에게 밀려올 외로움이 미리부터 걱정된다.

2008년 5월 30일 금요일. 고객에게 다른 금융기관에 있는 연금저축을 우리 회사로 옮겨달라고 부탁하였다. 투자자금이 들어오지 않으니 이런 방법으로라도 자산을 늘려야 한다. 회사는 직원들이 게으르지 않도록 빈틈을 헤집고 단련시켜준다. 나는 자존심도 버리고 목을 항상 유연하게 고객 앞에서 조아린다. IMF 시절 취업이 힘들었던 것을 생각하면 이것도 감지덕지(感之德之)다. 그래도 서른일곱에 바라본 세상은 점점 더 버겁게 느껴진다. 몰려오는 피곤은 언제까지 이 짓을 계속할 수 있을지 미래를 고민하게 한다. 요즘 딸아이가 잠에서 자주 깨 나 역시 밤잠을 설친다. 열 평 남짓의 조그만 방은 과거 무당집과 술집이 즐비한 동네에 자리 잡고 있다. 술주정뱅이의 소란에 경찰은 수시로 출동하고 딸아이는 경찰차 사이렌 소리에 잠을 깬다.

2008년 6월 2일 월요일. 내가 사는 전셋집은 2층의 슬래브 집이다. 집주인은 1층에 살고 있고 2층으로 올라가는 계단은 아예 뒷골목에 따로 있다. 좁은 계단을 올라가면 문 2개가 나타난다. 내가 사는 집은 계단 바로 앞에 문이 있다. 문을 열고 들어가면 거실 겸 주방이 있고 작은 방 하나와 큰 방 하나가 있다. 그러나 큰 방이라고 할 것도 없이 둘 다 작다. 큰 방에는 낡은 철제 책상과 매트리스 그리고 비닐로 된 옷장이 있다. 아내는 작년까지만 해도 나와 매트리스 위에서 잤는데 지금은 아기 때문에 매트리스 밑에서 잔다. 매트리스 밑은 책상 밑이다. 빨리 이곳을 벗어나고 싶다. 거실에는 중고로 산 10만 원짜리 냉장고와 아내가 혼수로 사 온 150만 원짜리 김치냉장고가 우스꽝스럽게 나란히 서 있다. 화장실에는 고객으로부터 산 중고 세탁기가 있다. 작은 방에는 CJ로 인사이동될 때 허겁지겁 싸서 온 옷들이 그대로 있다. 이런 상황을 알면서 나에게 와준 아내가 정말 고맙다.

2008년 6월 18일 수요일. CJ대학교의 회계학과 사무실에 찾아갔다. 강의경력을 쌓기 위해 영업방식대로 무조건 들이댔다. 조교에게 부탁하여 학과장을 만났다. 학과장은 강의 자리가 비면 연락을 주겠다고 했지만 나를 경계하는 눈치였다. 후배의 말로는 이미 누군가가 강의를 하고 있을 테고 학과장은 무조건 자기에게 우호적인 사람을 원할 거라고 했다. 대학 사회에서 왜 그렇게 학연이 중요한지 이해할 수 있었다. 나는 잘못한 것도 없는데 학연이 없다는 이유만으로 죄를 지은 느낌이었다.

2008년 7월 7일 월요일. BJ대학교에 면접을 보러 갔다. 면접실에 들어가니 10명 남짓의 교수들이 팔짱을 끼고 마치 동물원 원숭이를 보듯 나를 쳐다봤다. 준비해간 논문을 발표하고 나니 여기저기서 질문이 쏟아졌다. 학교의 급여는 증권회사의 급여보다 적을 텐데 왜 이 길을 선택했는지부터 시작해서 종교가 무엇인지까지 다양하였다. 갑자기 한 교수가 나에게 영어로 질문을 하였다. 나는 무슨 말인지 이해하지 못해 하늘이 노래졌다. 면접실을 나오는데 상실감과 자괴감이 밀려왔다. 그 교수는 나를 떨어뜨리려고 일부러 영어로 질문한 것인지 아니면 정말 영어를 잘해야 교수가 될 수 있는 것인지 머릿속이 복잡해졌다. 내 앞에는 그동안 만나본 적도 없고 설명할 수도 없는 견고한 벽이 나를 막아서고 있는 것 같았다.

23. 돌고 도는 물레방아 세상

인생사는 새옹지마(塞翁之馬)가 맞다. 나는 소규모 영업점에 근무해서 관리고객의 자산규모가 크지 않았다. 그래서 자산과 수익 측면에서 영업실적이 썩 좋은 편은 아니었다. 그러나 하락장에서 고객의 손실로 공포에 질려 회사를 떠날 일은 없었다. 영업실적은 특출나지 않지만, 대규모 영업점의 직원보다 회사를 더 오래 다녔다. 한편 토지 보상자금을 유치하러 다녔던 곳에 아파트가 들어섰다. 나는 그 아파트에 당첨이 되어 그곳에 살게 되었다. 인생은 항상 슬픈 것도 아니고 항상 기쁜 것도 아니다. 그저 우리는 각자의 자리에서 계속 뻗어 나아갈 뿐이다. 외환위기 이

후 10년이 지나자 금융위기가 들이닥쳤다. 세상은 물레방아처럼 끝없이 돌고 돈다. 죽을 만큼 힘들어도 조금만 참으면 행복이 찾아오고 아무리 행복해도 조금만 방심하면 죽을 만큼 힘들어진다.

2008년 7월 24일 목요일. 고객들은 가입한 펀드에서 손실이 나서 돈 가뭄에 시달리고 있다. 그들은 아파트 잔금 마련이 걱정되어 잠을 못 잔다고 아우성친다. 본의 아니게 나는 고객들에게 죄인이 되었다. 가랑비에 옷 젖듯이 주식은 벌써 10개월째 하락 중이다. 수익이 나서 고객들이 돈을 찾아가면 회사가 아우성치고, 손실이 나서 돈이 묶이면 고객들이 아우성친다. 인생이 이러지도 저러지도 못하는 아우성 속에 지나가고 있다.

2008년 8월 7일 목요일. 올해 초 주식시장이 안 좋아 증권가는 자금이 은행권으로 이탈할까 봐 걱정했었다. 그래서 궁여지책(窮餘之策)으로 내놓은 영업 전략이 연금저축을 은행에서 증권회사로 옮겨오는 것이었다. 부자든 아니든 SU든 지방이든 고객은 1년에 300만 원까지만 연금저축에 입금할 수 있다. 연금저축 이전은 많은 고객을 만나는 직원에게 유리하다. 나는 이번 캠페인에서 상을 받게 되었다. 작년에 일본 연수 문제로 내가 회사정책에 불만 있는 직원으로 보였을 텐데 너무 기뻤다. 나의 영업실적은 사내정치를 통한 밀어주기로 만들어진 것이 아니다. 흘린 땀방울과 닳아 없어진 구두 밑창이 만들어준 순수한 결과였다. 세상의 부당함을 넘어서면 정당함을 입증하게 된다. 내 인생이 뻗어 나아갈 것인지 주저앉을 것인지는 온전히 나의 선택에 달려 있다. 냉정한 세상은 나의 불평을 받아줄 아량(雅

量)이 없고, 갈 길 바쁜 시간은 나의 불평을 들어줄 여유가 없다.

2008년 8월 27일 수요일. 아파트에 입주하기 위해 이사를 한다. 짐을 정리하려고 창문을 여니 언제 달았는지 모를 낡은 커튼이 먼지와 함께 바람에 날린다. 이층집이라 여름에는 햇볕에 달궈진 지붕으로 한증막같이 뜨거웠다. 막상 떠나려고 하니 알지 못할 복잡한 감정이 교차한다. '이곳에 다시 와볼 수 있을까? 다시 올 일은 있을까?' 내 인생의 한 장면이 짐을 싣고 떠나는 용달차에서 멀어져간다. 오전 9시 아파트에 도착하여 짐을 내리기 시작했다. 가져온 짐을 정리하는 데 1시간도 걸리지 않았다. 이 동네는 4~5년 전에 논과 작은 마을이 있었다. 세월이 흘러 버스터미널이 생겼고 도시가 커지면서 아파트단지가 들어서게 되었다. 당시 금융기관들은 토지 보상자금을 유치하기 위해 이 동네 어르신들을 자주 찾아뵈었다. 나 역시 귤 상자를 들고 동네 경로당에 자주 찾아갔었다. 나중에 무엇이 들어 설려나 궁금했었는데 내가 그곳에 살게 되었다. 세상이 더 빠른지 내가 더 빠른지 매일 경쟁하며 살고 있다. 정해진 방향도 목표도 없는데 매일 속도만 올리며 바쁘게 살고 있다.

2008년 10월 10일 금요일. 외환 위기가 다시 올 거라는 우려가 주요 톱뉴스로 다뤄지고 있다. 1998년의 뉴스는 금 모으기 운동, 비관(非觀)하여 자살하는 사람들, 기업들의 부도 그리고 대량 실직 사태에 관한 내용이었다. 그때는 학생 신분이라 뉴스가 가슴에 와닿지 않았다. 지금 나는 그 현실 속에 들어와 있는 회사원이다. 취직한 지 10년이 지나 다시 또 IMF의 기억이 스멀스멀 기어 나온다. 그때는 혼자였지만 지금은 책임져야 할 아내와 아이가 있다. 그해 겨울이 참 추웠는데 올해의 겨울은 더 추울 것 같다.

24. 폭풍의 한가운데에서

2007년에 시작된 미국의 서브프라임 모기지 사태(subprime mortgage crisis)는 한국 경제를 급속도로 악화시켰다. 우리 회사도 그 폭풍을 피해 갈 수는 없었다. 회사가 망할 때까지 남아 있을 줄 알았던 독한 임원은 결국 그만두었다. 2001년 SK글로벌 사태 때 고객들의 손에 끌려 나와 손실을 해명해야 했던 임원들이 생각난다. 직원들이 그렇게 어려워했던 임원들이 고객들 앞에서는 한낱 동네 아저씨였다. 세상에는 영원한 승자도 영원한 패자도 없는 것 같다. 그러나 내가 혼돈의 경제 속에 파묻혀 있는 사이에 지인들의 인생은 약진하고 있었다. 나는 세월을 이기고 싶은 욕심에 마음이 조급해져 갔다. 다시 찾아온 폭풍 속에서 학교로 향한 나의 열망은 커져만 갔다.

2008년 10월 24일 금요일. G형은 DG대학교에서 CB대학교로 옮겼다. 전임조교였던 D형은 JY대학교에 교수로 임용되었다. 회계사 시험을 준비하던 대학원 동기는 한동안 연락이 없더니 올해 국립 SCH대학교에 임용되었다. 그들은 10년 전 누구도 추천하지 않은 교수의 길을 고집스럽게 간 것이다. 그리고 그들이 빛나는 이유는 학벌과 나이의 불리한 조건을 극복했다는 것이다. 핑계만 대고 멈춰 있을 것인지 생각을 바꿔 나아갈 것인지는 오로지 나의 몫이다. 실패가 두려워 시도를 안 하고 시도를 안 해서 후회하는 것은 모두 나의 책임이다. 그들은 미래의 두려움을 후회와 맞바꾸지 않고 그들의 입맛에 맞게 미래를 만들었다. 세상은 나에게 패(牌)를 쉽게 보여주지 않고 미래는 내 인생을 쉽게 바꿔주지 않는다. 지나간 인연들이 너도 할 수 있다며 나를 다시 일으켜 세운다.

2008년 10월 31일 금요일. 대학생일 때는 흐르는 세월에 슬퍼해본 적이 없었다. 멈춰 있는 것 같은 세월 속에서 오직 나에게만 집중할 수 있었다. 지금은 며칠 전에 만난 것 같은 사람을 몇 해가 흘러 다시 만나고, 내가 지나온 과거는 순서가 뒤죽박죽되어 어색한 미소를 짓는다. 세상은 그 자리에 머물러 있고 나 혼자만 변해가는 줄 알았는데 나만 그 자리에 머물러 있고 세상만 변해가는 것 같다. 책꽂이엔 중학교 때 열정을 다해 치던 기타의 악보가 화석처럼 박혀 있다. 악보는 손이 간 지 몇 십 년이 지났기에 다시 넘기면 땅이 갈라지는 소리가 난다. 내 인생에 찾아온 과거의 흔적이 너무도 낯설게 느껴진다. 최근에 '미네르바'라는 인터넷 논객의 글이 세상을 흔들고 있다. 그가 예측한 경제 상황이 현실과 너무도 잘 맞아떨어져 투자자들의 간담을 서늘하게 한다. 투자자들은 당황스러워하는 경제관료를 뒤로 하고 그가 누구인지 궁금해한다. 누구라도 나타나 이 혼란한 세상을 다시 한번 조율해주었으면 좋겠다. 그러나 과거와 현재 그리고 내가 다시 오늘을 회상할 미래를 생각하면 모든 것이 그저 오래된 추억일 것이다.

2008년 11월 27일 목요일. 지점장 회의가 있은 다음 날이면 직원들은 지점장 눈치를 보느라 바쁘다. 직원들은 회의에서 무슨 얘기가 오갔을까 조마조마한다. 반복되는 지친 나날에 희망은 닳아 없어지고 쓰다만 논문은 덩그러니 방 안에 내팽개쳐져 있다. 회사의 정신적 고통을 안고 집에 돌아와 책상 앞에 앉는 것은 죽지 못해 하는 짓이다. 내가 유일하게 보는 TV 프로그램은 EBS의 〈세계테마기행〉이다. 주인공은 탁 트인 평원의 샛길을 유유히 걷고 있다. 나는 이 상황이 불공평하게 느껴진다. 아직 끝나지 않은 인생이라 나도 언젠가 그곳에 가 있을 거라고 기대해본다. 다시 몸뚱이를 책상 앞에 갖다 놓는다.

2008년 12월 7일 일요일. 지원했던 HG대학교에서 연락이 왔다. 내가 적임자가 아니라고 한다. 적임자는 과연 누구일까? 세상에 쉬운 일도 없지만 안 될 일도 없다고 믿으며 살아왔다. 그러나 안 되는 일이 진짜 있는 것은 아닌지 생각해본다. 그렇게 젊지는 않지만, 나에게 아직 인생을 바꿀 약간의 기회는 남아 있다고 믿고 싶다. 논문을 좀 더 많이 읽고 좋은 논문을 써야겠다. 가끔 영업점에서 논문을 읽고 있으면 여직원은 그것이 무엇이냐고 물어봤다. 내가 교수가 되려고 논문을 읽는다고 말하면 그녀의 대답은 비웃음으로 돌아올 것 같았다. 그래서 그냥 심심해서 보는 거라고 말했다. 나의 노력이 그저 심심한 결과로 돌아오지 않았으면 좋겠다. 아버지는 돈을 벌라며 나를 취직으로 떠밀었지만, 회사원은 나에게 맞지 않는 옷이다. 나는 책을 보고 글을 쓰는 것이 재미있다. 최근 들어 연락이 뜸했던 친구나 선배가 찾아온다. 그들은 대부분 보험회사에 근무한다. 보험회사 영업직원은 보험계약 건수가 없으면 급여도 없다. 다들 4년제 대학교를 졸업한 고(高)학력자지만 점점 나이가 들면서 설 자리를 잃는 것 같다. 나는 나를 찾아오는 모든 이들에게 밥을 사주었다. 내 주머니가 그들의 주머니보다 조금 더 무겁다고 믿으며 말이다. 그러나 그들의 모습이 나의 미래가 될지도 모른다는 생각에 조금 더 힘을 내보려고 한다. 남의 시선과 입으로부터 눈과 귀를 닫고 후회 없는 노력을 해봐야겠다.

2008년 12월 30일 화요일. 모질게도 회사에 끝까지 남아 있을 것 같던 독한 임원 3명이 회사를 그만둔다. 그중에는 우리 본부장도 포함되어 있다. 본부장의 퇴직이 갑작스럽기도 하면서 내심 그럴 수도 있다는 생각이 든다. 견고했던 임원들의 자리보전 카르텔이 깨진 것이다. 내년부터는 지점장과 직원들도 구조조정 대상에 포함된다고 한다. 작년의 노력이 올해를 헤쳐 나가는 힘이 되었고, 올해의 고통이 내년에 빛으로 발할 거라 믿는다. 고통이 있기에 행복이 있고 끝이 있기에 시작이 있다. 서로의 울림이 커질수록 서로의 의미가 더 크게 다가올 것이다. 나는 지금 거대한 폭풍의 한가운데에 서 있다.

25. 작은 희망에 다시 일어선다

사회생활 10년 차가 되니 작은 희망이 보였다. 모교 후배는 오랜 기다림 끝에 교수로 임용되었다. 후배가 교수가 된 것이 남 일 같지 않아 너무 기뻤다. 한편 신임본부장은 분위기를 쇄신하려고 우리 영업점에 자주 들락거렸다. 본부장의 잦은 방문은 내 인생의 변화를 암시하여 몹시 부담스러웠다. 딸아이가 한 살이 되었을 때 나는 생계와 학교의 꿈 어느 하나 포기할 수 없었다. 정반대에 서 있는 현실과 꿈을 둘 다 부여잡고 다가오는 내 나이 마흔을 두려워하였다. 내 나이 마흔이 되면 현실도 꿈도 내 곁에 오래 머물지 못할 거로 생각했다. 답답한 마음이지만 힘이 닿는 대로 둘을 꼭 잡고 가야 했다.

2009년 1월 5일 월요일. 신임본부장이 지점에 방문하였다. 돌쇠같이 생긴 본부장은 은근히 직원들을 협박한다. 직원들이 그의 뜻대로 열심히 노력하지 않으면 모두 인사이동 시켜버리겠다고 한다. 그러나 떠날 때는 "편안하게 열심히 해!"라고 말하며 병도 주고 약도 준다. 금융기관에 근무하면서 가장 짜증 나는 일은 인사이동이 아닐까 생각한다. 특히 가정이 있는 사람은 인사이동이 되면 이사를 해야 할지 말아야 할지 고민하게 된다. 회사생활에는 쉼표가 없다. 이번 달의 영업목표를 달성하면 회사는 다음 달의 영업목표를 새롭게 준다. 나는 세상에 등 떠밀려 인생이 어디로 가는지도 모른 채 하루하루 버티기에 급급하다. 여직원 1명이 그만둘 것 같다. 이유는 모르겠지만 영업에 대한 스트레스와 엄마로서 삶의 무게 때문 아닐까 생각한다.

2009년 1월 9일 금요일. 드디어 모교 후배는 교수가 되었다. 나도 교수가 되지 않을까 하는 작은 희망을 품어본다. 지점장은 더 많은 고객을 접촉하라며 직원들을 길거리로 내몬다. 추운 겨울 길거리에서 온몸이 발가벗겨진 채로 갈 곳을 잃은 느낌이다. 불안한 삶을 지탱하기 위해 나는 아무거나 희망 회로를 돌려본다. 작은 희망 하나라도 허투루 보지 않고 끝까지 잡고 있어야 한다. 그렇게 하지 않으면 내 인생은 상실감과 공허함에 이리저리 치이다가 산산조각 부서질 것이다.

2009년 2월 7일 토요일. 딸의 돌잔치를 하였다. 결혼이 남 일 같았고, 내 인생에 없을 거로 생각했던 일이 어느새 현실이 되었다. 이런 순간을 위해 우리는 힘겨운 일상을 포기하지 않는 것이다. 최근에 고객들이 펀드의 불완전판매를 빌미로 직원들에게 소송을 걸고 있다. 나에게도 이런 일이 일어나지 않을까 걱정하여 잠 못 이루는 날이 허다하다. 미래를 파는 직업의 특성상 입만 열면 본의 아니게 거짓말을 하게 된다. 회사는 직원들을 최전선에 배치해놓고 고객들을 막으라고 불호령이다. 고객은 회사에 대한 불만을 욕설과 함께 직원들에게 퍼붓는다. 고객과 회사 사이에 끼어 있는 나는 전혀 비상구를 찾지 못하고 있다. 주식시장은 나를 사기꾼으로 만들어버렸고, 내 영혼은 가쁜 숨을 몰아쉬며 세상에 찌들어간다. 딸은 숨을 곳도 도망갈 곳도 없는 아빠의 시간 속에서 벌써 한 살이 되었다.

2009년 2월 14일 토요일. 직원들이 고용의 불안에 흔들리고 있다. 나는 플랜 B가 있다는 쓸데없는 자신감으로 나를 위로한다. 그러나 학교로 넘어갈 수 있는 마지노(Maginot)선의 나이는 마흔인 것 같다. 마흔에 가까워지니 자꾸 나를 혹사한다. 그래도 인생이 불안하다고 느끼는 이유는 내가 아직 젊기 때문이라며 조급한 마음을 진정시켜 본다.

2009년 3월 17일 화요일. 고객을 통해 알게 된 CH대학교의 L교수와 식사를 하였다. L교수로부터 나의 교수지원에 관한 진솔한 의견을 듣고 싶었다. 그분은 나에게 지방대학교 박사로는 교수 시장에 명함도 못 내민다고 하였다. 나보고 SU에 가서 다시 학위를 따오라고 조언하였다. 괜히 고객을 졸라 L교수를 만난 것 같다. 마음에 지워지지 않을 상처 하나가 더 생겼다. 차라리 세상 물정 모르면 모르는 대로 미련하게라도 계속 부딪혀볼 텐데. 학교를 향한 나의 의지가 L교수의 진심에 한풀 꺾였다. 그러나 책임질 가족 앞에 내 이기심만 채우려고 생계를 놓을 수는 없다. 지금 상황에서 나의 노력은 최상의 선택이다. 지점장은 자기가 잘릴 것을 걱정하며 매일 지점장실에 틀어박혀 있다. 위기 앞에 뻗어나갈 것인지 주저앉을 것인지 양 갈래 길에서 지점장은 주저앉는 것을 택한 것 같다. 미래의 내가 지금의 지점장 모습이라면 나는 여기서 주저앉을 수 없다. L교수로부터의 상처에도 불구하고 나는 지금 앞만 보고 가야 한다. 그 길의 끝에 서 있는 내 모습이 나의 불안한 예감과 다르기를 바라면서 말이다. 계산도 되지 않는 희박한 확률이라고 지레짐작하여 내 인생을 포기하고 싶지는 않다. 교수가 될 수 있는 확률이 아예 없어도 지금 내가 할 수 있는 일은 이것밖에 없다. 분노에 가득 차 삿대질하는 고객들 앞에 그냥 주저앉기에는 내 인생이 너무 안쓰럽다. 언제까지 내 인생을 다른 사람들의 눈높이에 맞추며 살 것인가! 그러기에는 한 번 태어난 내가 너무 불쌍하다. 그러기에는 짧은 인생이 더 부질없어진다.

2009년 3월 20일 금요일. 지점장이 근심과 걱정의 방에 갇혀 빨대를 물고 숨만 쉰다. 한 집안의 자랑거리였을 아들이자 가장이 세월의 무게에 문드러져간다. 오로지 돈 하나만을 위해 시간을 맞바꾸는 지금의 내 모습이 슬프게 다가온다. 경기침체로 직원들은 이직도 쉽지 않다. 그러나 아직 내 마음에는 긍정의 회로가 돌고 있다. 회사가 영업실적으로 나를 누르면 나는 학교로 갈 수 있다는 희망의 문을 두드린다. 학교가 나를 좌절시키면 나는 회사에 다니고 있다고 위로한다. 그러나 나는 조만간 다시 돌아올 수 없는 30대와 이별하게 된다. 30대가 어떤 모습으로 끝날지 궁금하다.

26. 내가 탄 배가 가라앉는다

우리 영업점이 부실 점포로 지정되면서 지점장은 회사의 이곳저곳으로 불려 다니기 시작했다. 정의는 살아남으려는 직원들의 몸부림 앞에 합리화되지 않았다. 오직 고도의 정치적 계략만이 살아남을 수 있는 유일한 대안이었다. 회사에서 내 꿈을 준비할 수 있는 시간도 얼마 남지 않았음을 직감했다. 내가 탄 배는 가라앉고 있었지만 나는 절대로 쓰러질 수 없었고, 벚꽃은 흐드러지게 피웠지만 내 젊음은 절박함에 퇴색되었다. 누군가에 의해 어쩔 수 없이 인생이 흔들렸고 그래서 봄날같이 찬란한 내 인생이 더 간절했었다. 나는 누구도 말해주지 않는 내 인생의 정답을 찾아 화창한 봄날을 고뇌에 찬 날로 보냈었다.

2009년 4월 4일 토요일. 저녁마다 누더기 논문을 작성하고 있다. 주가가 오른 날엔 논문이 잘 써진다. 주가가 하락한 날에도 논문을 쓴다. 같은 논문에 나의 복잡한 마음이 덕지덕지 배어 있다. 이번 주말이 벚꽃의 절정일 것 같다. 그러나 나는 컴퓨터 앞에 앉아 있다. 짜증을 내는 아내와 보채는 딸을 보며 내 마음이 하늘에 닿길 바랄 뿐이다. 불안한 하루의 연속 속에서도 논문은 한 편씩 피어난다. 비록 깊이 있는 논문은 아니지만, 나의 간절한 희망을 품고 있다.

2009년 4월 11일 토요일. 학술대회에서 10년 만에 전임조교 D형님을 만났다. 예전에는 형이라고 불렀었는데 지금은 교수님이라고 불러야 한다. 그분은 이제 나에게 한없이 어렵고 높게만 보인다. 대학원 시절 그분은 유학을 떠나면서 나보고 나중에 오라고 하셨다. 그러나 그때 나의 부족한 용기가 나를 주저앉혔고 지금의 나를 만들었다. 같은 시간 다른 세상에 사는 우리는 짧은 재회를 뒤로 하고 기약 없이 헤어졌다. D형님의 세상에 들어가기에는 내가 너무 부족해 보였다. 지친 마음에 더 이상 발걸음을 뗄 수 없어 그냥 땅바닥에 눕고 싶다. 그러나 이대로 누워버리면 죽을 때까지 후회할 것 같아 다시 일어선다.

2009년 4월 12일 일요일. 화창한 날씨에 그동안 참아왔던 아내가 폭발하였다. 딸은 세상에 궁금한 것이 많은지 종일 놀아달라고 보챈다. 목석(木石)같이 할 일만 하는 내게 아내는 차갑게 돌변한다. 빨리 회사원과 강사의 이중생활을 접고 싶다. '나는 어디쯤 가고 있는 것일까?' 가만히 있으면 누구도 그 해답을 가르쳐주지 않을 것이다. 미래는 기다리는 것이 아니라 만들어가는 것이라고 믿고 싶다.

2009년 4월 15일 수요일. 우리 지점을 포함해 몇몇 지점이 영업실적 부진점포로 지정되었다. 어제 지점장은 그 원인과 해결책을 보고 하기 위해 본사에 불려갔다. 아침부터 늙어 보이고 더 새까매진 지점장의 얼굴이 안쓰럽다. 그러나 그의 태도에서 짜증이 밀려온다. 그는 종일 말도 없이 지점장실에 틀어박혀 나오질 않는다. 돛을 잃은 배처럼 우리 지점은 망망대해에서 헤매고 있다. 회사를 그만둘 때 그만두더라도 한 지점의 장이라면 최선을 다해야 하는 거 아닌가! 그동안 외부의 압박에 시달렸을 지점장이 이해는 되지만 딸린 직원들을 생각하면 용기를 내야 하는 것 아닌가! 살아남으려는 나의 의지가 지점장의 모습에 한풀 꺾인다. 저녁때 지점장의 말이 나를 더 화나게 했다. 지점장은 본사에서 입사 이래로 가장 큰 창피를 당했다고 말했다. '창피가 대수인가! 이 국면을 어떻게 해결해야 할지 고민을 해야지.' 한숨이 나온다. 누군가가 일등을 하면 누군가는 꼴찌를 해야 한다. 문제는 우리 영업점이 너무 자주 꼴찌를 한다는 것이다. 그러나 지점장은 직원들을 책망하기도 쉽지 않을 것이다. 우리 영업점의 영업환경이 너무 열악하다. 상권이 신도심으로 이동하여 그동안 지점 이전을 검토했었지만 시기를 놓친 것 같다. 발 빠른 증권회사들이 이미 신도심으로 이전하여 우리의 자리는 없어 보인다. 주가 하락으로 고객들의 불만이 커지고 있고 영업점의 수익성은 더 악화하고 있다. 가라앉는 배에서 빨리 탈출하고 싶은 마음뿐이다. 아내와 딸의 얼굴이 복잡한 나의 뇌리를 스친다. 배가 가라앉아도 나는 절대 쓰러질 수 없다.

2009년 5월 4일 월요일. 누군가가 영업직원들은 계획서를 더 철저히 작성하고 실행해야 한다고 제안했나 보다. 일일, 주간 그리고 월간 영업계획서를 작성하여 본부장에게 제출하자고 했나 보다. 회사에 대한 충성심은 알겠는데 계획서를 작성하다 시간을 다 뺏길 영업직원은 안중에도 없나 보다. 나는 지난주부터 저녁 늦게까지 영업계획서를 작성하고 있다. 이 상황은 윗사람들에게 뭐라도 보여줘야 하는 중간관리자들의 몸부림인 것 같다. 지점장들은 궁색한 답변이라도 내놔야 할 처지라 이 상황을 반기는 분위기다. 영업직원들이 살아남기 위한 누군가의 생색내기 전략에 동원되고 있다. 배보다 배꼽이 더 커지는 상황이지만 두려운 생계 앞에 이의를 제기하는 직원은 아무도 없다. 저항할 수 없는 거대한 파고 앞에 내 인생은 한없이 초라해진다. 행동보다 말이 앞서는 이 상황이 회사가 망해가는 징조는 아닌지 두렵다.

27. 희망 고문에 말라가는 영혼

생계도 꿈도 포기할 수 없었던 나에게 세상은 냉정하기만 했다. 살아남기 위한 북한과 회사의 몸부림에 정신은 피폐해졌고, 손짓하는 희망 고문에 영혼은 메말라갔다. 세상에 흔들렸던 내 인생은 세월이 흐르고 흘러도 마냥 멈추어 서 있는 것 같았다. 한 발짝도 나아가지 못하는 나 자신이 답답하고 안쓰러웠다. 내가 선택한 그 길에서 세상은 나를 가만두지 않았고 너무 힘들어 누군가에게 원망하고 싶었지만 원망할 사람은 나밖에 없었다. 그나마 나의 안위를 걱정해주는 아내가 있어서 그 혼돈의 시간을 무사히 건널 수 있었다. 지나고 보면 슬프거나 기쁘거나 어느 하루 내 것이 아닌 날이 없었고, 어느 하루 내 마음대로 건너뛸 수 있는 날이 없었다. 그래서 인생은 당당하게 세상에 맞서 세월을 보낼 때 향기롭고 아름다워지는 것 같다.

2009년 5월 25일 월요일. 노무현 대통령의 서거(逝去)에도 북한은 2차 핵실험을 강행하였다. 북한은 내가 지옥에 있는 것을 알까? 오후 들어 파랗게 멍든 주식시장이 차츰 안정을 찾아가고 있다. 요즘 분량이 늘어나는 영업계획서에 숨이 막히고, 어떻게든 살아남으려는 북한의 몸부림에 심장이 내려앉는다. 내가 희망이라는 사치스러운 단어에 좌절할 때 딸아이가 날 반기며 나를 일으켜 세운다. 빨간색과 파란색으로 피멍이 들어 있는 내 머리는 다시 몸뚱어리를 책상 앞으로 끌어다 놓는다. 나는 한 글자 한 글자 모으고 또 모으면 언젠가 또 하나의 논문이 완성될 거라는 믿음에 쉴 수가 없다. 세상과 내 인생이 어디로 흘러갈지 모르지만 그렇다고 마냥 손 놓고 기다릴 수는 없다.

2009년 6월 6일 토요일. 직원들은 영업계획서 분량에 급급하고, 지점장은 계획서 모양에만 열의를 보인다. 누구도 밖에 나가 영업하지 않는다. 회사는 시장에서 잘 팔리기 위해 화장만 한다. 오늘 아침은 죽을 만큼 피곤하다. 어제 G형이 학회에서 논문을 발표하자고 했다. 이놈의 욕심 때문에 밤을 새우다시피 하여 논문을 작성하였다. 아침에 G형에게 논문을 보내고 입안을 보니 왕방울만 한 편도선이 목구멍 절반을 막고 있었다. 이내 이불 위로 쓰러져 3시간을 잤다. 늘 마지막이라는 생각으로 어떠한 기회도 놓치고 싶지 않다. 직원들이 해고의 불안에 휩싸일 때 나는 학교에 대한 희망으로 작은 위안을 얻는다. 인생에는 항상 플랜 B가 준비되어 있어야 한다. 힘든 세상이지만 생계에 영혼을 구걸하며 살고 싶지는 않다.

2009년 6월 14일 일요일. 입 안에 맺혔던 피멍울이 터져 볼 안이 빨갛게 물들었다. 아침부터 책상 앞에 앉았다. 지금은 오후 1시! 아내에게서 점심 먹으러 가자며 전화가 왔다. 아내가 아니면 이 우울한 방에서 나를 꺼내줄 사람이 없다. 내가 논문작업을 하면 아내는 나를 방해하지 않으려고 아이와 함께 교회에 가거나 친구를 만나러 간다. 아내에게 고맙다. 나를 포함해 회사 동료들은 증권회사의 근속연수가 짧아 아이들의 미래를 걱정한다. 교수가 되어야 한다. 세월은 내 몸과 마음을 편히 두지 않는다. 어딘지는 모르지만, 세월은 그곳으로 나를 숨이 막힐 때까지 몰아붙인다.

2009년 7월 4일 토요일. 어쩌면 세상은 비효율적인 모순의 집합체일지도 모른다. 누구나 자기의 말이 옳다고 주장하니 세상은 앞으로 한 발짝 내딛기가 쉽지 않을 것이다. 그곳에는 약육강식(弱肉強食)만이 슬프게 자리잡고 있다. 내가 지점장이 돼도 회사정책에 변화를 기대하기는 어려울 것이다. 가장의 무게를 지탱하기 위해 나는 회사가 원하는 요구에 순응할 수밖에 없을 것이다. 지금은 옴짝달싹이라도 할 수 있지만, 지점장이 되면 사방이 가로막힌 방 안에서 감시받으며 빨대로 연명할 것이다. 가족을 지키기 위해 평생 가슴 졸이며 갇혀 사는 이 땅의 가장들이 위대해 보인다. 그들이 묵묵히 맡은 바에 최선을 다했기에 세상은 조금이나마 움직일 수 있었을 것이다. 움직이지 않고 떠들기만 하는 인간들로 넘쳐나면 세상은 한

발자국도 나아가지 못할 것이다. 세상이 삐뚤빼뚤하게 가든 빙 둘러 가든 좀 더 밝은 곳으로 향했으면 좋겠다.

2009년 7월 11일 토요일. 지점장의 얼굴이 어두울수록 학교를 향한 내 마음은 불타오른다. 단지 지금의 현실이 싫어서가 아니라 몇 년 후의 내 모습이 지금의 무기력한 지점장이 될까 봐 두려워서이다. 그렇지 않아도 짧은 인생을 그렇게 시간을 죽이며 살고 싶지는 않다. 최근에 북한의 김정일이 췌장암으로 올해를 넘기지 못할 거라는 소문이 돌고 있다. 외국인 투자자들은 한국정세에 불안감을 느껴 한국을 떠나고 있다. 제발 좀 세상이 내가 하는 일을 가만히 지켜봐주기만 했으면 좋겠다. 그러나 세상이 나의 생계를 위협해도 나는 앞만 보고 나아갈 수밖에 없다. 돌아갈 곳도 없고 주저앉을 곳도 없는 내 인생은 원래부터 그렇게 생겨 먹은 것이다.

2009년 7월 17일 금요일. 최근에 사업을 하시는 고객이 직원에게 사기를 당해 엄청난 세금을 물게 되셨다. 문제는 그분이 세금을 내기 위해 우리 회사에서 가입한 펀드를 해지해야 한다는 것이다. 올해 초부터 회사는 고객자산을 늘리라고 난리다. 불안과 공포에 다시 심장이 빨라진다. 어디에서 돈을 끌어와야 할지 막막하다. 내 마음은 하루살이의 마음을 닮아가고 있다. 내 발로 회사에 들어와 내 발로 대학원에 들어갔고 내 발로 꿈을 좇고 있다. 이 상황이 너무 힘들어서 누군가에게 원망하고 싶은데 원망할 사람이 없다.

Part 4

시련은 내 마음을 단단하게
할 뿐이다

28. 세상이 관심을 보인다

세상이 터무니없는 나의 꿈에 관심을 보이기 시작했다. 나는 아무런 밑천도 없이 도전했지만, 꿈을 향해 착실히 징검다리를 놓았다. 대학교는 보잘것없지만 내가 놓은 징검다리에 관심을 보이기 시작했다. 비록 꿈은 한없이 멀게 느껴졌지만 나란 놈을 봐주신 교수님들께 감사했다. 꿈에 한 발짝 다가설 때 회사는 다시 시장에 매물로 나왔다. 내가 다시 겪게 될 구조조정의 소용돌이는 공포를 넘어 오히려 애증(愛憎)이 되었다. 이번은 또 얼마나 나를 괴롭히려나 하는 생각에 불안했지만, 마음을 비우기로 했다. 세상이 나를 보잘것없다고 무시하고 밟아도 주눅 들지 않았고, 세상이 나를 시기하고 질투해도 갈등을 피하지 않았다. 세상은 어차피 내 인생을 책임져줄 것도 아니기에 내가 세상 앞에 무릎 꿇을 이유가 없었다. 남들에게는 터무니없어도 나에게는 찬란한 내 꿈이 봄볕에 터질 꽃망울처럼 언젠가 실현될 거라 믿었었다.

2009년 7월 22일 수요일. 오후에 노트북을 들고 CB중앙도서관에 갔다. 급하게 수정할 논문이 있었다. 고객과의 약속을 핑계 대고 회사를 나왔다. 이렇게라도 해서 시간을 만들지 않으면 내 꿈은 그저 한낱 꿈으로 끝날 것이다. 실오라기 같은 희망이라도 붙잡고 싶었다.

2009년 8월 3일 월요일. 회사에 도착하자마자 지점장에게 양해를 구하고 CJ대학교로 갔다. 지난주 CJ대학교로부터 공개 강의를 하러 오라는 연락을 받았다. 나는 프레젠테이션을 작성하여 수도 없이 강의 연습을 하였다. 여직원은 담배도 안 피우는 내가 옥상에 자주 올라가는 것을 의아해했다. 나는 오전 8시에 도착하여 교수님들에게 드릴 출력물을 1mm 오차도 없이 책상 모서리에 맞춰놓았다. 부족한 잠으로 눈에는 핏발이 섰고 마음은 무거웠지만 묘한 설렘을 느꼈다. 오전 9시 강의실로 들어가 교수님들에게 90도로 인사를 드리고 공개 강의를 하였다. 막힘없는 강의와 당황하지 않는 나의 답변에 나 자신이 대견하게 느껴졌다. 별 말씀 없는 교수님들과 왠지 모를 따뜻한 분위기에 '이대로 교수가 되는 건가!' 생각하며 혼자만의 그림을 그렸다.

2009년 8월 9일 일요일. CJ대학교 공개 강의 심사에서 탈락하였다. 교수 시장이 생각만큼 호락호락하지 않다. 월요일부터 희망 고문에 들떠 회사 일이 손에 잡히지 않았다. 희망 고문은 나를 더 큰 절망의 늪으로 던졌다. 대학교 정문을 통과하는 데에 내가 알지 못할 변수들이 많은 것 같다. 다시 마음을 다잡는데 며칠은 걸릴 것 같다. 그래도 눈앞에 파랑새가 날갯짓한다. 내 마음은 이제 돌아가기에 너무 멀리 왔다.

2009년 8월 20일 목요일. 회사가 다시 시장에 매물로 내놓아졌다. 회사 생활 십 년에 주인이 세 번이나 바뀌는 것이다. P그룹은 우리 회사를 한국의 선도금융기관으로 키우겠다고 호언장담(豪言壯談)했었지만, 우려를 했던 대로 그들은 우리를 버리고 떠나는 것이다. 이미 작년의 금융위기로 직원들은 지칠 대로 지쳐 있는데 우리에게 또 다른 변화가 찾아올 것이다. 회사는 먹튀가 아니라 선진금융을 전수하고 가는 것이라고 말한다. 그들은 힘겨워할 직원들의 인생을 딛고 더 많은 이익을 챙겨 떠나는 것이다. 한고비를 넘으면 또 다른 고비가 나타나고 희망으로 버틴 인생은 또 좌절의 길목에서 무너진다. 내 인생이 누군가의 들러리로만 사는 것 같아 슬픔이 밀려온다.

2009년 8월 31일 월요일. 이번 학기는 무리해서 2개의 학교에 강의를 나간다. 대학교에 야간 강의가 있어서 천만다행이다. 지점장은 회사가 힘들다는 핑계로 퇴근 시간에도 직원들을 쉽게 놔주지 않는다. 고객 한 분이 아파트에 입주하기 위해 3억 원을 찾아갈 예정이다. 머리가 터질 것 같고 눈에서는 피가 뿜어 나올 것 같다. 고객이 내 사정을 봐줄 필요는 없겠지만, 고객의 인출 통보가 야속하기만 하다. 나의 꿈을 이루려면 일단 CJ지점에 잘 붙어 있어야 한다. 그러나 내 영업실적은 내 인생을 위태롭게 흔들고 있다. 회사를 그만두고 마음 편히(?) 교수를 준비해볼까도 생각해봤었다. '회사를 그만두면 정말 내 마음이 편할까? 회사를 그만둔다고 해서 교수가 된다는 보장도 없지 않은가?' 힘들어할 아내와 아이를 생각하면 오히려 엄청난 죄책감에 아무것도 하지 못할 것이다.

2009년 9월 8일 화요일. 고객들이 꿈속까지 찾아와 돈을 찾아가겠다고 아우성친다. 그래서 이 와중에 쓴 누더기 논문은 사람들로부터 좋은 평가를 받을 리 없다. 최근에 회사가 매각된다는 소문이 돌면서 직원들도 살아남기 위해 아우성친다. 회사는 생존과 이윤추구를 위해 어쩔 수 없이 실리(實利)를 택해야 하고, 지점장은 살아남기 위해 직원들을 쪼아야 한다. 직원들은 방주에 올라탈 승차권을 두고 서로 차갑게 돌변한다. 우리가 저마다의 상충한 이해로 이렇게밖에 살 수 없다는 사실이 슬픔으로 다가온다. 나도 지켜야 할 소중한 것들이 많아졌다. 이 혼돈의 시기에 희생양이 되고 싶지는 않다. 우리 모두를 넉넉히 품지 못하는 세상이 원망스럽다.

2009년 9월 11일 금요일. 아침부터 지점장이 안절부절못한다. 그는 전날 지점장 회의에 갔다 오고 나서 자기 자리가 위태롭다는 것을 감지한 것 같다. 본부장은 CJ지점의 영업실적 부진을 직원들의 매너리즘(mannerism) 때문이라고 보고 인사이동을 하겠다고 했나 보다. CJ지점의 직원들은 열악한 영업환경에서 벗어날 수 있는 기회라며 오히려 반기는 분위기다. 그러나 나는 아직도 CJ지점에서 볼일이 많다. 결과에 대한 조바심은 있지만 나는 이미 플랜 B를 실행하고 있다. 그 꿈이 없었다면 오늘의 나는 너무 암

울했을 것이다. 혼돈의 세월도 지나고 나면 꽤 괜찮은 정돈의 추억이 될 거라고 믿어본다.

29. 또다시 매각되는 회사

다시 또 회사의 매각이 공식화되었다. 직원들은 각자도생(各自圖生)의 길을 찾아 떠났고, 고객들은 회사의 매각에 실망하여 떠났다. 나는 악화하는 회사 상황과 늘어나는 나이로 인해 어느 때보다 학교의 꿈이 절실했었다. 나의 절실함은 물리적으로 만들어낼 수 없는 시간을 회사에서의 작은 일탈로 만들어냈다. 나는 누더기 같은 나의 시간으로 그렇게 누더기 같은 논문을 만들어냈다. 나는 그 누더기 논문을 좌절과 고통 속에서 찬란하게 피어오를 희망의 꽃씨로 심어놓았다. 매각을 앞둔 회사에는 괜찮을 거라고 좋아질 거라고 아무 문제없을 거라고 그렇게 거짓말만

난무하였고, 내가 믿을 수 있는 것은 오직 내가 품어왔던 그 꿈밖에 없었다. 다른 사람으로부터 잠시나마 위로는 받을 수 있겠지만, 내 인생은 어차피 내가 책임져야 한다. 쉬지 않는 나의 궁리는 언젠가 내 꿈을 이루게 할 것이라고 믿었다.

2009년 9월 15일 화요일. 회사의 노조 대의원 회의에 참석하였다. 회의 주제는 당연히 회사매각에 관한 것이었다. 우리 회사를 매입하려던 금융기관이 의사결정을 미뤄 지금은 소강상태에 있다. 그러나 이미 회사는 매각 의도를 드러냈기 때문에 직원들은 불안할 수밖에 없다. 평상시 중요 현안이던 승진이나 임금 협상 문제는 매각 문제에 뒷전으로 밀렸다. 현 경영진은 매각의 진행 상황에 대해 아무런 답변도 내놓지 못하고 있다. 미국의 P 그룹이 추진하는 사항이라 국내 경영진도 상황을 잘 모르는 것 같다. 매각에 대한 일말(一抹)의 기대가 산산이 부서져 허공에 흩어졌다. 직원들은 회사가 어디에 매각되든 빨리 안정을 찾고 싶은 마음뿐이다. 실망한 직원들의 얼굴에는 각자도생(各自圖生)의 몸부림이 역력하다. 애초부터 내 인생은 누군가에게 의지한 적이 없었지만, 이렇게 감당하기 벅찬 적도 없었다.

2009년 9월 22일 화요일. 회사매각의 징후가 보이자 본부장과 지점장들은 살아남기 위해 직원들을 더없이 독하게 몰아붙인다. 지금은 저조한 영업실적이 단지 성과급을 적게 받는다는 것을 의미하지 않는다. 그것은 곧 구조조정 대상자로 이어질 수 있다는 것을 의미한다. 이메일에는 지난달 투고했던 논문의 결과가 도착해 있다. 이것저것 수정하라는 심사위원의 요구가 마치 어린아이의 투정처럼 느껴진다. 고객들은 주가가 회복되어 펀드가 원금이 되면 바로 돈을 찾겠다고 협박이다. 고객들은 주가가 높을 때 직원들이 펀드 해지를 막아서 손실을 봤다며 원망한다. 모든 잘못은 직원의 무능함이라고 말한다. 하락장에서 '참을 인(忍)' 자를 가슴에 새겨왔지만, 이제는 더 새길 곳이 없는 것 같다. 돈을 찾겠다는 고객들은 무너지는 우리 영업점에 돈을 물어달라고 외치는 채권자처럼 보였다. 영업장의 엘리베이터 문이 '띵동' 하고 열릴 때마다 직원들은 숨죽여 지켜본다. 급기야 콩닥거리는 내 심장에 부정맥이 생겼다. 이제는 내 심장도 내 마음대로 움직이지 못한다.

2009년 9월 29일 화요일. 주말에 종일 논문만 붙잡고 있었다. 나는 승산이 없는 일에 무모하게 도전하여 미련하게 버티고 있는 것은 아닌지 모르겠다. 하루에 한 시간도 내 시간으로 만들지 못하면서 논문은 쓰겠다고 나를 괴롭힌다. 나는 지금 CB중앙도서관에서 논문작업을 하고 있다. 회사에 미안하지만, 부족한 시간을 해결하기 위해 고객을 만난다는 핑계로 이렇게 조금씩 시간을 모아왔다. 이 모든 노력이 헛되이 되지 않기를 간절히 빌어본다. 어제는 또 고객 한 분이 내 마음을 괴롭혔다. 주식시장이 신통치 않아 돈을 모두 찾아가겠다고 하였다. 고객을 만족시켜드릴 수 없는 이 현실이 나의 능력은 여기까지라고 말한다. 영업실적을 운운할 본부장과 지점장의 얼굴이 머릿속에 무섭게 밀려온다. 가슴에 고인 땀방울들이 슬픈 눈물이 되어 돌아오지 않았으면 좋겠다.

2009년 10월 7일 수요일. P그룹은 우리 회사를 매각하겠다고 언론을 통해 알렸다. 세상에 믿을 놈 하나 없지만, 막상 회사의 매각이 공식화되니 분한 마음이 사그라지지 않는다. 그들이 우리 회사를 인수하자마자 제일 먼저 한 일은 부동산 처분이었다. 노동조합은 그들이 꿀만 빨고 튈 거라는 의심은 했었지만 아무런 대응도 하지 못했다. 직원들은 경영진에게 회사 매각의 전 단계로 부동산을 처분하는 것 아니냐고 물었었다. 그때마다 회사는 시장 점유율을 높이기 위해 지속적인 성장전략을 도모하겠다고 했다. 이번 주에 회사는 다른 회사와 매각에 관한 MOU(양해각서)를 체결한다. 회사는 어느 회사에 매각할지에 대해 직원들과 아무런 상의가 없다. 직원들은 마치 시장에 끌려 나온 노예처럼 발가벗겨진 채로 언론 앞에 서 있다. 고객들로부터 회사매각에 대한 문의가 빗발쳤다. 직원들은 회사가 매각되어도 고객자산에 아무런 문제가 없다고 고객들을 안심시켰다. 이익을 챙겨가는 사람은 외국 자본가인데 고객을 달래는 사람은 앞날 캄캄한 직원들이다. 우리 회사의 매각으로 P그룹은 엄청난 이익을 볼 거라는데 정작 직원들에게는 떨어지는 것이 별로 없는 것 같다.

2009년 10월 8일 목요일. 나는 또 CB중앙도서관에 있다. 내가 하루에서 자유롭게 쓸 수 있는 시간은 퇴근 후 한두 시간과 가끔 낮에 몰래 쓰는 1시간 정도이다. 그 시간은 꿈을 키울 수 있는 황금 같은 거름이다. 내 마음이 아무리 급해도 꿈은 투입한 시간에 비례하여 다가올 것이다. 어제도 저녁에 강의를 마치고 집에 돌아와 논문을 수정하였다. 한가로이 TV 앞에 앉아 평범한 삶을 즐기는 사람들이 무척이나 부럽다.

2009년 10월 11일 일요일. 회사는 점점 더 혼돈으로 빨려드는 모습이다.

지금 나는 회사에서 누구를 믿고 어디에 의지해야 하며 무엇을 하고 있어야 하는지 전혀 감을 잡을 수 없다. 임원은 임원대로 지점장은 지점장대로 직원은 직원대로 모두 이해가 다르니 조직은 점점 더 분열 양상을 보인다. 산꼭대기가 아무리 눈에 보여도 한발 한발 내딛지 않으면 다다랄 수 없다. 시간이 흘러야 오늘을 이해할 수 있고 미래를 확인할 수 있다. 지금 나는 이대로 내 할 일에 최선을 다할 수밖에 없다.

2009년 10월 15일 목요일. 아침부터 세무 공무원들이 고객의 자산을 압류하러 왔다. 고객이 얼마나 세금을 체납했기에 아침부터 이 난리인가! 간신히 고객자산을 늘려놨더니 다시 또 고객자산이 줄어들게 생겼다. 내 인생이 밀려오는 바닷물에 이내 허물어지는 모래성처럼 느껴진다. 언제쯤 나는 단단한 나만의 성을 만들 수 있을지 궁금하다.

30. 부딪혀보고 다시 또 깨진다

나는 누더기 논문을 들고 다시 또 학교에 부딪혀봤다. 그리고 단단한 학교의 편견에 다시 또 내 희망이 깨졌다. 나는 친절한 미소를 머금고 세상에서 가장 낮은 자세로 학교 직원에게 지원 서류를 제출하였다. 그렇게라도 하면 임용에 조금 더 가까워질 줄 알았다. 방법은 잘 모르겠지만 임용을 위해서라면 무엇이든 해야 했다. 그 와중에 내 속도 모르는 학교 후배는 내가 대단해 보였는지 성공을 위한 조언을 부탁하였다. 사람들은 항상 다른 사람의 인생이 자기 인생보다 더 대단하다고 생각하는 것 같다. 다른 사람과의 비교는 끝이 없고, 자기가 가진 것은 한없이 초라해

보이나 보다. 뒤돌아보니 항상 제자리에만 머물러 있던 것 같은데 열심히 달려온 나를 발견한다. 꿈이 있었기에 현실에 좌절하지 않고 미래로 뻗어나갔던 것 같다. 그때는 잎새 이는 바람에도 흔들렸던 너무도 나약하고 보잘것없는 인생이었다. 그러나 지금은 이렇게 살아남아 어느 때보다도 굵고 단단한 목소리로 글을 쓰고 있다.

2009년 10월 21일 수요일. 교수 채용 공고가 다시 뜬다. 그러나 내세울 것 하나 없는 나는 지원할 곳이 많아 보이지 않는다. 학교로 가는 문은 바늘구멍인데 그마저도 나에게 아예 닫아버린 학교도 있다. 정녕 여기서 멈춰야 하는지 다시 내게 물어본다. 서류심사조차 통과하지 못하는 현실에 마음 한구석이 아려온다. 나밖에 나를 위로할 수 없어서 가슴은 눈물을 흘리고 있다.

2009년 10월 24일 토요일. 온 힘을 다해 또 한 발의 화살을 날려본다. DG대학교의 교수 채용에 지원하였다. 1학기 때도 지원하였으나 서류심사에서 떨어진 학교이다. 한 지원자가 교수로 임용되었으나 얼마 지나지 않아 SU로 올라갔다고 한다. 배부른 그 친구가 너무 부럽다. 그 친구가 지나간 자리에 혹시나 하는 마음으로 나를 밀어 넣어본다. 쏘아 올린 화살은 한동안 작은 희망이 되어 나를 시름에서 벗어나게 할 것이다. 화살이 어딘가에 꽂혀 돌아오지 않았으면 좋겠다.

2009년 10월 30일 금요일. 한 달 전에 지원했던 KG대학교도 불발로 끝났다. 가능성이란 말 그대로 가능할 확률인데 애초부터 가능하지 않은 일을 가능하다고 믿었던 것은 아닌지 모르겠다. 주말을 반납하고 논문에 몰입했던 그 많은 날이 모두 허사로 돌아갈까 봐 두렵다. 그러나 나의 계획에는 회사에서 이리저리 굴러다니다가 어느 날 무기력하게 해고될 내 모습이 없다. 눈을 부릅뜨고 다가올 운명에 당당히 맞설 것이다.

2009년 11월 5일 목요일. 다시 채용 공고가 난 SCH대학교에 심장이 떨린다. 아직 적임자를 찾지 못한 것 같다. 지원서에 오타가 나지 않았을까 걱정되어 눈에 핏발이 섰다. 최근 지방대학 교수들은 학생 수가 줄어들 것을 대비하여 수도권 대학으로 이직하고 있다. 이 상황이 지방대학 출신인 나에게 교수가 될 수 있는 기회일지 궁금하다. 내년이면 서른아홉이 된다. 마흔까지 대학교에 진입하지 못하면 나이마저 나의 꿈을 갉아먹을 것이다. 교수가 되지 못하면 제 명에 못 살 것 같은 이 무모한 욕심은 또 뭔지 내 마음이 괴롭기만 하다. 한 발짝만 물러서면 이렇게 세상은 아름다운데 왜 나만 고뇌에 사로잡혀 살고 있는지 모르겠다. 학교의 꿈이 내 인생에서 더 이상 타협할 수 없는 마지막 자존심인가 보다.

2009년 11월 17일 화요일. AY대학교 교수 채용에 지원하기 위해 휴가를 냈다. 지원서는 방문 접수만 허용한다고 하니 힘없는 내가 갈 수밖에 없다. 지푸라기라도 잡는 심정으로 뭐든지 해야 한다. 저녁에 G형을 만났다. 그는 대학교의 교수 시장 문이 닫혀간다고 말했다. 나는 교수가 되지 못하면 지옥으로 떨어져 벌 받을 것 같다. 언제부턴가 나도 모르게 내 마음은 그렇게 믿고 있다.

2009년 11월 22일 일요일. OS대학교에 지원하였다. 이 대학교는 특이하게도 고등학교 생활기록부를 요구하였다. 내심 생활기록부가 어떻게 쓰여 있을지 걱정했었는데 담임선생님께서 잘 써주셨다. 담임선생님은 잘 살고 계시는지 궁금하다. 세월은 내가 나아가는 속도보다 훨씬 빠르게 흘러간다.

2009년 12월 23일 수요일. 올해 초 선물환 거래로 3천만 원을 손해 보신 고객이 내가 없을 때 연금저축에 입금하고 가셨다. 나는 소득공제용 납입 증명서를 발급해드리기 위해 전화를 걸었다. 고객의 비밀번호를 알지 못하면 증명서를 발급해드릴 수 없다. 고객은 여전히 나에 대한 불신이 남아 있어서 내가 전화하면 전화를 바로 끊어버렸다. 여직원에게 전화를 부탁하여 증명서를 발급해드렸다. '고객은 내가 얼마나 밉고 싫을까?' 작년에 고객은 해외펀드에 가입하면서 환율방어 목적으로 선물환 거래도 같이 가입했다. 주가가 하락하는 것도 무섭지만 환율변동으로 펀드 평가액이 영(0)원이 되는 것은 더 무서웠다. 회사는 선물환 거래의 잠재적 위험을 직원에게 알리지 못했고, 직원은 그것을 고객에게 알리지 못했다. 직원들은 고객의 항의를 견디다 못해 하나둘 회사를 떠났다. 고객의 손실에 대해 미안함과 두려움이 교차한다. 고객은 손실을 보았다며 나를 원망하였고, 회사는 고객을 잘 관리하지 못했다며 나를 책망하였다. 어떠한 말로도 돈을 잃은 고객을 위로할 수는 없다. 나를 믿은 만큼 배신감이 커져버린 고객에게 나는 아무 말도 할 수 없었다. 회사는 자꾸 금융상품을 만드는데 알지 못할 위험이 걱정되어 선뜻 고객에게 내밀기가 두렵다. 나의 삶에 불안과 초조를 빼면 남는 것이 별로 없다. 그래도 퇴근하면 현관까지 조르륵 달려오는 딸아이와 나를 반기는 아내를 위해 오늘도 버텼다.

31. 살아남기 위한 힘겨운 사투

사회생활 11년 차가 되었다. 회사가 HW그룹에 매각되면서 살아남기 위한 힘겨운 사투(死鬪)가 시작되었다. 회사는 이탈하는 직원을 막아보려고 안간힘을 썼고, 직원들은 이탈하는 고객을 막아보려고 안간힘을 썼다. 그러나 회사는 어차피 HW그룹에 점령당한 시한부 환자였고, 우리는 그저 포로일 뿐이었다. 살아남기 위해 능력보다 아부가 더 필요했고, 용기보다 비굴함이 더 절실했었다. 누구도 가르쳐주지 않은 생존의 비밀을 세상은 그렇게 나에게 알려주었다. 교수가 되려고 공부했던 것은 아닌데 그 모든 상황을 한 번에 해결하려면 교수가 되어야 했다. 그래서 나는 갈 길을 잃고 헤매다 다시 돌아온 연구실적물 앞에서 눈물을 흘릴 수 밖에 없었다. 세월은 내게서 젊음과 자신감을 가져가며 실패와 좌절감만 안겨주었다. 그래도 무기력한 시기에 내가 해볼 수 있고 할 수 있는 일이 있어서 다행이라고 생각했다.

2010년 1월 9일 토요일. JJ MA산으로 단합대회를 갔다. 회사는 매각을 앞두고 느슨해진 직원들의 애사심을 바로 잡겠다는 것이다. 직장생활을 통해 깨달은 것은 인간관계가 내 목숨을 쥐고 있다는 사실이다. 나는 살아남기 위해 본부장의 눈에 자주 띄어야 한다. 본부장이 구조조정 대상자명단에서 혹시 내 이름을 발견하면 마음이 흔들려 잠시 머뭇거리기라도 해야 한다. 등산하는 내내 본부장의 근처를 맴돌며 따라갔다. 슬픈 현실이지만 이제는 살아남는 방법이 아부밖에 없다는 것을 깨닫는다. 나에게는 아부의 선택을 무시할 만한 능력도 본부장을 모른 척할 만한 용기도 없었다. 4시간의 등산을 마치고 점심을 먹었다. 점심을 먹고 다시 4시간의 술자리를 가졌다. 가장 모시기 힘든 상사가 등산과 술을 좋아하는 사람인 것 같다. 나는 술자리에서도 본부장의 주위를 맴돌 수밖에 없었다. 정말 목구멍이 포도청이다. 저녁 늦게 집으로 돌아왔다. 오늘도 무사히 넘겼다는 안도감에 피곤이 몰려온다.

2010년 1월 16일 토요일. 고객들은 회사의 매각 소식에 실망하여 돈을 찾아가고 있다. 지점장은 죽을 날만 기다리는 사람처럼 정신을 놓고 멈춰 서 있다. 떠나는 고객을 붙잡을 힘도 내세울 명분도 점점 사라지고 있다. 회사도 고객도 모두 나에게 적(敵)이 되어가는 것 같아 안타깝다. 주인을 잃고 표류하는 회사는 아무런 대답도 하지 않는다. 가라앉는 배 안에서 나는 하염없이 학교로부터 구조의 손길만을 기다리고 있다. 퇴근하고 집에 가니 지원했던 대학교에서 다시 보내준 연구실적물이 떡하니 문 앞을 지키고 있다. 이놈이 돌아오지 않기를 바랐는데 불합격이라는 소식을 안고 미안한 듯 서 있다. 이놈은 남들 눈에 보잘것없어 보여도 내 인생의 피와 땀이 엉켜 있다. 나는 그놈을 가슴에 안고 집으로 들어간다. 연구실적물을 돌려주는 대학교는 양반이다. 아무런 연락 없이 실적물을 폐기하는 대학교도 허다하다. 돌아오지 못한 자식들은 지금 어디서 무엇을 할까? 파쇄기에 갈기갈기 찢겨나갈 것을 생각하면 내 마음도 찢어진다.

2010년 1월 28일 목요일. 지금 내가 할 수 있는 일은 논문을 쓰며 학교에 지원하는 일밖에 없다. 아무리 고급자동차라고 해도 주차장에 자리가 없으면 주차할 수 없다. 보잘것없는 똥차라고 해도 주차장에 자리가 생기면 주차할 수 있다. 주차하려면 기회를 엿보며 주차장을 떠나지 말아야 한다. 내가 논문 쓰는 것을 멈추는 순간 내 존재도 사라지는 것이다. 회사가 어디로 매각될지 의견들이 분분하다. 국내 증권사에 팔린다는 얘기도 있고 외국계 증권사가 관심을 보인다는 얘기도 있다. 지점장들은 회사가 외국계 증권사에 팔리기를 원한다. 그래야 새로운 회사가 영업망을 구축하기 위해 기존의 지점장을 활용할 것이기 때문이다. 국내 증권사가 우리 회사를 인수한다면 지역이 겹치는 영업점의 지점장은 사라질 것이다. 그러나 지점장 이하의 직원들도 구조조정에서 벗어날 수는 없을 것이다. 점령당한 회사의 포로가 무슨 목소리를 내겠는가?

2010년 2월 8일 월요일. 명절이 돌아온다. 나에게 어떻게 돌아올지 모를 선물을 사람들에게 흘려보낸다. 사람들이 혹시 어느 때 어느 곳에서 나의 흔적을 발견하면 예쁘게는 아니더라도 미워하지 말라는 심정으로 보낸다. 선물이라도 보내지 않으면 사람들은 아직 내가 살아 있다는 것을 모를 것이다. 벌써 그렇게 몇 해가 흐르고 있다.

2010년 2월 12일 금요일. 드디어 회사는 HW증권에 매각되기로 결정되었다. 자산관리영업이 중심인 우리 회사가 주식매매영업이 중심인 증권회사와 결합하는 것이다. 명절을 앞두고 회사의 매각이 결정되어 마음이 후련하다. 그러나 마음 한쪽에는 어두운 그림자가 드리워진다. 길 건너에 HW증권 영업점이 있어서 우리 영업점은 사라질 운명에 있다. 지점장의 얼굴이 오늘따라 유난히 어두워 보인다. 이제는 힘든 상황이 오면 그것을 피해 갈 아무런 핑계도 대지 못할 것이다. 조만간 점령군이 들이닥칠 것이다.

2010년 2월 21일 일요일. 좀 더 젊을 때는 회사에서 잘려도 뭐라도 할 수 있을 것 같은 막연한 자신감이 있었다. 그러나 지금은 근거 없던 자신감마저 세월에 낡고 닳아 초라한 흔적만 남아 있다. 회사는 점령군에게 마지막 자존심이라도 보여줘야 한다며 직원들을 더 영업 전선으로 몰아붙인다.

32. 별 볼 일 없는 나의 가치

다른 사람들의 시기와 질투는 아직 내가 다른 사람들로부터 존경과 인정을 받지 못해서라고 생각했다. 내가 교수 시장에 뛰어들자 모교 선후배들은 자기의 밥그릇이 줄어든다며 나를 싫어했다. 나의 가치는 시기와 질투의 벽을 넘어서지 못했던 것 같다. 시간이 가면서 교수 채용에 유효한 논문의 수가 점점 줄어들었다. 다른 증권회사에서는 어차피 망할 회사이니 기회 있을 때 이직하라며 나를 유혹했다. 회사는 합병을 늦추고 시련으로 직원들을 담금질했고, 본부장은 자기를 무시하지 말라며 직원들에게 엄포를 놓았다. 내가 선택할 수 있다고 믿었던 길들은 모두 닫혀만 갔고, 나는 정신을 잃지 않으려고 나를 다그쳐야 했다. 세상은 나의 가치가 별로 없어서 나를 함부로 대해도 된다고 말했다.

2010년 2월 26일 금요일. 모교 대학원 모임에 참석하였다. 언제부턴가 학교 선후배는 나를 경쟁자로 몰아세우기 시작했다. 그들은 내가 교수 시장에 기웃거린다는 사실만으로 내가 싫은 모양이다. 내가 있다고 해서 그들이 교수가 안 되는 것도 아니고, 내가 없다고 해서 그들이 교수가 되는 것도 아닌데 말이다. 모교의 그리움이 차가운 따돌림과 서운함이 되어 돌아온다. 증권회사나 다니지 왜 남의 밥그릇을 넘보느냐는 그들의 핀잔에 내 사정을 그들에게 이해시키기는 역부족일 것이다. 회사에서도 학교에서도 내가 할 수 있는 일은 입을 다물고 듣기만 하는 것이다. 나를 위로해줄 곳은 세상 어디에도 없다. 비굴한 위로를 구하느니 차라리 당당한 고독을 선택하겠다. 어쩌면 해결하기 힘든 상황도 시간이 해결해줄지 모른다.

2010년 3월 6일 토요일. 회사는 매각이 결정 났지만, HW증권과의 세부 협상으로 진통이 있나 보다. 윗분들은 일이 손에 잡히지 않는 직원들을 다독이느라 바쁘다. 그분들은 회사매각과정에서 몇 푼의 위로금과 몇 년 더 다니는 것으로 만족하겠지만 오래 다닐 젊은 직원들은 마음이 심란하다. 회사에 대한 이해가 서로 다르니 불신만 눈덩이처럼 커지고 있다.

2010년 3월 13일 토요일. 세월은 작은 물방울이 바위 뚫는 것을 허락하듯이 세월은 나의 노력이 학교의 벽을 넘는 것을 허락했으면 좋겠다. 요즘 회사는 직원들의 도덕적 해이를 지적하며 일을 게을리한다고 책망한다. 그러나 회사가 매각되면 자기 자리가 어떻게 될지 모르는 상황에서 직원들이 불안해하는 것은 당연하다. 어느 때보다 나에게 긍정의 힘이 필요하다. '회사가 있기에 또 다른 꿈을 꿀 수 있지 않았나!'

2010년 3월 20일 토요일. 얼마 전 동문회에서 알게 된 KB증권 지점장이 나 보고 자꾸 자기 회사로 오라고 한다. 얼마 전에는 S증권에 다니는 대학교 선배가 추천했는지 S증권 지점장이 나를 찾아왔다. 아직 이직해본 적 없는 나에게 이직은 조직문화에 적응하지 못한 패배자의 비상구라고 생각했었다. 그러나 요즘은 그러한 생각이 바뀌고 있다. 찾아온 사람들은 어차피 없어질 회사인데 없어지기 전에 이직해야 몸값을 제대로 받을 수 있다며 유혹한다. 아직 HW증권은 정부로부터 우리 회사 인수에 대해 승인을 받지 못했다. 만약 내가 지금 이직한다면 이직한 회사에서 당분간 휴가를 쓰지 못할 것이다. 그러면 대학교 채용지원을 위해 자유롭게 외부로 나갈 수 없다. 여기서 버티며 학교를 노리는 것이 맞는지 되지도 않을 교수에 미련을 버리고 이직하는 것이 맞는지 또 다른 선택지가 나를 괴롭힌다. 안타까운 기회들 앞에 학교로 가기 위한 비용은 점점 커져만 간다. 나는 미래만이 알 수 있는 대답을 구하느라 밤을 지새웠다.

2010년 3월 27일 토요일. 교수의 길에 대한 낙관적인 생각과 비관적인 생각이 머릿속에서 끊임없이 싸운다. 여러 가지 정황상 학교로 갈 수 있는 확률은 점점 낮아지고 있다. 교수 채용지원에 사용할 수 있는 논문은 3년 이내의 논문이어야 하는데 일부 논문이 그 시기를 벗어나고 있다. 시기가 벗어난 논문은 제대로 빛도 보지 못한 채 어둠 속으로 사라진다. 나는 지금

두 갈래의 길 앞에서 저울질하고 있지만, 조만간 두 길이 모두 막히거나 하나의 길만 간신히 열려 있을 것이다. 나는 유효기간이 다가오는 논문 앞에 망연자실(茫然自失)하며 서 있다.

2010년 4월 16일 금요일. 회사가 HW증권에 팔렸지만 당장 합병하지는 않고 있다. 직원들은 살아남기 위해 인정사정 볼 것 없이 어떠한 행동도 마다치 않고 있다. 다른 직원의 고객이 소개해준 고객을 가로채기도 하고 지점장에게 잘 보여 새로운 고객을 받기도 한다. 그러나 HW증권과 합병되어도 우리는 어차피 남의 자식이 아닌가?

2010년 4월 27일 화요일. 갑자기 본부장이 우리 영업점에 왔다. 본인은 이번 합병과정에서 살아남을 것 같다며 직원들을 긴장시킨다. 합병이 끝나면 직원들의 매너리즘을 타파하기 위해 대대적인 인사이동이 있을 거라고 했다. 아주 멀리는 아니겠지만, 가족과 떨어져 살아야 할지도 모른다. 다른 영업점으로 가면 기존 직원들의 텃세에 적응하지 못할 수도 있다. 본부장은 자기를 무시하지 말라고 경고하러 온 것이다. 힘없이 세상에 쓸려 다니는 나 자신이 안쓰러워 우울증에 걸릴 것 같다. 나의 비극이 멀리서 보는 사람들에게는 그저 증권맨의 희극으로 보일 것이다. 나의 고민이 그저 돈 많이 버는 증권맨의 넋두리로 들릴 테니 말이다.

33. 개미지옥에서 살아남기

합병이 본격화되면서 회사는 직원들을 개미지옥에 몰아넣고 골라내기 시작했다. 내 수첩에 달력은 분노와 증오로 가득 찬 동그라미와 가위 표시로 너덜너덜해졌다. 직원들은 개미지옥에서 탈출하려고 온갖 수단을 동원하여 구원의 동아줄을 찾아 헤맸다. 어떤 직원은 썩은 동아줄을 잡아 끝없는 나락(那落)으로 떨어졌는가 하면 어떤 직원은 순종의 동아줄을 잡고 비굴하게 살아남았다. 몇몇 직원은 미리 준비해둔 다른 회사의 동아줄을 잡고 살아남기도 했다. 나는 학교에서 내려올 동아줄을 기다리며 하염없이 동그란 하늘만 바라보았다. 개미지옥에서 학교를 향해 아무리 살려달라고 외쳐도 공허한 메아리조차 돌아오지 않았다. 간간이 내려오는 다른 회사의 동아줄은 썩은 동아줄인지 금 동아줄인지 알 길이 없었다. 회사는 어차피 구조조정을 해야 해서 떠나는 직원들을 신경 쓰지 않았다. 그러나 나는 꿈을 위해 회사도 학교도 포기할 수 없었다. 2개를 모두 잡고 있어야 나에게 기회가 오기 때문이다.

2010년 5월 8일 토요일. 나에게는 2개의 가방이 있다. 하나는 회사 갈 때 가져가는 가방이고, 하나는 강의하러 갈 때 가져가는 가방이다. 강의용 가방은 회사에서 몰라야 하므로 늘 자동차 트렁크에 있다. 그 가방은 학교에 갈 때만 세상 밖으로 나온다. 가방 안에는 강의 교재와 출석부 그리고 계산기가 들어 있다. 회사용 가방에는 회사 수첩이 들어 있다. 수첩의 앞부분에는 달력이 있는데 작은 메모가 가능하다. 달력은 왼쪽 위에 날짜가 인쇄된 네모 칸들의 집합체이다. 나는 그 작은 사각형에 나의 일정을 빼곡히 적어 넣는다. 그 일정이 어느 정도 마무리되면 사각형의 오른쪽 아래에 동그라미를 여러 번 그린 후 그 안에 가위를 표시한다. 이것이 그날이 지나갔음을 의미하며, 또한 빨리 지나가기를 바라는 표시였다. 어떤 날은 더 많이 더 진하게 그려져 있는 날도 있다. 이날은 내가 무척이나 힘들었다는 것을 방증한다. 이번 주의 달력을 보니 일주일 내내 동그라미와 가위 표시가 다른 주보다 진했다. 수첩의 종이가 찢겨 구멍이 날 정도이다. 달력의 표시에는 분노와 증오가 녹아 있는 것 같다. 가방의 앞주머니에는 지난달의 각종 영수증, 먹다 남은 약봉지 그리고 도장이 있다. 가방 안쪽 주머니에는 강의

자료가 담긴 USB와 통장 지갑이 있다. 가방에 내 전 재산과 나의 감정이 고스란히 들어 있다. 저녁마다 두 직업을 넘나들며 하루를 분주히 보낸다.

2010년 5월 15일 토요일. 최근 남유럽발 재정위기가 고객들의 자산을 갉아 먹고 있다. 또한 천안함의 침몰 원인이 북한의 소행으로 확실시되면서 한국의 지정학적 위험이 외국자본의 이탈을 가속하고 있다. 세상이 조금도 나의 괴로운 심정을 이해해주지 않는다. 계절의 여왕은 마음 둘 곳 없는 나에게 위로가 되지 못한다.

2010년 5월 29일 토요일. 어제 한 시간강사의 자살이 전파를 탔다. 아직도 교수 채용을 미끼로 돈을 요구하거나 논문 대필을 요구하는 교수가 있다. 꿈이 단지 교수라는 이유로 시간강사는 나쁜 교수들의 욕심을 채우는 먹잇감이 된 것이다. 시간강사는 도낏자루 썩는 줄도 모르고 꿈을 좇다가 훌쩍 지나간 세월을 마주했을 것이다. 자신만을 바라보며 세월을 인내한 가족들에게 면목이 없었을 것이다. 교수라는 꿈은 이번 생에 이루어질 수 없는 신기루라고 생각하고 그 모든 미안함을 죽음으로 대신했던 것 같다. 교수의 길만이 인생의 전부는 아니지만, 반평생을 투자한 꿈이 부질없다고 느낄 때 그 좌절감은 이루 말할 수 없을 것이다. 이런 소식을 접할 때면 그렇게 벗어나고 싶은 회사가 소중함으로 다가온다. 생계를 볼모로 남의 인생을 함부로 대하는 사람들이 정말 문제다. 그래서 우리는 그들의 먹잇감이 되지 않기 위해 최소한의 생계를 책임지는 힘을 길러야 한다. 회사와 학교를 모두 잡는 것이 지나친 나의 욕심일 수 있지만, 가족을 생각하면 어느 한쪽도 포기할 수 없다. 내 팔이 끊어지는 한이 있어도 끝까지 둘 다 잡고 있어야 한다. 6월 1일이면 회사는 HW증권에 실질적으로 매각된다. 지난해 동문회에서 만났던 S증권 형님과 KB증권 지점장이 마지막 기회라며 이직을 권유하고 있다. 누구도 대신할 수 없는 내 인생의 선택이 지금 어느 때보다 중요하다. 내 인생이 누구에게도 잡아먹히지 않으려면 정신 바짝 차려야겠다.

2010년 6월 30일 수요일. HW증권이 시간을 두고 합병할 모양이다. 이미 본사는 HW증권 사람들로 점령되었다. 회사는 기강을 바로잡기 위해 조만간 지점장들을 인사이동 시킬 거라고 한다. 직원들은 온종일 심란해하는 지점장 때문에 더 불안해한다. 직원들은 오히려 부지점장인 나를 심적으로 더 의지하는 모습이다. 나 역시 어떠한 대답도 내놓을 수 없지만, 직원들에게 힘든 내색을 하지 않으려고 노력했다. 오후에 사내 인트라넷으로 메일 한 통이 왔다. 재무관리부에서 같이 근무했던 백기사의 메일이다. 메일은 "나에게도 이런 날이 올 줄 몰랐습니다."로 시작하였다. 느낌이 바로 왔다. 같이 출퇴근했던 기억이 엊그제 같은데 벌써 10년이 지났다. 그는 또 세상의 어딘가로 흘러갈 것이고 우리의 인연은 여기서 끝일 것이다. 내 인생과 함께했던 얼굴들이 기억 저 멀리 사라지고 있다. 메일을 받고 백기사에게 전화하였다. 이 회사에서 더는 자기 역할이 없다고 했다. 최근 합병을 앞두고 본사가 2개 있을 필요 없다는 인식이 팽배하고 있다. 그래서 HW증권 본사의 부서와 중복되는 부서에 있는 직원들은 매우 불안해했다. 전화기에서 흘러나오는 그의 목소리는 밝고 당당했던 그의 모습과 달리 절박함이 묻어 있었다. 저녁에 스마트폰이 다급하게 울렸다. S증권의 형님이다.

벨이 울리는 대로 그냥 두었다. 나는 아직 어떠한 결정을 내릴 준비가 되어 있지 않다. 10년 이상 머문 회사를 하루아침에 내팽개칠 자신이 없다. 그러나 회사는 한때 떠나는 직원에게 인사치레라도 "다시 한번 생각해볼 수 없냐?"라며 물어봤었는데 요즘은 아예 그런 말이 없다. 회사의 누구도 나를 잡지 않을 텐데 즐거운 것 하나 없던 회사의 추억이 뜬금없이 내 발목을 잡는다. 슬프건 기쁘건 내 인생에 깃든 추억이 회사로부터 나를 쉽게 떼어놓지 않는다.

34. 죽는 날을 알면 마음 편할까?

죽는 날을 알면 죽는 날을 궁금해할 필요가 없으니 마음 편히 지낼 것이다. 그러나 죽는 날이 가까워지면 피할 수 없는 두려움이 공포가 되어 영혼이 말라버릴 것이다. 죽는 날을 알지 못하면 죽는 날이 궁금하여 마음이 항상 초조할 것이다. 그러나 죽는 날이 가까워져도 죽는 날을 모르니 두려움을 잠시 잊고 평온 속에 지낼 수도 있다. 결국 우리는 죽는 날을 알든 모르든 우리가 겪게 될 두려움과 평온의 무게는 같을 것이다. 그러나 회사를 떠나야 할 날을 알면 우리는 확실히 두려움보다 평온을 준비할 시간을 갖게 된다. 우리가 회사를 떠나든 남아 있든 인생이 끝난 것은 아니기 때문이다. 한때 언제 회사를 떠날지 알 수 없는 두려움이 내 젊음을 지배했었다. 직원들은 지레짐작으로 겁을 먹어 회사를 떠났고, 나는 두려움과 평온의 무게를 재며 시간을 견뎠다. 인생은 끝없는 선택이었고 정답은 미래에 있었다. 어느새 나는 그 미래에 서 있고 미래는 나를 잘했다고 토닥거린다.

2010년 7월 2일 금요일. 오늘도 친척 한 분을 돌아가시게 했다. 회사에서 일찍 나오는 방법은 이것밖에 없다. 돈을 밝히는 회사도 사람의 죽음은 돈보다 앞서는 예외 사항으로 둔다. 나는 교수님들과의 인간관계를 위해 학회에 참가해야 한다. 회사가 안정적이라면 나는 이 빗줄기를 뚫고 학회에 가지 않았을 것이다. 기회가 얼마나 남았을지 모르겠지만 끝까지 도전해봐야 한다. 포기하면 죽을 때까지 후회하며 살지도 모른다. 무엇이 정답인지는 세월만이 알 것이다.

2010년 7월 7일 수요일. 모 대학교 교수님과 식사하였다. 교수님은 우리나라에서 교수가 되려면 외국에 나갔다 와야 하지 않겠냐며 내게 반문하였다. 어떻게 하면 교수가 될 수 있는지 묻고 싶었던 나의 질문이 끝도 모를 가슴 속 깊은 곳으로 숨어버렸다. 입 밖으로 낼 수 없는 나의 질문은 공허한 메아리가 되어 가슴을 눈물로 적셨다. 너무 보잘것없고 미천한 내가 너무 높고 고귀하신 분들의 세상을 넘보고 있는 것은 아닌지 모르겠다. 내가 S증권으로의 이직을 고민하는 사이에 밑에 직원은 이미 S증권에 지원서를 낸 것 같다. 직원을 지켜주지도 못하면서 떠나는 직원을 배신자라고 몰아붙일 낯짝이 없다. 남의 인생을 책임져주지도 못하면서 서운한 감정만 앞세우는 것은 나쁜 행동이다. 전화를 받으러 영업장 밖으로 나가는 다른 직원도 조만간 어디로 떠날 것 같다. 끝까지 회사에 남아 대학교 문을 두드려야 하는 건지 아니면 나도 저들과 함께 떠나야 하는 건지 도저히 감이 잡히지 않는다. 지점장은 떠나는 직원 앞에 아무 말도 못 하고 무기력하게 숨어 있다.

2010년 7월 14일 수요일. DJ지점에서 영업 회의가 있었다. 밑에 직원이 S증권으로 떠날 예정이라 DJ지점의 직원들은 누가 우리 지점으로 보내질지 긴장하고 있었다. 회사가 HW증권으로 매각된 마당에 신입사원을 뽑을 리 없다. 지점장들은 우리 지점에 자기 직원들을 뺏기지 않으려고 눈치만 보고 있다. 쉬는 시간에 지점장들은 내게 다가와 한마디씩 던진다.

"밑에 직원에게 잘 좀 해주지 그랬어?"

직원이 떠나는 이유가 내 탓으로 돌아올 줄 미처 몰랐다. 떠나는 직원을 잡지 못하는 회사가 떠나지 못할 것 같은 나에게 책임의 화살을 돌린다. 이제 회사는 갈 곳 없어 보이는 직원들에게 함부로 핑계를 들이댄다. 벌써 마흔이 코앞인 내가 그렇게 보이나 보다. 그러나 정작 하루라도 더 살아보겠다는 지점장들은 떠나는 직원을 붙잡을 사탕발림조차 못 하고 있다. 지점장들은 치고 올라올까 봐 걱정되어 밑에 직원들을 그렇게 누르더니 이제 떠난다고 하니 배신자라고 몰아붙인다. 그들은 아직도 남아 있는 직원들을 함부로 대해도 되는 줄 안다. 능력 있는 직원들은 지점장 되는 길이 막히자 회사를 많이 떠났다. 지점장들은 능력은 있으면서 자기 자리를 넘보지 않을 직원들만 데리고 있으려고 한다. 세상에 그런 직원이 어디 있겠는가! 처음에 10명이 넘던 CJ지점의 직원은 이제 4명으로 줄어든다. 각자의 처지를 이해 못 하는 것은 아니지만 해결될 수 없는 이 상황이 슬픈 건 어쩔 수 없다. 아내와 딸에게 풀이 죽어 있는 내 모습을 자꾸 보여 미안하다.

2010년 7월 19일 월요일. 며칠 전 교육 중에 만난 JJ지점의 차장님이 생각난다. 그는 요즘 하루하루에 의미를 부여하지 않는다고 했다. 그냥 어딘가에 닿을 인생의 하루를 지워 나간다고 했다. 회사에서 영업 잘하기로 소문난 분이지만 내 생각과 별반 다르지 않았다. 그래도 나는 짧은 인생을 지워 나가기보다 채워 나갔으면 하는 바람이다.

2010년 7월 22일 목요일. 회사는 밑에 직원이 이번 주 금요일에 퇴사임에도 불구하고 지점 분위기를 흐린다는 이유로 화요일부터 나오지 말라고 했다. 밑에 직원은 막상 회사를 떠나려니 아쉬워하는 눈치이다. 어제 저녁에는 생각지도 못한 소식을 들었다. 일전에 S증권 지점장이 나에게 이직을 권유했었다. 그때 나는 이직은 너무 무책임한 행동이라 지점이 정말로 폐쇄되면 가겠다고 말했었는데 그 이야기가 우리 지점장에게 전해졌나 보다. 이 이야기는 다시 본부장에게 전달되었다. 갑자기 나는 회사에서 의리 있는 놈으로 칭찬받게 되었다. 사실 지금 내가 S증권으로 가지 않으면 S증권에는 영영 내 자리가 없을지도 모른다. 내년에 회사가 HW증권과 물리적으로 합병하면 직원들은 남아돌 것이다. 그때도 본부장과 지점장이 나를 의리 있는 놈이라고 치켜세울지 알 수 없는 일이다. 회사생활이 얼마 남지 않은 사람들이 그들의 이익을 위해 회사생활이 많이 남은 사람들을 잡아두려고 난리이다. 창밖의 어둠은 소리 없이 평화롭게 흘러가고 있다. 세상은 살려달라는 나의 아우성을 전혀 듣지 못하는 눈치이다.

2010년 8월 7일 토요일. 얼마 전에 지원했던 HN대학교에서 아무런 연락이 없다. 나의 노력은 방향이 틀렸는지 나의 행보에 전혀 진전이 없다. 먼 훗날 내 인생의 중반이 이루지 못할 꿈에 매달린 미련함의 상처로 남지는 않을까 걱정이다.

2010년 8월 22일 일요일. 회사의 영업 정책이 자산증대에서 수익증대로 바뀌면서 목표를 달성하려는 직원들이 무리수를 두고 있다. 회사에 동료는 없고 경쟁자만 있다. 오로지 돈만 좇도록 독려하는 회사는 돈이 안 되는 직원들을 당장이라도 내보낼 기세이다. 돈으로만 매겨진 나의 가치는 그렇게 커 보이지 않는다.

35. 불안과 초조 속에 심어둔 희망의 씨앗

나는 사라지는 회사에서 뜻밖의 승진을 하였다. 회사는 나보고 아무데도 가지 말라며 승진으로 발목을 붙잡았다. 그리고 그 승진은 어쩔 수 없이 나를 한 가장의 자리를 넘보도록 떠밀었다. 내 의지와 상관없이 언젠가 나는 누군가의 자리를 밀어내야 할 것이고, 또한 언젠가 나는 누군가에 의해 자리가 밀려날 운명이었다. 나는 기쁨 뒤에 슬픔이 온다는 사실을 깨닫고 회사를 벗어나야겠다는 마음을 먹었다. 직원들은 P그룹이 먹튀한다며 욕을 했었지만, 나는 P그룹에 있을 때 희망의 씨앗을 심어놓았다. 그 씨앗은 불안과 초조의 거름 속에서 굳건히 자라 절대로 포기할 수 없는 숙명이 되었다. 사람들은 학교의 꿈이 숙명이라고 믿었던 나를 터무니없다며 서서히 외면하였다. 그래도 나는 포기할 수 없었다. 영업실적이 나의 숨통을 죄어올수록 학교의 꿈은 나의 숙명이라고 말해주었다. 세월은 불안과 초조가 희망의 거름이며 꿈을 이루는 원동력이라고 말한다.

2010년 8월 31일 화요일. 8월의 마지막 날 뜻밖의 승진을 하였다. 직원들이 이탈하고 있는 상황에서 나를 우리 지점에 붙들어놓기 위해 승진을 시켜준 것이다. 최근 회사가 바빠지면서 퇴근 시간도 늦어져 논문을 쓸 시간이 없다. 회사가 P그룹에 있을 때는 효율성을 운운하며 직원들을 일찍 퇴근시켜주었다. 그러나 회사가 HW그룹으로 넘어가자 예전처럼 퇴근 시간이 늦어졌다. 위기 속에는 항상 불안만 있는 것이 아니다. 그 속에는 희망의 씨앗을 심을 수 있는 기회가 있다. P그룹 덕분에 대학원에 다닐 수 있었고, 교수의 꿈도 품게 되었다. 직원들은 P그룹을 먹튀라며 욕했지만, 나는 오히려 수혜를 본 것이다. 그나저나 나는 이번 승진으로 지점장급의 위치가 되었다. 지점장이 몹시 초조해 보인다. 나의 승진은 그의 어쩔 수 없는 선택이었을 것이다. 지점장에게 승진시켜줘서 고맙다고 말씀드리고 저녁에 직원들과 식사하자고 권유하였다. 지점장은 약속이 있다며 자리를 피했다. 그의 마음이 힘들다는 것을 느낄 수 있었다. 아마 그의 마음엔 가족이 가장 먼저 떠오를 것이다. 나는 지점장의 자리를 빼앗고 싶은 생각이 없다. 그러나 세상은 잔인하게도 한 가장의 자리를 밀어내려고 한다. 학교의 꿈은 멀어져만 가고 회사는 자꾸 이곳이 내가 누울 자리라고 말한다.

2010년 9월 5일 일요일.

"가장 안타까운 일은 다른 사람에게 추월당할까 봐 목표를 낮추는 것입니다. 목표가 클수록 프로젝트는 커질 수밖에 없습니다. 그리고 '나'라는 프로젝트의 최소단위는 10년이라고 생각하시기 바랍니다. 다른 사람에게, 또는 입사 동기에게 추월당할까 봐 조바심 낼 필요는 없습니다."

[출처 : 나카타니 아키히로, 『초일류 업무술』, 다산라이프]

교수에 대한 나의 프로젝트는 아직 10년이 지나지 않았다. 지점장은 우리 지점이 조만간 길 건너 HW증권 지점과 합쳐질 것에 대해 두려워하고 있다. 이제 그는 할 수 있는 일이 아무것도 없다는 걸 잘 안다. 부정적인 생각으로 가득한 그는 직원들의 뒤통수만 바라보고 있다. 며칠 전 HW증권 지점의 지점장과 직원이 우리 지점에 왔었다. 그들은 마치 점령군인 양 눈에 힘을 주고 와서 포로가 된 우리 지점에 먹을 것이 없는지 어슬렁거렸다. 우리 직원들은 인사차 왔다며 거들먹거리는 그들 앞에서 표정이 굳어져갔다. 이 환란이 끝나고 나도 나의 자리가 여전히 존재할지 걱정되었다. 이곳을 떠나고 싶은 마음은 굴뚝같은데 나를 원하는 학교는 없다. 애초부터 내 인생의 그릇은 이 정도의 크기가 아니었을까 생각해본다.

2010년 9월 19일 일요일. 내년 2월 HW증권과의 합병을 앞두고 우리 회사 윗분들은 직원들을 채찍질하느라 정신없다. 그분들은 우리 회사가 HW증권에 밀리면 안 된다고 강조한다. '우리 회사가 HW증권에 밀리면 누가 가장 피해를 볼까? 그분들이 아닐까?' 매일 직원들의 영업실적이 엑셀 파일에 가지런히 담겨 사내 인트라넷에 올라온다. 영업실적이 하위 몇 %에 속하는 직원의 이름은 빨간색 음영으로 표시된다. 본사는 빨간색 음영이 무엇을 의미하는지 아무런 설명이 없다. 그러나 직원들은 그것을 살생부로 받아들였다. 빨간색 음영에 있는 직원의 이름은 매일 바뀌고 또 바뀌고 있다. 집안이 부유한 직원들은 부모 찬스를 쓰는 것 같다. 나에게는 처음부터 그런 일이 일어날 수 없다.

2010년 9월 23일 목요일. HB대학교에서 공개 강의하러 오라고 연락이 왔다. 이번에도 들러리일 것 같지만 마음은 설렌다. 회사에서는 마음 둘 곳이 없다. 수익이 날 때 순한 양이었던 고객들이 이제는 나를 잡아먹으려는 늑대가 되었다. 그러나 나는 고객을 만족시킬 능력이 없어도 가정의 평화를 위해 끝까지 버텨야 한다. 내 사정에 아랑곳없이 학교는 느물느물 나를 희망 고문하며 진을 다 빼놓는다. 학교로 향한 길은 전혀 보이지 않는데, 회사에서는 어렴풋이 막다른 골목이 보인다.

2010년 9월 26일 일요일. HB대학교 공개 강의는 영어로 해야 한다. 학교가 유학파 교수를 원하는 것 같다. 지금 내가 노력한다고 해서 보름 후에 영어를 잘할 리 만무하다. 그러나 최선을 다해보기로 했다. 유학파 교수 친구, 카투사 출신의 직원, 전직 항공사 스튜어디스 그리고 유학원을 운영하는 후배를 동원하여 영어로 된 프레젠테이션을 만들었다. 쉬는 시간마다 회사 옥상에 올라가 프레젠테이션을 외우기로 했다. 나는 들러리라도 발악하면 잘 할 수 있다는 것을 보여주고 싶었다. 세상이 의외의 내 모습을 보고 나를 아깝다고 느끼게 해주고 싶었다. 세상이 나를 뜻대로 대하지 못하도록 하고 싶었다.

2010년 10월 7일 목요일. 회사가 내년에 합병을 앞두고 본격적으로 직원들을 줄 세우고 있다. 직원들은 영업실적에 빨간불이 켜지지 않도록 죽을 힘을 다하고 있다. 회사가 나에게 들이대는 잣대는 20가지도 넘는다. 무엇이 가장 중요한지는 이미 중요하지 않다. 이러한 잣대들은 통계화되어 하나의 지표로 만들어지고 그것이 영업실적이 된다. 나의 얼굴은 영업실적 등수에 따라 펴지기도 하고 일그러지기도 한다. 매일 인트라넷에 적나라하게 드러나는 나의 가치는 항상 밑에서만 춤을 춘다. 남의 잔칫상에 올라갈 수족관의 물고기처럼 나는 운명도 모른 채 벗어나지도 못할 곳에서 발버둥만 치고 있다.

2010년 10월 9일 토요일. 이번 주 화요일에 SU에서 내려온 본사 직원들과 식사하였다. 그들은 합병을 앞두고 지점의 전략적 재배치를 위해 돌아다니고 있다. 버려진 우리 지점이 외부 사람들의 손을 타기 시작한다. 다음 주 토요일에는 우리 회사와 HW증권이 단합대회를 한다. 이제 더 이상 학교를 준비할 여유가 없다. 항상 용기를 주던 G형도 내가 교수 되기가 힘들어 보였는지 요즘은 별말이 없다. 아내도 몸부림치는 나에게 어떠한 위로도 건네지 못한다. 머릿속에는 나의 불행을 행복으로 아는 사람들만이 가득하다. 모두 서서히 나에게 등을 돌리는 것 같아 심연(深淵)의 고독에 빠져든다.

36. 내가 들러리만 되길 원하는 세상

나를 찾는 학교는 많아졌지만, 학교는 나보고 들러리 역할만 해주기를 바랐다. 어느 학교도 나를 적격자로 봐주지 않았다. 심사명단에서 함부로 내팽개쳐졌을 내 이름을 생각하니 가슴에 눈물이 고였다. 회사는 우리 직원과 HW증권 직원을 싸움 붙여놓고 꿀만 빨아 먹으려고 했다. 재주는 직원들이 부리고 돈은 윗분들이 가져가는 것 같았다. 학교의 경쟁자들은 자신을 돋보이려고 성장 대신 나를 깎아내리기로 결심하였다. 나는 그들의 희생양이 되지 않으려고 그들에게서 모습을 감춰버렸다. 스스로 선택한 고독이 정신건강에 그리 나쁜 것만은 아니었다. 그러나 기대감과 상실감 그리고 희망과 절망의 반복 속에 내 마음은 너덜너덜해져갔다. 세상의 축복 속에 태어난 둘째 아이는 나에게 늘어난 삶의 무게로 다가왔다. 세상은 나보고 그저 숨죽이며 들러리로만 살아가라고 말했다. 그러나 한번 태어났기에 그리고 다시 태어날 수 없기에 나는 내 인생의 주인공이 되기로 마음먹었다. 그깟 생계 앞에 세상과 타협하며 비굴한 인생을 살고 싶지는 않았다.

2010년 10월 15일 금요일. 오후에 공개 강의하러 갔다. 나는 지금 양다리를 걸치고 한쪽에서 다른 한쪽으로 건너가려고 한다. 그러나 두 다리의 힘이 풀려 제자리는커녕 끝 모를 심연(深淵)의 바닥으로 떨어질까 봐 두렵다. 지난 3주간 공개 강의를 준비하느라 매일 새벽이 돼서야 잠을 청했다. 공개 강의자는 3명으로 알고 있었다. 그러나 1명은 오지 않았고 다른 1명은 여자분이었다. 이 학교는 전통적으로 공대를 중시하여 여자 교수가 많지 않은 것으로 알려져 있다. '앗싸! 이렇게 교수가 되는 건가!' 오후 1시에 나부터 공개 강의를 하게 되었다. 교수님들은 나에게 상당히 많은 질문을 던지며 관심을 보였다. 그러나 두 번째 강의자의 발표 시간은 생각보다 짧았다. 공개 강의를 마치자마자 총장 면접이 이어졌다. 총장님께서는 형식적인 질문 몇 개를 던지시더니 교수가 되면 1년에 몇 편의 논문을 쓸 것인지 물어보셨다. 나는 무조건 많이 쓰겠다고 했다. 어떤 면접보다도 희망에 가득 차서 집으로 돌아왔다. 이번이 내 고뇌의 마침표가 될지 너무 궁금하다.

2010년 10월 16일 토요일. 우리 회사와 HW증권은 GR산에서 단합대회를 하였다. 처음 보는 사람들끼리 같은 식구라며 술잔이 오갔다. 그러나 웃음을 띤 서로의 얼굴에는 경계의 눈빛이 역력하였다. 단합대회라고 쓰여 있는 현수막이 바람에 나부끼며 직원들의 애처로운 눈빛과 겹쳤다. 특히 같은 지역에 있는 직원들끼리는 한층 더 얼굴이 굳어졌고 착잡해 보였다. 이제 일면식도 했으니 누가 누구를 잡아먹을지 본격적인 경기가 시작되었다. 서로의 얼굴에는 웃음 뒤로 살기가 느껴졌다.

2010년 10월 21일 목요일. 임용 탈락의 후유증이 꽤 오래갈 것 같다. HB대학교는 이번 채용에 적격자가 없다며 교수를 뽑지 않기로 하였다. 다음 기회에 도전하라는 말이 내 마음을 후벼 판다. 지인으로부터 나의 탈락이 부족한 영어 때문이라는 얘기를 들었다. 국내파를 떨어뜨릴 핑계로 영어만큼 좋은 것도 없을 것이다. 회사만 다니던 내가 유학파 지원자를 영어로 이길 가능성은 영(0)에 가깝다. 원망하고 싶지는 않지만, 유학을 보내주지 못한 부모님이 생각난다. 나는 기대만큼 커져 버린 상실감을 어떻게 치유해야 할지 모르겠다. 종일 초점 잃은 나의 눈은 창밖 너머 자유를 갈망하고 있다. 우리 영업점은 고객 이탈의 가속화로 자산규모가 급격하게 줄어들어 조만간 폐쇄될지 모른다. 지원할 만한 대학교도 이제 몇 개 남지 않았다. 철모르고 뛰어노는 딸 앞에서 대한민국의 가장들이 모두 내 맘 같을 거라고 위로해본다.

2010년 10월 30일 토요일. SN산에 올랐다. 임용탈락의 허탈함을 지우려고 등산을 선택했다. 내가 조급한 건지 시간이 빠른 건지 기억력이 떨어진 건지 여하간 어느새 문장대 턱 밑에 다다랐다. 끝을 가늠할 수는 없지만,

저 너머 아름다운 풍경을 상상하며 하나씩 계단을 밀어냈다. 어느새 나는 계단 끝에 서서 문장대와 아름다운 산줄기를 굽어보았다. 인생도 결과보다 과정에 집중해야 행복한 결론으로 끝날 것이다. 아무리 아픈 괴로움도 먼 훗날에는 행복한 추억으로 포장될지 모른다. 왜냐하면 누구나 언젠가는 이 세상에서 사라질 존재이기 때문이다. 아직은 살아 있으니 괴로운 것이다. 살아 있는 것보다 괴로움이 더 컸다면 아마 죽었을 것이다. 그래서 살아 있다는 그 자체만으로도 행복이 아닐까 생각한다. 세상을 어쩌지는 못해도 내 몸뚱이 하나는 내 마음대로 할 수 있지 않은가! 힘들고 지친 내 마음을 내 마음대로 달래보려고 노력한다.

2010년 10월 31일 일요일. 오늘은 그렇게 원했던 휴식이 주어졌다. 그러나 휴식은 달콤함보다 슬픔으로 밀려온다. 절대로 이룰 수 없는 꿈에 무모하게 도전했던 내가 안쓰럽다. 차라리 시작도 안 했으면 주말이라도 마음 편히 즐겼을 텐데. 아침에 나는 자리를 털지 못하고 이불을 뒤집어쓴 채 펑펑 울었다. 이런 내 모습을 아내에게 들키고 말았다. 나는 영업실적이 벼랑 끝에 몰리고 무수한 질타를 받아도 눈을 부릅뜨고 세상에 맞섰다. 회사의 주인이 바뀌어도 그저 그런 노예가 되지 않겠다며 분노를 삭이고 일어섰다. 그런 내가 이렇게 무너지니 아내도 슬픔에 잠겼다. HB대학교의 임용탈락이 미련으로 남아 계속 내 마음을 괴롭힌다. 부모님께서 나를 좀 더 좋은 교육환경에서 키워주지 못한 것이 못내 아쉽다. 될 놈은 어떻게든 된다고 하지만 지금의 내 마음은 그렇지 않다. 울고 나니 속은 좀 후련해졌다. 세상이 내 마음을 알 리 없고 세상이 나를 위해 변할 리도 없다. 그러나 다시 한번 마음을 다잡아본다.

2010년 11월 4일 목요일. 어제 회의에 갔다 온 지점장은 종일 인상만 쓰고 있다. 지점장은 아침부터 직원들에게 초라한 영업성적표를 들이댔지만 돌아오는 건 공허한 메아리뿐이다. 직원들이 영업점을 신도심으로 옮기자고 건의했을 때 지점장은 영업이 잘되니 괜찮다고 말했었다. 그는 인제 와서 매일 직원들만 볶는다. 직원이 아무리 발로 뛰어도 고객이 제 발로 걸어오는 지점의 직원을 이길 수 없다. 내가 있는 지역의 3개 대학교에서 교수 채용 공고가 났다. 지방대학교는 종종 그 지역 출신의 박사를 교수로 임용한다. 나는 다시 도전해본다. 학교의 길이 희박하기는 하나 이 난세에 희망이라도 품을 수 있어서 다행이다.

2010년 11월 24일 수요일. 기대도 안 했지만, 혹시나 하는 마음에 지원했던 학교였다. 그 학교에서 불합격 통지가 날아왔다. 수도 없이 받아 이젠 덤덤할 것도 같은데 받을 때마다 가슴이 시퍼렇게 멍든다. 나는 심사대상자 명단의 한구석으로 아무렇게나 내팽개쳐졌을 내 이름을 살며시 불러본다. 아직 세상에는 내 이름을 소중히 여기고 귀하게 불러줄 사람들이 많다고 위로해본다.

2010년 12월 4일 토요일. 지원했던 세 군데 학교 중 두 군데로부터 이미 불합격 통보를 받았다. 올해 마지막 하나의 희망만을 남겨놓고 있다. 그러나 학벌도 능력도 뛰어나지 못한 나에게 선뜻 손 내밀 학교는 없어 보인다. 나는 주말마다 기회가 되면 학술대회에 참가하여 논문을 발표했었다. 그때 참가한 사람들은 나를 불쌍히 여기진 않았을까 생각해본다. 어차피 안 될 텐데 돈이나 벌지 왜 저러나 하면서 말이다. 내가 교수가 될 수 없다는 사실을 학교에 있는 사람들은 모두 아는데 나만 모르고 있는 것은 아닐까? 쉽게 끝날 것 같지 않은 이 길을 위해 미리 발급받은 각종 서류가 책상에 수북이 쌓여 있다. '저 서류가 없어질 때까지만 지원해볼까?' 포기하고 싶다가도 책상 앞에서 몸부림쳤던 나의 흔적들을 발견하고 이 핑계 저 핑계 대며 포기를 잠시 미룬다. 얄미운 희망에 오늘도 무언가를 준비하고 있다. 최근 북한이 연평도에 포격을 가하면서 온 나라가 발칵 뒤집혔다. 주식도 발작을 일으킨다. 나도 발작이라도 일어나서 이 상황을 잊고 싶다. 그러나 발작이 끝나도 해결되는 것은 아무것도 없을 것이다.

2010년 12월 14일 화요일. 결국 12월이 왔다. 그러나 나를 찾는 학교는 없다. 찬바람이 부는 퇴근길에 저녁도 먹지 못한 채 축 처진 어깨로 대학원에 가는 내 모습이 보인다. 다가가서 이렇게 마음이 힘들 거라는 것을 지금이라도 알려주고 싶다. 그래도 괜찮으면 시작하라고 말이다. '주식을 손절매하듯 지금이라도 모든 것을 털어내야 하나!' 그러나 그것은 말처럼 쉽지 않다. 오늘의 실망 뒤로 내일의 희망이 아른거리기 때문이다. 실망도 희망도 내 인생에 같이 살아 숨 쉬는 데 나는 실망만 버리려고 한다. 언젠가는 될 거라는 희망이 지금의 나를 지탱해줬지만, 실망도 항상 함께했다. 모든 일은 나의 선택이었기에 후회는 있을 수 없다. 그래서 지워버리고 싶고 잊어버리고 싶은 기억들도 소중한 내 인생의 뒤안길이다. 저녁에는 S증권으로 이직한 직원과 식사하였다. 그는 S증권이 우리 회사보다 일을 더 많이 시킨다고 했다. 구관(舊官)이 명관(名官)이다. 그러나 우리는 어차피 일

해야 먹고 살 수 있다. 게으른 돼지를 만족시켜줄 회사는 이 세상 어디에도 없다. 다만 공짜로 쉽게 살고 싶어 하는 우리의 심보가 가슴 깊은 곳에 자리를 잡고 끝없이 우리의 욕심을 만들어낼 뿐이다.

2010년 12월 26일 일요일. 대학교 후배가 결혼했다. 나는 결혼식장에서 후배 얼굴도 보지 않고 바로 식당으로 갔다. 나와 경쟁 관계에 있는 선후배들을 마주치고 싶지 않았다. 학교에서는 평판이 중요하다 보니 될 수 있으면 경쟁 관계에 있는 사람들에게 노출 안 되는 것이 좋다. 검증되지 않은 평판이 진실이 되어 내 앞길을 막을 수도 있기 때문이다. 적(敵)은 항상 외부가 아닌 내부에 있다. 때로는 자발적 외로움과 침묵이 많은 문제를 해결해준다. 다른 사람에게 모난 돌로 정의되어 정 맞지 않으려면 항상 부족한 사람으로 보여야 한다. 숨어버리면 이기적이라고 하고 앞에 나서면 잘난 체한다고 한다. 차라리 내 존재가 그들의 머릿속에서 희미해지기를 기다리는 수밖에 없다. 그들은 언제부턴가 회사원인 나를 경쟁 무대에 올려놓고 나보다 돋보이려고 한다. 1명이라도 자기 발밑에 놓으면 손쉽게 우월해질 수 있다고 생각하나 보다. 나는 그들의 발 받침대가 되지 않기로 했다. 며칠 전 아내가 임신했다. 기쁜 소식이지만 내 삶의 무게는 더 무거워진다.

Part 5

세상에 정해진

운명은 없다

37. 회사원으로서 마지막 해

그해가 내 인생에서 회사원으로서 마지막 해인 줄 그때는 몰랐다. 그래서 어느 해보다 더 힘들고 치열했나 보다. 교수 시장의 문이 닫힌다는 소문에 마음은 조급해졌고, 돈을 좇는 숨 가쁜 회사정책에 영혼은 너덜너덜해졌다. 나는 한때 바른말을 할 수 있는 용기가 인간의 진정한 미덕이라고 믿었다. 그런 내가 단합대회에서 본부장의 눈에 들려고 마음에도 없는 말을 하며 졸졸 따라다녔었다. 나는 나이가 들면서 가난한 목구멍의 현실 앞에 도망갈 수 있는 어떠한 핑계도 대지 못했다. 젊었을 때는 실세(實勢)로 보이는 나이 든 사람이 부담스러웠고, 나이가 들어가니 바른말로 들이대는 젊은 사람이 부담스럽다. 인생은 어떤 위치에 있든 항상 버겁고 부담스럽다. 결국 지금 부러운 것도 나중에는 부러운 것이 아닐 수 있고, 지금 두려운 것도 나중에는 두려운 것이 아닐 수 있다. 단합대회에서 어쩔 수 없이 찍은 단체 사진만이 회사원으로서 나의 마지막 모습을 기억하고 있다. 사진 속의 나는 현실에서 벗어나고 싶었는지 불안과 초조의 얼굴로 대열의 맨 가장자리에 서 있었다. 그러나 내 인생에서 그해만큼 짜릿하게 살아본 적은 없었던 것 같다.

2011년 1월 7일 금요일. 시간 날 때마다 이메일을 열어본다. "귀하는 본 대학교의 교수 채용에서 1차 서류합격자임을 알려드립니다. 향후 공개 강의 일정은 다음과 같습니다."로 시작하는 메일을 받고 싶었다. 올해 내 나이 마흔이다. 세상에 흔들리지 않을 나이에 나는 여전히 세상의 작은 미동에도 흔들린다. 마흔에 태어날 아이를 온전히 키우려면 최소 65세까지는 일해야 한다. 생각만 해도 아찔하여 불안감이 엄습해온다. 이러한 불안을 해결할 수 있는 유일한 대안은 교수가 되는 것이다. 저녁에 정보를 얻기 위해 어쩔 수 없이 대학원 모임에 나갔다. 입술을 타고 목구멍으로 흐르는 소주는 몸서리쳐지게 쓰다. 선후배들은 모교의 발전을 바라면서도 누구나 먼저 교수가 되고 싶어 했다. 모두 술자리를 옮겼지만 나는 집으로 돌아왔다. 술을 더 마신다고 해서 달라질 것은 없을 것 같았다.

2011년 1월 24일 월요일. DJ지점의 여직원이 작년에 S증권으로 이직한 직원의 빈 자리를 채우게 되었다. 회사는 그녀가 아직 사회 초년생이라 우리 지점으로 발령을 낸 것 같다. 퇴근길에 그녀와 차를 마시게 되었다. 그녀는 나에게 미래의 준비로 대학원 진학을 어떻게 생각하는지 물었다. 사실 그녀는 이미 대학원 석사과정에 다니고 있었고 올해 회사를 그만둘까 생각 중이다. 그녀는 원치 않던 이번 인사이동에 적잖이 실망한 눈치이다. 우리 회사에 내가 박사학위를 취득했다는 사실을 아는 사람은 아무도 없다. 회사가 내가 박사학위를 취득했다는 사실을 알면 나를 애사심도 없고 기회만 되면 도망갈 놈이라고 의심할 것이다. 그녀의 뜻밖의 질문에 나는 어떠한 대답을 해주어야 할지 머릿속이 복잡해졌다. 어렵고 힘든 길을 가려는 그녀를 말리고 싶었다. 나는 외국에서 대학원을 다닐 거 아니면 그냥 회사에 충실한 것도 나쁘지 않다고 말했다. 내가 박사학위로 무엇이라도 이루었다면 그녀에게 꿈과 희망을 심어줬을 텐데 그렇지 못해 추천하고 싶지 않은 길이다. 그러나 내가 꿈을 이루지 못했다고 그녀의 미래까지 막아서는 건 아닌지 걱정이 앞섰다. 어렵게 말을 꺼냈을 그녀가 세상을 먼저 살아본 나에게 답을 기대했을 텐데 나는 아무런 도움도 주지 못했다. 희망으로 가득 차야 할 사회생활이 시작부터 불안으로 가득했나 보다. 남들이 정해준 길로만 가면 인생이 안전할 수는 있지만, 그 길로만 가면 먼 훗날 재미없고 후회로 가득한 인생이 될지도 모른다. 그러나 나는 그녀에게 미래의 불안을 줄이기 위해 공부도 좋지만, 돈을 많이 버는 것도 도움이 될 거라고 말해주었다. 돈은 한 번 태어난 소중한 인생에서 시간을 저축할 수 있는 유일한 수단이다. 우리가 죽으면 놓고 가야 할 돈이지만 아이러니하게도 살아 있을 때는 우리에게 시간의 자유를 준다. 즐겁게 살기에도 짧은 인생을 미래의 고민으로 채워야 하는 우리 인생이 안타깝다.

2011년 1월 31일 월요일. 한 여직원이 고용 불안감 때문인지 가족 돈을 가져 와 주식매매를 한다. 우리는 단거리가 아닌 장거리를 뛰어야 한다. 그러나 지점장은 무리하는 직원들 뒤에서 흐뭇한 표정을 짓고 있다. 지난해 당장이라도 잘릴까 봐 두려워했던 사람이 무리하는 직원들을 보고 다소 마음의 안정을 찾은 것 같다. 그는 무슨 말을 해도 씨알이 먹히지 않던 직원들이 올해 지점 합병을 앞두고 공포에 떠는 모습을 보고 기뻐하는 것 같다. 우리 지점은 자산이 많지 않아 고객의 주식매매가 빈번해야 한다. 그러나 손실이 발생한 고객 계좌는 이내 매매가 멈춰버린다. 직원은 고객에게 주식매매를 설득하기 위해 낙관적인 전망만 하게 된다. 그리고 손실이 나면 순식간에 직원은 사기꾼이 된다. 영업 정책이 자산증대에서 수익증대로 바뀌면서 적응하지 못하는 직원들이 생겨나고 있다. 가끔 직원의 머리 꼭대기에 앉아 있는 진상 고객들은 직원에게 일임 매매로 유혹을 한다. 수익이 나면 절반을 줄 테니 내 계좌의 주식을 마음대로 매매해보라는 것이다. 이런 검은 덫에 주로 실적에 쫓기는 신입직원들이 걸려든다. 만약 계좌에 손실이 나면 진상 고객은 법무팀과 지점장에게 일임 매매 사실을 알리겠다고 협박한다. 일임 매매는 불법이다. 직원은 어쩔 수 없이 진상 고객에게 손실을 물어준다. 영업의 압박이 거세지면 직원은 진상 고객의 유혹도 살아남기 위한 대안으로 착각하게 된다. 또 다른 진상 고객은 장 마감을 몇 초 앞두고 헐레벌떡 창구로 뛰어와 다급하게 주식매수주문서를 낸다. 직원은 그 짧은 시간에 주식 주문을 넣을 수 없다. 진상 고객은 주식의 종가가 주문가

격보다 내려가서 끝나면 아무 말도 하지 않지만, 종가가 주문가격보다 올라가서 끝나면 직원에게 돈을 물어달라며 난리 친다. 이러한 사기의 희생자는 주로 마음 약한 여직원이 된다. 직원들이 주식매매에 목을 매자 이를 악용하는 사기꾼들이 늘어나고 있다. 이러한 사기꾼들은 전국 모든 지점에 대표선수처럼 하나씩 있다. 일하는 것도 벅찬데 사기꾼들까지 조심해야 하니 힘들다. 그러나 세상은 내 넋두리를 들어줄 만큼 여유롭지 않다. 어쨌든 나는 이 정글에서 멀쩡하게 두 발로 걸어 나가야 한다. 이 바닥이 돈만 있고 사람은 없는 메마른 곳이지만 일을 하다 보니 나에게 돈으로 사람을 가늠할 수 있는 혜안(慧眼)이 생겼다.

2011년 2월 5일 토요일. 문득 떠오르는 학교에 대한 미련은 주식에 대한 걱정과 겹치면서 잠을 설치게 한다. 미래의 불안에 무리하게 영업하는 직원들은 지점장의 생명만 연장해줄 뿐 지점의 안정을 가져다주지는 못할 것이다. 이런 피 튀기는 경쟁은 회사를 오래 다닐 사람보다 얼마 못 다닐 사람에게 수혜로 돌아갈 것이다. 지점이 폐쇄되면 언제나 그랬듯이 직원들은 어딘가로 뿔뿔이 흩어질 것이다. 재롱떠는 첫째 딸과 배 속에 있는 둘째 딸이 불안한 내 삶을 위로해주지만 마흔의 불안감을 떨쳐버릴 수는 없다. 일단 회사에서 버티면서 기회가 닿는 대로 학교의 문을 두드려보자. 이렇게 많은 궁리를 하고 있는데 어떻게든 먹고살지 않을까?

2011년 2월 12일 토요일. MD산에서 본부 단합대회가 있었다. 나는 등산동호회의 총무를 맡고 있다. 오르는 순간만큼은 아무 생각 없이 앞만 보고 가기에 등산이 좋다. 그러나 잠깐 쉴 때면 계속 올라가야 할지 아니면 내려가야 할지 선택의 질문을 받는다. 이런 질문은 꼭대기에 도달하기 전까지 계속 받게 된다. 나는 무등산을 오르면서 학교의 꿈에 관한 질문도 계속 받았다. 4시간의 산행 후 뒤풀이를 하게 되었다. 본부장은 100여 명에 가까운 직원들에게 술잔을 돌리기 시작했다. 본부장은 직원들과 2시간의 술자리를 가진 후, 다시 부지점장들과 술자리를 시작했다. 다시 1시간이 흘렀고 주인아줌마는 예약된 손님들이 온다며 술자리를 끝내라는 신호를 보낸다. 끝날 듯 말 듯 한 술자리가 끝나자 본부장은 주차장에서 직원들을 앞에 두고 다시 연설한다. 일정은 본부장과 얼굴도장을 한 번이라도 더 찍겠다는 충성직원들로 인해 좀처럼 끝나지 않는다. 또 1시간이 흘러서야 그들은 버스에 올라탔다. 그들은 산을 오를 때도 술을 마실 때도 본부장에게 가까이 가지 않으면 얼어 죽는다고 생각한 것 같다. 나도 그랬으니 말이다. 하고자 하는 말은 10분도 안 걸릴 것 같은데 본부장은 그것을 4시간이나 늘려서 말했다. 그도 미래의 불안과 걱정을 4시간 동안 말한 것이다. 직원들은 서로 속 깊은 얘기는 안 하지만 같은 시공간을 공유했다는 사실로 위로를 받는 것 같다.

2011년 2월 19일 토요일. 고객에게 손절매를 권유할 때 내 마음은 찢어진다. 일부 고객은 감사하게도 나를 이해하고 따라와주지만, 대부분 고객은 손실 날 주식을 권유했다며 나를 비난만 한다. 손실이 깊어져 헤어 나올 수 없게 되면 고객은 화를 내며 회사를 떠난다. 나의 진심과 무관하게 고객은 나를 나쁜 놈으로 정의한다. 언제부턴가 나는 지인들에게 나의 힘든 상황만 설명하려고 든다. 나도 그들의 고뇌를 이해하지 못하면서 나만 바라봐

달라고 졸라댄다. 나의 넋두리로 소중한 사람들이 떠날까 봐 두렵다.

2011년 3월 2일 수요일. 사장님이 IS지점에서 회사정책을 설명하셨다. 설명회가 끝나고 우리는 술자리를 갖게 되었다. 나는 아직도 술자리가 부담스럽다. 술도 잘 못 마시고 윗분들에 대한 아부도 익숙하지 않다. 노래방에 가서도 분위기 적응이 쉽지 않다. 직원들은 진짜 즐거운 것인지 즐거운 척하는 것인지 너무 과장된 모습을 보였다. 평상시 과묵했던 임원과 지점장들이 사장님을 둘러싸고 노래하며 춤을 추었다. 사장님의 기쁨조가 되어야 하는 그들의 삶이 녹록지 않아 보였다. 어느 때는 사회생활에서 술과 아부가 노력과 능력보다 더 필요한 것 같기도 하다. 잘나가는 직원들은 하나같이 술도 잘 마시고 아부도 잘한다. 나는 술과 아부의 도움 없이도 승진했고 부지점장이 되었다. 그러나 내 나이도 술과 아부가 필요한 것 같아 슬프다. 웃고 싶어도 웃을 수 없고 울고 싶어도 울 수 없는 우리는 회사를 위한 가면을 쓰고 회사만을 위해 살아가야 한다. 늘 보던 직원들이 노래방에서는 처음 만난 사람처럼 낯설고 슬프게 느껴졌다.

38. 살아남기 위해 놓을 수 없는 미련

나는 놓기 힘든 미련에 죽을 만큼 괴로웠지만 죽을 만큼 괴로울 때 그 미련으로 다시 일어설 수 있었다. 나는 내 능력으로 세상을 설득할 수 없어서 시간의 힘에 운명을 맡기기로 하였다. 세상은 내 존재가 하찮다며 나를 함부로 대했고 나는 숨죽이며 빠끔히 세상을 지켜보았다. 고단한 여정 속에서 직원들은 하나둘 사라졌고, 회사에 남은 나는 내가 선택한 길이라며 유세를 떨었다. 그러나 이내 밑천이 드러나버린 내 마음은 불안한 고독에 고개를 떨궜다. 현실을 벗어나려고 꿈을 꾸었지만, 아득히 먼 꿈은 미련으로 남아 영혼을 갉아먹었다. 나는 각박한 현실에서 살아남기 위해 거추장스러운 미련을 놓으려고 했지만, 그 현실은 그 미련이 꿈이라며 내 손에 그것을 다시 잡게 하였다. 그렇게 꿈은 포기할 수 없는 미련으로 남았고 그 미련은 내가 좌절할 때 희망으로 둔갑하여 나를 일으켜 세웠다. 꿈은 미련과 희망 사이를 오가며 흔들리는 내 나이 마흔을 지탱해주었다.

2011년 3월 28일 월요일. 너무 힘들어 하루 쉬기로 했다. 지점장은 회사가 어려운데 휴가를 간다며 나에게 한 소리 한다. '회사가 어렵지 않았던 적이 있었는가!' 오랜만에 끄적이다 만 논문을 다시 열어 완성해보려고 한다. 몸은 점점 논문에 대한 기억을 잃어가고 있다. 그러나 틈만 나면 나의 상념(想念)은 결국 완성되지 못한 과거의 미련으로 이어진다. 그 미련은 항상 내 마음을 괴롭히지만, 가끔 근거 없는 희망이 되기도 한다. 아직 내가 마음 기댈 곳이 있다는 사실에 감사하다. 전쟁터에서 한 글자씩 채워지는 논문은 나에게 알지 못할 마음의 평온을 가져다준다. 미래의 결과는 알 수 없지만 지금, 이 순간이 행복하기에 나에게 의미 있는 시간이다.

2011년 4월 2일 토요일. 모교의 지인들과 술을 마셨다. 지인들은 나에게 조언 아닌 조언을 한다. "증권회사에서 돈도 잘 버는데 왜 학교로 오려고 하느냐?", "후배들도 챙기지 않고 자기 목적만 달성하려고 한다.", "성격이 까칠하고 이기적이다." 나의 가슴을 후벼판다. 회사는 생계를 위해 포기할 수 없고 후배들은 내가 바빠서 챙기기 어렵고 신경은 종일 주식만 보느라 날카로울 수밖에 없다. 그들이 나를 이해해주길 바라지는 않았다. 그러나 그들은 나의 의견도 듣지 않고 제멋대로 나를 정의해버렸다. 이 상황을 나보고 어쩌란 말인가? 나는 내 위치에서 최선을 다해 살아가고 있다. 당신들이 노력해서 교수가 되면 되는 것이고 당신들이 후배를 더 열심히 챙기면 되는 것이고 당신들이 좋은 성격으로 남들에게 더 배려하면 되는 것 아니냐고 묻고 싶다. 왜 내가 당신들이 원하는 대로 그렇게 되어야 하는지 묻고 싶다. 내가 그들의 모든 얘기를 묵묵히 들어준 이유는 한때 그들이 친한 형이었고 친한 동생이었다는 기억 때문이다. 이미 생각이 정해져버린 사람들한테 내가 반박해서 무슨 소용이 있겠는가? 나도 그들을 이해하지 못하고 그들도 나를 이해하지 못하니 세월만 야속하다. 나는 그들과 헤어지고 한동안 거리를 방황하였다. 임신한 아내에게 힘든 얘기를 하지 말자고 다짐했건만 기댈 사람은 아내밖에 없었다. 아내는 내가 세상에서 제일 잘난 사람이라고 나를 치켜세운다. 아내의 말에 다시 정신을 차려본다.

2011년 4월 9일 토요일. GJ에서 고향 친구들과 모임을 했다. 교수로 있는 한 친구가 친구들을 GJ로 초대한 것이다. 늘 봐왔던 교수 친구가 오늘따라 유난히 커 보였다. 집으로 돌아오는 길에 여직원으로부터 전화를 받았다. 그녀는 S증권으로 이직할 거라고 말했다. 이제 내가 이 지점에 왔을 때부터 같이 일하는 직원은 지점장밖에 없다. '이곳에서 버티고 있는 내가 미련한 것일까? 학교에 대한 미련이 나의 판단력을 흐리고 있는 것은 아닐까?' 점령군들의 위세(威勢)는 점점 커지고 있고, 내가 설 자리는 점점 좁아지고 있다. 미래에 대한 나의 고민이 친구들의 그것보다 유독 커 보인다. 뛰쳐나가 무엇이라도 할 것 같던 내 젊은 날의 패기는 마흔의 나이 앞에 온

데간데없다.

2011년 4월 16일 토요일. 지점장은 여직원이 S증권으로 이직한 이유가 친구의 권유였다며 애써 직원들의 불만을 다른 곳으로 돌렸다. 지점장은 직원들을 잡아둘 방법이 없어 답답해하는 모습이다. 직원들은 영업환경이 좋아 성과급을 많이 받는 것도 아니고 길 건너 HW증권 지점과 합쳐질 운명이라 살아남는다는 보장도 없다. 회사도 지점장도 직원들에게 어떠한 비전도 내놓지 못하고 있으니 불안한 직원은 떠날 수밖에 없다. 그러나 이직한 직원이 승자인지 남아 있는 내가 승자인지는 세월만이 알 것이다. 혼돈의 현실 앞에서 둘째 아이를 가진 아내에게 살갑게 대하지 못하고 있다.

2011년 4월 22일 금요일. 지점장은 내 성과급을 쪼개 다른 직원들에게 나눠주겠다고 했다. 도망갈 직원들을 달래기 위한 지점장의 궁여지책(窮餘之策)이다. 나는 화가 나서 지점장실에 들어갔다. 지점장은 내가 갈 데 없어서 내 성과급을 건들어도 어쩔 수 없이 수긍할 거로 생각했나 보다. 나는 지점장에게 내가 떠나지 않는 이유는 고객들과의 정 때문이고 그 외에 다른 이유는 없다고 말했다. 이렇게 말은 했지만 나도 이 상황을 모면할 특별한 대안이 없다. 요즘 다른 회사로부터의 이직 제안도 뜸하다. 그동안 나는 지점장이 이직하지 않는 나에게 고마워해주길 바랐나 보다. 미안하다는 지점장의 말에 물러나기는 했지만, 마음은 여전히 답답했다. 학교의 꿈을 생각하면 지금 이 자리도 감지덕지(感之德之)한다. 간장에 밥 비벼 먹으며 교수의 꿈을 꾸는 사람들이 얼마나 많겠는가! 나의 존재감은 이미 회사에서 사라진 지 오래다. 아니, 점령군을 고려하면 우리 회사의 모든 직원은 존재감이 사라진 지 오래다. 세상은 아름답지만, 그 아름다움을 누릴 수 있는 사람은 생각보다 많지 않은 것 같다.

2011년 4월 30일 토요일. 여직원이 떠난 자리를 누가 채울 것인지에 대해 우리 지점보다 다른 지점이 더 관심을 보인다. 벌써 4명이나 떠난 지점에서 일하고 싶어 하는 직원은 없을 것이다. 다른 지점의 직원들은 이런 지점에 남아 있는 나를 어떻게 평가할지 궁금하다. 나에 대한 안타까운 마음보다 내가 무능하다는 평가가 더 우세할 것 같다. 나는 그들에게 내가 학교의 꿈을 품고 있다고 말하고 싶지만, 말할 자신은 없다. 그들은 마당을 나온 암탉처럼 주제도 모르고 헛된 꿈만 꾼다고 나를 비웃을 것이다. 오후에 영업실적을 보고 한숨이 나온다. 영업점의 실적 등수는 전혀 미동도 하지 않는다. 지점장은 직원들을 강하게 독려하고 싶어도 달아날까 봐 머뭇거린다. 우리에게 남은 것은 지점의 폐쇄밖에 없는 것 같다. 그러나 세상이 나를 멸시해도 내 운명의 결과를 끝까지 지켜볼 생각이다.

2011년 5월 4일 수요일. 매일 채용 공고가 뜨고 있지만 슬프게도 모두 나에게 과분한 학교들뿐이다. 내일이 어린이날인데 채용 준비서류를 만졌다고 딸아이에게 큰소리를 쳤다. 내가 도대체 무슨 짓을 하는 것인지 가슴이 답답하다. 영문도 모른 채 혼난 딸아이는 울음을 터트렸다. 얼른 안아주었지만, 놀란 딸아이는 울음을 그치지 않았다.

2011년 5월 5일 목요일. 최근에 한 교수가 자살하는 일이 발생하였다. 생계의 짐을 해결한 그는 더 많은 욕심을 채우기 위해 자존심을 건 싸움을 했고 그 싸움에서 졌다는 이유로 자살한 것 같다. 그것이 꼭 목숨과 바꿀 정도의 일인지 가늠되지 않는다. 나의 고민과 그의 고민은 어딘가 분명히 결이 다른 것 같다. 어제 후배 하나가 찾아왔다. 공대 출신인 그는 기름때를 만지기 싫어서 처음부터 보험회사를 택했다. 그러나 최근에 조그만 제조회사로 이직하였다. 그는 보험회사는 영업이 힘들다고 투덜댔고, 제조업은 월급이 적다고 투덜댔다. 다른 사람들의 눈에 내가 그 후배처럼 보이는 것은 아닌지 모르겠다. 세상에 내 입맛에 맞는 일이 몇이나 되겠는가! 그를 보니 갑자기 내 행복이 커 보인다. 행복은 사람의 마음을 간사하게 만드는 참 주관적인 감정이다.

39. 정해진 운명을 바꾸고 싶었다

내 운명이 이미 보잘것없이 정해져 있다고 믿는 사람들에게 내 운명이 바뀔 수 있다는 것을 보여주고 싶었다. 한때 내 운명은 세상이 정해준 대로 다른 사람들의 운명과 똑같이 흘러갈 것 같았다. 손 놓고 가만히 있으면 내 운명은 내 것이 아니다. 나는 무엇이라도 꼼지락거리며 꿈틀대면 내 운명은 내 의지대로 바뀔 거로 생각했다. 직원 앞에 당당하게 호령했던 윗분들은 돈 앞에 순한 양이 되어버렸고, 마음 둘 곳 없는 나는 학교의 꿈에 더 몰입할 수밖에 없었다. 가족을 지키기 위해 세상 앞에 무릎 꿇던 가장들을 보며, 내 인생을 무기력하게 남의 손에 맡기지 않기로 마음먹었다. 그때 내 가슴에는 여전히 세상이 틀렸다며 저항의 피가 끓고 있었다. 아직 내 인생은 끝나지 않았다. 그러나 적어도 지금의 내 인생은 그때 다른 사람들이 마음대로 정해버린 내 운명과 다른 모습이다.

2011년 5월 20일 금요일. 그동안 공석으로 있던 자리에 인사발령이 났다. 다른 지점에서 영업실적이 저조하여 눈 밖에 난 직원이 우리 지점으로 오게 되었다. 그분의 나이는 나보다 아홉 살 더 많았고 지점장보다 한 살 더 많았다. 문제는 그분의 직급이 나보다 낮다는 사실이다. 이렇게 황당한 인사발령이 일어난 배경에는 다음 주에 예정된 사장님 방문이 있다. 지점장과 인사팀장은 사장님이 우리 지점의 인원이 4명인 것을 질책할까 봐 걱정하여 부랴부랴 대책을 내놓은 것 같다. 급하게 내놓은 대책이 오죽하랴! 지점장은 연공서열(年功序列)을 거스른 이번 인사발령 때문에 나에게 미안한 기색이다. 이제 학교의 꿈은 고사하고 좋은 회사로 이직할 수 있으면 좋겠다. 우리 지점이 회사의 하수종말처리장이 된 것 같아 안타깝다. 하수종말처리장에서도 꿈은 피어나겠지? 그러나 내 의지와 상관없이 나도 점점 회사의 폐기물이 되어가는 것 같다.

2011년 5월 29일 일요일. 세상에 태어난 것이 다행이라고 느껴질 만큼 아름다운 날이다. 최근 우리 지점으로 인사이동 된 직원분이 생각난다. 그분은 한 살 아래인 지점장의 눈치를 보느라 바빴다. 한번 조직에서 밀려난 그분은 다시 조직에서 밀려날지 모른다는 공포에 시달리는 것 같다. 그분은 고객에게 싫은 소리도 못 하고 입에 발린 소리도 못 하는 천성이 착한 분 같다. 치열하고 약삭빠른 친구들이 승승장구(乘勝長驅)하는 이 바닥에서 이런 분들은 그 친구들의 디딤돌이 될 수밖에 없다. 올해 그분의 딸은 고3 수험생이다. 지점장의 딸은 재수생이다. 집에 가면 둘 다 좋은 아빠일 텐데 한 사람은 비참한 하루를 견디고 있고, 한 사람은 우울한 하루를 버티고 있다. 둘 다 삶이 불안하기는 마찬가지이다. 나의 10년 후 모습이 이 두 사람의 모습에서 크게 벗어날 것 같지는 않다. 새로 오신 그분은 다시 일어서려고 이전 지점에서 관리했던 고객들에게 전화를 건다. 그분은 통풍으로 몸도 좋지 않다. 마음속에는 오직 수험생인 고3 딸만 생각하며 버티고 있을 것이다. 그분도 20년 전에는 말끔한 정장 차림에 반듯하게 빗어 넘긴 머리를 하고 회사 정문을 통과했을 것이다. 이제 그의 당당하고 눈부신 젊은 날은 세월 뒤편으로 사라졌고, 책임져야 할 가족만이 세상 앞에 무릎 꿇은 그를 지탱하고 있다. 가족들은 가장에게도 봄처럼 찬란했던 젊은 날이 있었고 가장도 무릎을 꿇게 만든 세상을 즐기며 살고 싶었다는 것을 잊지 말아야겠다. 얼마 전 DJ지점에도 새로운 직원이 왔다. 그분은 해고 대상자인데 인사팀의 위로금 제안에 만족하지 못해 버티고 계셨다. 그래서 인사팀은 SU에 있던 그분을 지방으로 징벌적 인사발령을 낸 것 같다. 그분에게는 일도 주어지지 않았고 말을 거는 직원도 없었다. 늘 혼자 식사하였고 종일 컴퓨터만 바라보다가 퇴근하셨다. 그는 더 이상 회사에서 일할 힘은 없지만, 가족들을 위해 조금이라도 더 좋은 조건으로 회사를 떠나려는 것이다. 미래의 내 모습은 지점장을 거쳐 한동안 우리 지점에 오신 그분처럼 살다가 마지막에는 DJ지점에 오신 그분의 삶으로 끝날 것이다. 나는 정해진 운명 앞에 몸부림치고 있지만, 운명은 나를 쉽게 놔주지 않는다.

2011년 6월 4일 토요일. 회사와 노조는 퇴직금 중간 정산 문제로 팽팽한 줄다리기를 하고 있다. 우리 회사는 급여체계를 HW증권과 같게 만들기 위해 퇴직금 제도를 바꾸려고 한다. 퇴직금 제도는 자산영업 위주의 우리 회사가 수익영업 위주의 HW증권보다 더 좋다. 그러나 퇴직금 제도에 대해 왈가왈부해봤자 우리는 더 이상 회사의 주인이 아니다. 부도만 안 났을 뿐 내가 몸담은 회사는 조만간 역사 속으로 사라진다. 그동안 우리 회사의 자존심을 지켜야 한다며 영업을 독려했던 윗분들은 어느새 HW증권의 순한 양이 되었다. 윗분들은 합병으로 받게 될 위로금만 계산기로 두드리고 있다. 어쩔 수 없는 현실인 걸 알면서도 의지할 곳 없는 내 인생이 애처롭다. 회사가 합병되면 살아남기 위해 필사적인 노력을 해야 한다. 학교에 기웃거릴 틈도 마음의 여유도 없을 것이다. 모든 상황이 나에게 냉정하고 차갑게 변해가고 있다.

2011년 6월 14일 화요일. KDB은행 건물에 세 들어 살던 우리 지점은 은행으로부터 8월 말까지 비워달라는 통보를 받았다. 영업점을 다른 곳으로 옮길지 아니면 바로 HW증권과 합칠지 결정해야 한다. 가장 다급한 사람은 지점장일 것이다. 지점장은 종일 지점장실에 틀어박혀 나오질 않는다. 이 상황을 고객들도 알고 있는 걸까? 한 고객이 왜 이리 영업장이 썰렁하냐고 자꾸 묻는다. '내 인생이 이렇게 꺾이는구나!' 8월이면 둘째 아이가 태어난다. 아내에게 힘든 내색도 못 하겠다. 먼 훗날 이 시기가 나에게 어떤 의미로 다가올지 궁금하다.

2011년 6월 17일 금요일. 다음 주 수요일에 YN대학교로 공개 강의하러 간다. 그동안 미룬 휴가를 그날 쓰려고 신청했다. 지점장은 내가 이직을 위해 다른 회사에 면접 보러 간다고 의심했다. 지점장은 직원만 잡아두지 말고 대안을 제시했어야 했다. 아내의 배가 점점 더 불러온다. 간절함의 끝이 어디에 닿을지 모르겠지만 나는 벼랑 끝에 서 있는 심정이다. 새로 온 그분은 컴퓨터 앞에 앉아 서툰 손놀림으로 애를 쓴다. 그러나 이내 나이 어린 여직원에게 혼나기만 한다. '나도 저 나이가 되면 천덕꾸러기 신세가 되지 않을까!' 온몸이 부서져 한 줌의 재로 타들어가도 나는 무조건 학교로 가야 한다. 그것만이 이 모든 상황을 해결해줄 수 있는 유일한 열쇠이다.

2011년 6월 22일 수요일. YN대학교에 갔다 왔다. 작년에 HB대학교 채용 과정에서 만났던 나의 경쟁자가 YN대학교의 교수로 있었다. 그분도 나를 알아보는 눈치이다. HB대학교 공개 강의 후, 그분과 인사를 나눴던 것이 정말 잘한 일 같다. 사람은 어떻게 만날지 모르니 항상 귀하게 대해야 한다. 그분은 나의 임용에 긍정적인 영향을 줄 거로 생각했다. 나는 교수들의 질문에 무난히 답변하였고 일부 교수는 강의를 잘했다며 나를 칭찬하였다. 또다시 내 가슴에 희망의 바람이 분다. 나는 바람이 잦아들 즈음엔 또다시 괴로워하겠지만 지금은 바람이 부는 대로 설레려고 한다. 저녁에는 DJ지점에 갔다 왔다. 지점장은 내가 휴가임에도 불구하고 나보고 채권교육을 받으러 갔다 오라고 했다. 내가 대표선수라며 무조건 나를 부른다. 나만 보는 그도 안타깝다. 나는 영업점 관리팀장에게 혹시 전세 계약 만료와 관련하여 지점장이 지점 이전에 관한 얘기를 한 적 없냐고 물어봤다. 관리팀장은 지점장이 필사의 노력으로 영업점 전세 기간을 연장했다고 했다. 지점 이전에 걸었던 한 줄기 희망이 물거품처럼 사라졌다. 지점 이전도 물 건너가 이제는 길 건너 HW증권 점령군이 쳐들어올 때까지 기다리고만 있어야 한다. 나는 막다른 골목에서 있지도 않은 길을 찾아 아직도 헤매고 있는지 모른다.

2011년 6월 23일 목요일. KW대학교와 CN대학교에서 공개 강의를 하러 오라고 연락이 왔다. 올해는 나에게 엄청난 운명의 기운이 다가오는 것을 느낀다. 세상이 나를 아무리 짓누르려고 해도 나의 간절함은 그것을 뚫고 날아오를 것이다. 다음 주에 공개 강의를 위해 이틀간 회사를 비워야 한다. 또 어떤 핑계로 회사를 벗어나야 할지 머리가 아프기 시작한다.

2011년 6월 25일 토요일. 지점장은 이번 주 휴가도 도끼눈을 뜨고 바라봤는데 다음 주 수요일과 목요일에 어떻게 휴가를 낼 수 있을지 걱정이다. CN대학교는 영업점에서 1시간 거리에 있어서 고객도 만날 겸 그냥 갔다 올 생각이다. 그러나 KW대학교는 영업점에서 3시간 반 거리에 있어서 어쩔 수 없이 휴가를 내야 한다. 아내와 상의한 끝에 장모님의 갑상샘암이 재발하였다는 핑계를 대고 휴가를 가기로 했다. 다음 주 목요일은 6월의 마지막 날이라 반기 영업 회의가 있다. 그날 저녁 회사 볼링대회와 회식 일정이 잡혀 있다. 회사에서 생명이 짧아지지 않으려면 이런 행사에 반드시 참석해야 한다. 그러나 지금의 기회는 내 인생에서 마지막 기회일지도 모른다. 나는 어떠한 위험을 무릅쓰고라도 그곳에 가야 한다. 하늘에 구멍이 난 것처럼 엄청난 비가 쏟아진다. 엄청난 초조함과 불안감이 구멍 난 내 가슴에 쏟아진다. 날 반기는 이 하나 없지만 그래도 나는 그들에게 달려가야 한다. 내가 별 볼 일 없다는 그들의 편견(偏見)을 깨부수기 위해 그들에게 일말(一抹)의 여지(餘地)를 남겨놓아야 한다.

40. 나는 이름 없는 돌멩이

나는 이름 없는 돌멩이였다. 세상의 발길질에 이리저리 치이며 아무렇게나 굴러다니는 그런 돌멩이였다. 그러나 나는 흙먼지가 될지언정 구르고 또 구르다 보면 어딘가 좋은 곳에 닿으리라 믿었다. 시간이 지나면서 가슴에는 돌멩이에 너무 사치스러운 서글픈 감정이 쌓여갔다. 나는 회사에서도 학교에서도 그저 이름 없는 돌멩이일 뿐, 나를 거들떠보는 곳은 없었다. 주인공보다 들러리가 더 잘 어울리는 나는 서글픔의 흙먼지를 날리며 닳아 없어지고 있었다. 세월에 장사 없듯 닳아 없어지던 나는 나만의 욕심을 채우고 있다는 생각에 문득 뒤를 돌아봤다. 그곳에는 다시 돌아가기에 너무 먼 치열했던 세월의 잔상들이 가득했었다. 나는 돌아갈 수 없을 바에야 서글픔을 안고 계속 굴러가기로 마음먹었다. 비록 아무런 이름도 얻지 못했지만, 그 길을 굴러가다 보면 나에게 이름이 붙여질 빈자리가 있을 거로 믿었었다. 나에게 존재의 의미를 부여하고 싶었고, 나에 대한 세상의 무관심이 너무 싫었다. 세월이 흘러 이제 세상 앞에 비굴해지는 것도 싫고 세상과 타협하는 것도 귀찮은 나이가 되었다. 또한 이름 없는 돌멩이로 살아가는 것도 나쁘지 않다는 생각이 든다. 그때 이름 없는 돌멩이가 서글펐던 이유는 세상의 중심에 서고 싶었던 내 젊음이 있었기 때문 아닐까 생각해본다. 지나고 보니 모든 감정이 뒤엉킨 지난 세월은 그런대로 의미가 있었다. 지금 나는 짧아진 인생 앞에 더 이상 과거에 묶일 겨를이 없다. 이름이 있든 없든 돌멩이는 세월 속에 닳아 없어지고 있다.

2011년 6월 30일 목요일. 지점장의 온갖 압박에도 불구하고 나는 내 길을 고집하였다. KW대학교 공개 강의에 갔다 왔다. 태어나서 이렇게 버스를 오래 타본 적도 없었던 것 같다. 그러나 먼 거리의 피곤함보다 나를 더 힘들게 한 것은 한 심사위원의 거만한 태도와 가슴에 비수를 꽂는 말들이었다.

"이렇게 수준 낮은 논문을 들고 어떻게 공개 강의하러 다니나! 영어 발음이 너무 엉망이라 무슨 말인지 도대체 알아들을 수 없네."

남이 힘들게 쓴 논문을 의미 없고 수준 떨어진다고 하질 않나 자기가 질문하고 자기가 추측해서 제멋대로 대답하였다. 또 나를 언제 봤다고 반말을 찍찍해대는지. 그는 교수를 떠나 사람으로서 상식 이하의 행동을 하였다. 그래도 그는 교수라며 대외적으로 목에 힘주고 다닐 사람이었다. 그런 교수와 같이 일하게 되면 소통이 안 돼서 미칠 것이다. 그럴 리도 없겠지만 채용돼도 그 학교에 가고 싶지 않았다.

'당신은 좋은 환경에서 유학도 갔다 와서 나보다 뛰어나겠죠. 그러나 당신이 나와 같은 환경에서 살았다면 지금의 나만큼 왔을까요?' 그는 그냥 나를 뽑지 않으면 될 일을 나의 영혼까지 파괴하려고 들었다. 참을 수 없는 모욕에 그의 얼굴에 대고 할 말 안 할 말 다 하고 싶었지만, 그렇게 하면 학교 사회가 워낙 폐쇄적이고 바닥이 좁아 나만 손해 볼 것 같았다. 지난 세월 나는 기울어진 운동장에서 살아남는 방법은 인내밖에 없다는 것을 체득했다. 그는 자기 기준에 대한 성찰도 없이 보잘것없는 통찰력으로 세상을 평가하려고 한다. 안타깝게도 아집(我執)에 사로잡힌 그의 못난 기준은 학교라는 울타리에 의해 보호받고 있었다. 누군가는 지금도 그로부터 상처받고 있을 것이다. 그는 순진한 학생이나 굽실거리는 시간강사들에 둘러싸여 있어서 안하무인(眼下無人)이 된 것 같다. 집으로 돌아오는 내내 마음속에는 슬픈 눈물이 흘러넘쳤다. 인성은 나이에 비례하지 않는다는 것을 깨달았다.

2011년 7월 2일 토요일. KW대학교에 갔다 온 날 지점장의 인사이동이 있었다. 이번 인사이동은 HW증권과의 합병을 앞두고 좋은 영업점을 선점하려는 지점장들 간에 불꽃 튀는 암투(暗鬪)의 결과이다. 예전에는 인사이동이 사전에 지점장들과 조율되었는데 이번에는 지점장들도 몰랐다고 한다. 이제 지점장들에게도 나눠 먹기 식의 시대는 지나간 것이다. 불행인지 다행인지 우리 지점장은 바뀌지 않았다. 우리 지점장은 누구도 거들떠보지 않는 영업점에 있다는 사실을 다행으로 여기고 있을까? 그러나 그도 이젠 예측할 수 없는 인사이동에 긴장하는 모습이다. 며칠 전에 길 건너 HW증권 지점장이 찾아왔다. HW증권 지점장은 거들먹거리며 우리 지점장과 미래에 관한 얘기를 나누었다. 그는 우리에게 자기 지점의 직원들과 자주 식사하자고 하였다. 그러나 사실 그는 어떤 직원이 쓸모 있는지 보러온 것이다. 내 눈에 그는 이미 우리의 지점장인 것처럼 행동하였다. 직원들에게 그렇게 자신만만하던 우리 지점장은 HW증권 지점장 앞에서 쭈그러져 있었다. 점령군의 먹이가 되지 않으려면 이곳을 벗어나야 한다. 다행히 이번 학기에는 많은 대학교에서 공개 강의가 있다. 무려 네 군데나 기회가 주어졌다. 다음 주에는 HN대학교에 간다. '네 군데 중 최소 한 군데는 나를 원하지 않을까?' 그러나 KW대학교의 모욕을 생각하면 '이번에도 또 내가 들러리 아닐까?'라며 체념하게 된다. 반복되는 희망 고문에 희망의 새싹을 품었던 가슴은 닳아 해지고 있다. 그러나 최선을 다해보려고 한다. 6월 중순에 어렵게 뽑은 신입직원이 연수(研修) 도중 다른 회사로 이직하였다. 신입직원은 연수 중에도 우리 직원들을 찾아와 인사하고 갔었다. 그는 우리의 운명을 눈치채고 도망간 것 같다. 정작 그 운명의 한가운데에 서 있는 나는 아무런 눈치도 못 채고 바보같이 학교에만 목을 매고 있다. 그의 눈에 내가 얼마나 멍청해 보일까?

2011년 7월 5일 화요일. YN대학교와 CN대학교로부터 최종면접의 결과가 올 시간이 한참 지났다. 부질없는 기대라는 것을 알면서도 내 마음은 기다릴 것이 있어서 다행이라고 말한다. KW대학교는 이미 물 건너간 것 같다. 이제 기댈 곳은 HN대학교밖에 없다. 나는 한 군데도 아닌 세 군데에서 들러리였나 보다. HN대학교 마저 나를 거부하면 내 마음은 다시 무너질 것이다. 지점장은 영업점이 2년 정도의 조율을 거쳐 합쳐질 거라고 말한다. 2년은 생명 연장에 목적을 둔 지점장에게는 의미 있을지 몰라도 앞길이 창창한 직원들에게는 위로가 되지 않는다.

2011년 7월 9일 토요일. HN대학교로부터 공개 강의하러 오라는 연락을 받았다. 그러나 강의주제는 그날 그 자리에서 알려주겠다고 한다. '내가 들러리라면 차라리 부르지나 말지.' 그래도 마음이 들뜬다. 들뜬 마음을 진정시키며 회사 일을 하려 하니 죽을 만큼 고통스럽다. 나는 거울 속에 비친 내 모습에서 세월의 흔적을 발견한다. '언제까지 이 짓을 해야 하나?' 다시 손때 묻은 준비자료를 뒤적거린다. '그래도 해봐야 하지 않겠나!' 요즘 본부장은 일주일마다 영업실적이 좋은 직원과 안 좋은 직원의 명단을 공개하고 있다. 나는 일주일마다 온탕과 냉탕을 오간다. 내가 이렇게 힘든 상황을 버틸 수 있는 것은 아무에게도 말하지 않은 나만의 꿈이 있기 때문이다.

2011년 7월 11일 월요일. HN대학교의 공개 강의와 면접에 다녀왔다. 공개 강의를 위해 강의실에 들어가니 책상 위에 주제가 적힌 종이 4장이 엎어져 있었다. 내가 집어 든 종이에는 예상치 못한 주제가 쓰여 있었다. 준비해간 자료를 활용하지도 못한 채 더듬거리며 강의를 마쳤다. 면접에서 총장은 내게 "왜 증권회사에서 학교로 오려 하느냐?"고 물었다. 늘 받아온 질문인데 끝에 꼭 한마디가 더 붙는다. 돈도 잘 버는데 굳이 학교에 올 필요가 있느냐는 것이다. 짧은 시간 안에 나의 고뇌를 설명할 길 없어서 그냥 학생들을 위한 삶을 살고 싶다고 말했다. 집에 오자마자 아내에게 너무 기대하지 말라는 말을 던졌다. 아내는 괜찮다고 하면서도 내심 아쉬운 눈치이다. 내가 원해서 품은 꿈이 내 인생을 너무 괴롭히고 있다.

2011년 7월 20일 수요일. 며칠 전 기업경영분석 의뢰가 들어왔다. 학교에 가기 위해 평가위원 경력도 필요했다. 가까운 기업이라 아내가 아프다는 핑계를 대고 8시 반 회사를 나왔다. 오전 11시쯤 직원 하나가 본부장이 영업점에 온다며 빨리 들어오라고 했다. 회사에서 계속 연락이 와서 아예 전화기를 꺼버렸다. 12시 반 정도에 전화기를 켜보니 직원들이 돌아가면서 본부장과 지점장이 화났다는 메시지를 보내왔다. 나는 무슨 배짱인지 모르겠지만 더 이상 그들이 두렵지 않다. 그동안 합병과정에서 쌓인 분노가 해고의 위험을 무디게 한 것 같다. 영업점에 돌아와 본부장과 지점장에게 죄송하다고 말했다. 그들도 쓰러져가는 영업점에서 끝까지 버텨주고 있는 나를 어쩌지는 못하는 것 같았다. 그러나 언젠가 칼자루가 그들에게 다시 쥐어지면 나는 그 칼에 의해 다칠 것이다.

2011년 7월 22일 금요일. HN대학교에서도 교수 채용에 탈락하였다. 회사에 고객설명회가 잡혀 있지만, 너무 큰 슬픔이 밀려와 아무것도 할 수 없었다. 저녁에는 잠이 오질 않았다. '그동안 나는 미련하게도 이룰 수 없는 꿈을 꾸고 있었던 것일까?' 내년에 마흔한 살이 된다. 한 번도 가본 적 없는 40대의 삶은 나에게 이제 슬슬 꿈에서 깨라고 말한다. 그러면서 내년에 한 번 더 기회를 줄 테니 내년에도 안 되면 아예 꿈도 꾸지 말라고 말한다. "너만을 바라보는 가족과 곧 태어날 둘째 아이를 생각하면 너는 너무 이기적인 거 아냐?"라고 덧붙인다. 지나온 길을 되돌아가기에는 너무 멀리 왔고, 계속 가자니 그 길의 끝에 무엇이 있는지 몰라 불안하기만 하다. '진짜로 내년까지만 하는 거다.' 상처로 누더기가 된 가슴에 다시 한번 더 이상의 기회는 없다고 다짐했다.

2011년 7월 23일 토요일. 인터넷에서 교수임용 후기를 읽고 '그래도 난 행복한 놈이구나.'라며 위안을 받았다. 거의 쉰 살에 교수로 임용된 그분은 이렇게 말했다.

"학교에 꼭 임용될 자신이 있어서라기보다는 할 수 있는 일이 이런 일들밖에 없었기 때문에 대안이 없었습니다."

그분이 저물어가는 인생 앞에서도 용기를 잃지 않았던 이유는 아이러니하게도 해왔던 일 외에 할 수 있는 일이 없어서였다. 나는 올해 네 군데 대학교에 지원하여 모두 탈락하였다. 그러나 이분을 보고 포기라는 단어는 아직 나에게 사치스럽다고 생각했다. 서류만 내고 탈락한 학교가 부지기수(不知其數)였지만 2008년에 BJ대학교 공개 강의, 2009년에 DG대학교 서류 통과와 CJ대학교 공개 강의, 2010년에는 HB대학교에서 공개 강의와 최종면접, 2011년에는 네 군데(KW, HN, CN, YN) 대학교에서 공개 강의를 하였다. 수치로만 보면 교수가 될 확률이 점점 높아지는 것이다. 문제는 먹기만 하는 나이가 얄밉게도 그 확률을 떨어뜨리고 있다. 마음을 추스르고 조금만 더 달려보자.

41. 고통 속에 찾아온 축복

회사의 구조조정이 시작되면서 영업점은 하나둘 사라져갔다. 나는 그 폭풍 속에서 가장의 이름으로 다시 찾아온 시련을 견뎌야 했다. 회사의 구조조정에 오갈 데가 없어진 직원들은 지레짐작 겁을 먹고 회사를 떠났다. 회사는 직원들의 옷소매를 붙잡는 시늉도 입에 발린 잘 가라는 인사도 없이 그냥 차갑게 떠나보냈다. 내 인생을 스쳐 간 수많은 사람이 내 기억에서 흔적도 없이 사라질 때 나는 밀려드는 서글픔을 주체할 수 없었다. 나는 불구덩이 속에 사라지는 건너온 다리를 보면서 허겁지겁 앞만 보고 달려갔다. 그러나 살아남은 죄책감과 살아 나아갈 불안감이 교차하면서 내 마음은 공허함으로 가득하였다. 그때 둘째 아이가 태어났다. 나는 고통 속에 찾아온 둘째 아이의 축복을 지키기 위해 다시 한번 일어섰다. 비록 내가 남들 눈에 보잘것없는 회사원으로 보여도 나는 이 세상 누구보다도 강한 가장이어야 했다. 내 마음대로 쓰러질 수도 없고 내 마음대로 울어버릴 수도 없는 가장이어야 했다. 이제 와 보니 세상 풍파에 맞서 가족을 지키려 했던 가장들이 이 세상에 축복을 내리지 않았나 생각해본다. 이 세상을 축복으로 가득 채운 가장들에게 다시 한번 감사한 마음이다.

2011년 7월 30일 토요일. DJ에 있는 영업점 하나가 없어졌다. 그 직원들은 이제 어디로 가는 것일까? 내가 있는 영업점도 안전하지 못하다. 며칠 전 G형은 JY대학교에 강의전담교수 자리가 났다며 지원해보라고 했다. 그는 정년 계열이 아니라서 망설이는 나에게 학교의 인맥을 넓히기 위해 마지막 모험을 해야 하지 않겠냐고 했다. 내가 회사에만 있으면 나이만 먹어 기회는 더 줄어들 거라고 했다. 그러나 이런 모험이 반드시 교수 자리를 보장하는 것은 아니다. 다음 달 아내는 둘째 아이를 출산한다. 가장이 자칫 판단을 잘못하면 가정에 불행이 찾아올 수 있다. 나에게 다시 한번 새로운 선택지가 주어졌다. 처자식이 딸린 나는 그 앞에서 흔들린다. 그러나 이번 달에도 책상 서랍에 숨어 있는 통장에는 어김없이 월급이 찍혔다. 다음 달 태어날 아이를 생각하니 월급을 포기할 수 없다. 나는 회사에 다니며 기회를 찾기로 결심했다. 세상에서 유일하게 무조건 내 편인 가족을 승산 없는 게임에 내몰 수는 없다. 지금까지 내가 버틸 수 있었던 것은 나를 믿고 지지해준 가족이 있었기 때문이다.

2011년 8월 6일 토요일. 직원들에게 초미(焦眉)의 관심사는 폐쇄되는 영업점의 직원들이 어디로 갈 것인지이다. DJ지역의 다른 영업점 지점장들은 손익을 고려하여 그 직원들을 받지 않으려고 한다. 직원들의 사내 정치가 발동하기 시작했고, 거기에서 밀린 직원들은 우리 영업점이나 위태로운 다른 영업점으로 가게 될 것이다. 회사는 작년과 올해 초 이직으로 직원이 부족했던 상황에서 직원이 넘치는 상황으로 바뀌고 있다. 회사의 유리한 상황은 직원들의 심적 고통을 더할 것이다. 최근에 회사는 작년과 달리 이직하는 직원에게 인사치레도 없다. 나도 회사에서 막다른 골목에 다다른 것 같다. 집에 오면 애써 태연한 척하려 해도 아내에게 금세 근심이 번지는 얼굴을 들켜버린다. 출산을 앞둔 아내에게 따뜻한 말 한마디 건네지 못하고 있다. 이번 주는 미국의 파산 가능성이 제기되면서 주가 하락이 깊어지고 있다. 고객들에게 어떠한 설명도 어떠한 변명도 할 수 없는 상황이다. 지점장은 천수(天壽)를 누렸다지만 나머지 직원들은 어디로 흘러갈지 걱정이 된다. 학교를 향한 기회도 얼마 남지 않은 것 같다. 아무리 잠을 청해도 미래의 고민에 잠이 들지 않는다. 먼 훗날 시리고 아픈 이 젊음도 그리워할 날이 있을 것이다. 그러나 지금은 제발 빨리 지나갔으면 좋겠다. 시간을 재촉해야 하는 내가 안타깝다.

2011년 8월 13일 토요일. 고객이 주식을 사겠다고 할 때 막지 말고, 고객이 주식을 팔겠다고 할 때 막지 않았으면 이 정도의 비난은 받지 않았을 것이다. 나는 전문가라는 허울 좋은 껍데기로 고객들을 기만하고 더 큰 손해를 입힌 것 같아 죄송한 마음이다. 아내의 출산 준비로 정신이 없다. 오전 11시 아내를 차에 태워 병원으로 갔다. 오후 2시 10분 아내가 수술실에 들어가자마자 나의 사랑스러운 둘째 딸이 태어났다. 둘째 딸은 첫째 딸보다 일찍 눈을 떴다. 아이는 나를 빤히 쳐다보았다. 축복으로 다가와야 할 생명의 탄생이 더 큰 삶의 무게로 다가온다. 처형 집에 가니 아침에 맡겨놓은 첫째 딸이 울고 있었다. 딸은 엄마에게 무슨 일이 있었는지 모르겠지만, 엄마가 없다는 사실에 불안해하였다. 보채는 딸에게 예쁜 옷과 액세서리를 사주며 불안을 달랬다. 아빠는 세상 근심에 찌들어가는데 아이들은 그런 아빠만 믿고 천진난만하다.

2011년 8월 17일 수요일. 아침마다 첫째 아이를 어린이집에 보내느라 전쟁이다. 아이는 엄마가 보고 싶다고 울며 가지 않으려 한다. 아직 어린 딸에게 엄마의 부재는 설명할 길 없는 큰 슬픔일 것이다. 아빠는 그 슬픔을 해결하기에는 역부족이다. 출산휴가가 끝나가 출근해야 한다고 생각하니 짜증이 밀려온다. 이제 돈이 더 필요하다. 내 마음은 젖은 낙엽처럼 우울함에 딱 달라붙어 떨어질 줄 모른다.

2011년 8월 24일 수요일. 아내를 산후조리원으로 옮겼다. 아침마다 아내가 지시하는 대로 아이에게 옷을 입혀 어린이집에 보냈다. 아내의 출산으로 잠시 멈췄던 시간은 출근과 함께 또 정신없이 흐른다. 잠시 미뤄두었던 고용의 불안도 춤추는 주식과 함께 다시 가슴속에 파고든다.

2011년 9월 1일 목요일. 어제 아내가 산후조리원에서 퇴원하였다. 이제 아침마다 첫째 아이와 씨름하는 일이 한층 수월해질 것이다. 회사에는 8월부터 3개월간 영업 판촉(promotion)이 시작되었다. 하루에 거의 100명의 고객을 접촉하여 돈을 입금해달라고 호소하였다. 이번 판촉의 영업 목표를 달성하지 못하면 회사에서 잘릴지도 모른다. 내일부터 또 저녁에 몰래 강의를 나간다. 이제는 강의가 학교의 꿈보다 아이의 분유 값 때문에 나가는 것 같다. 조금이라도 돈을 더 벌 수 있다면 무슨 일이든 해야 한다.

2011년 9월 10일 토요일. 처형 형님의 어머님이 계신 병원에 문병을 갔다 왔다. 병원 로비를 지나가는데 어디에선가 "박 교수님!" 하며 나를 부르는 소리가 들렸다. 나보다 열 살이 더 많은 누님이지만 내가 가르치는 학생이었다. 그녀는 그 병원의 수간호사였다. 그녀는 나와 병실에 같이 가서 자기가 가장 좋아하는 교수님이라며 오히려 나를 처형 가족에게 소개하였다. 포기하고 싶었던 학교의 꿈에 다시 불이 붙었다. 학교의 꿈을 꾼 죄로 고통스럽지만 나는 죽는 날까지 그 미련을 버릴 자신이 없다. 나를 믿고 의지하는 사람들을 생각하면 나는 아무리 힘들어도 세월의 조급함과 기다림의 사이에서 결코 쓰러질 수 없다.

2011년 9월 16일 금요일. 퇴근길에 올해 초 내게 고민을 털어놓았던 여직원과 차를 마셨다. 그녀도 S증권으로 이직하겠다고 한다. 우리 지점에서 벌써 5명이나 이직하는 것이다. 지점장이 고민해야 할 일을 내가 또 고민하게 생겼다. 어느새 나는 직원들의 감정 쓰레기통이 되어가고 있고, 내 가슴은 새까맣게 타들어가고 있다. 깊고 어두운 숲속에 나만 남겨놓고 모두 떠나간다. 나는 끝 모를 심연(深淵)의 고독에서 헤어나오질 못한다. 철저하게 나를 외로움 속에 방치해버리는 세상이 원망스럽다. 그러나 나는 인생을 조금 더 살았다는 이유로 흔들리는 그녀에게 용기를 불어넣어주었다. 현관문을 열면 쪼르르 달려오는 첫째 딸과 말똥말똥 눈만 뜨고 누워 있는 둘째 딸은 '아빠! 그래도 우리가 있잖아요.'라고 말하는 것 같았다. 동틀 무렵의 새벽이 가장 어둡다고 하지 않았나! 비록 지금이 가장 어둡지만 나는 동틀 무렵의 새벽에 서 있다고 믿고 싶다.

2011년 9월 20일 화요일. 아침부터 직원들을 닦달하는 지점장의 잔소리가 극에 달하고 있다. '본인도 오죽 힘들면 저러겠나!' 하면서도 이젠 잔소리에 신물이 난다. 전날 회의에 갔다 온 지점장은 이젠 회사직원이 너무 많아 구조조정을 해야 한다며 겁을 준다. '죽음을 눈앞에 두고 나는 태연할 수 있을까?' 생각하면 한편으로 지점장의 잔소리가 이해된다. 그러나 호들갑 떤다고 달라질 것이 없다면 차라리 태연한 태도도 나쁘지 않을 것 같다. 주식의 변동성에 나의 신경은 걸레처럼 너덜너덜해지고 있다. 외환위기 때 TV에서 보았던 실업문제가 이제 나에게 묵직한 현실로 다가온다.

2011년 9월 23일 금요일. 폐쇄되는 DJ지점의 여직원이 S증권으로 떠난 여직원의 빈자리를 채우게 되었다. 세상사에 지친 지점장, 실적저조로 좌천(左遷)된 늙은 차장, 지점이 폐쇄되어 어쩔 수 없이 우리 지점에 오게 된 여직원 그리고 언제 그만둘지 몰라 불안한 직원들! 그들의 모습은 내 인생의 슬픈 장면이 된다. 매일 사내 인트라넷에 공지되는 영업실적 등수는 수시로 내 숨을 막는다. 화가 난 고객들은 밤마다 내 꿈속에 찾아와 단잠을 빼앗아간다. 그러나 마른걸레 쥐어짜듯 메마른 내 마음을 한 번 더 비틀어

나를 일으킨다.

2011년 9월 26일 월요일. 저녁에 새로 온 여직원의 환영 회식이 있었다. 이런 회식이 벌써 몇 번째인지 모르겠다. 그러나 떠나는 직원에 대한 송별 회식은 한 번도 없었던 것 같다. 내 인생의 궤적과 교차하여 한때 같은 시간을 공유했던 사람들이 흔한 인사말도 없이 사라진다. 우리는 비록 돈이라는 공통분모로 만났지만, 서로의 머릿속에서 이름, 얼굴 아니 존재 자체가 너무 쉽게 잊히니 인생이 서글프다.

2011년 9월 29일 목요일. 가까운 호텔에서 학술대회가 열렸다. 오후에 잠깐 논문을 발표하고 지점으로 돌아왔다. 원래는 휴가를 내고 종일 학회에 참가하려고 하였다. 그러나 지점장이 나의 이직을 의심하여 휴가를 흔쾌히 허락하지 않았다. 나는 지점장과 얼굴을 붉히고 싶지 않아 휴가를 취소하였다. 직원들의 휴가를 통제한다고 해서 떠날 놈이 떠나지 않겠는가? 그러나 이런 일밖에 할 수 없는 지점장의 상황도 안타깝기는 마찬가지다. 저녁에 내 안색이 안 좋아 보였는지 지점장이 내게 무슨 문제가 있냐고 물었다. 나도 지점장에게 고운 정 미운 정 다 들었나 보다. 생각해보면 나를 놔주지 않는 지점장 덕분에 인사이동의 외풍도 피해 갈 수 있었고, 교수 준비와 가정도 안정적으로 꾸릴 수 있었다. 그러나 이제 지점장과 나의 인연은 종착역을 향해 달려가고 있다. 저녁에 G형은 내게 모교 후배가 나에 대해 안 좋은 애기를 하고 다닌다고 말해주었다. 누군가가 나를 밟아서 성공할 수 있다면 그만큼 내가 가치 있는 것은 아닐까? 나를 밟는 모든 사람이 부디 성공하기를 빌어본다. 이 또한 내가 이겨내야 할 과정일지도 모른다.

42. 어쩔 수 없는 세상과의 싸움

내가 적(敵)이 아니라고 아무리 외쳐대도 세상은 내게 자꾸 싸움을 걸어왔다. 나는 착한 사람이고 남에게 피해를 주지 않는 욕심 없는 사람이라고 말해도 자꾸 싸움을 걸어왔다. 세상은 내가 가만히 있으면 호구(虎口)로 알고 솔직하게 다 말하면 성격 더러운 놈이라고 몰아세웠다. 내가 먹고살 만큼만 가져가겠다고 외쳐대도 그것마저 아깝다며 세상은 나를 혹독하게 밀어내려고 하였다. 세상은 내가 힘없고 쓸모없어져야 그냥 내버려둘 것 같았다. 그러나 한 번 태어난 소중한 인생을 세상과 타협하며 방치할 수 없었다. 그래서 어쩔 수 없이 나는 세상과 싸워야 했다. 세상에는 자기편이 아니라는 이유로 무조건 남의 의견을 무시하고 남의 성공을 싫어하는 사람들이 있다. 그 세상 사람들은 자기들이 세상을 끌고 간다고 착각하였다. 그들은 다른 사람들이 자기들 기준에 맞춰야 하고 항상 자기들 발밑에만 있어야 한다고 생각하였다. 그들과 타협하여 얻을 수 있는 것이 알량한 평온이라면 나는 소중한 인생 앞에 그들과 타협하지 않기로 했다.

2011년 10월 3일 월요일. 유럽의 재정위기에 세상이 원망스럽다. 나는 아무리 소리쳐도 누구도 들을 수 없는 어두운 구렁텅이에서 살려달라며 허우적거리고 있다. 2008년 금융위기 때 소송을 걸겠다며 나를 협박했던 고객들의 얼굴이 떠오른다. 개장만 하면 폭포수처럼 흘러내리는 주가와 영업장 앞에 발가벗겨진 채로 의자에 묶여 있던 직원들 그리고 슬그머니 모습을 감추었던 지점장들! 아무 변명도 못 한 채 고객의 매서운 욕을 온몸으로 받아내야 했던 악몽이 떠오른다. 입사 동기들은 이제 10명도 안 남은 것 같다. 입사할 때만 해도 서로의 인생에 영원히 남아 있자던 우리는 이제 서로의 안부 인사조차 거추장스러운 상황이 되었다. 위기가 올 때마다 새로운 얼굴과 사라지는 얼굴이 교차하면서 이번에도 버텨야 한다는 생각뿐이었다. 선배 직원들은 겪어낸 금융위기들을 마치 무용담(武勇談) 늘어놓듯 태연하게 자랑한다. 나는 그들을 인정한다. 웃으면서 얘기하지만, 그들이 지나온 길이 얼마나 위태롭고 험난했었는지 너무도 잘 알기 때문이다. 폭락하는 주가는 고객들을 나락(那落)으로 떨어뜨리고 직원들의 마음을 갈기갈기 찢어놓는다. 원망과 비난만이 난무하는 지옥의 문이 다시 열린 것 같다.

2011년 10월 6일 목요일. 가끔 금융감독원이나 회사에서 영업점으로 미스터리 쇼핑 고객을 보낸다. 미스터리 쇼핑 고객은 고객으로 가장하여 직원들의 친절도나 법규 준수 여부를 조사하는 사람이다. 잘못 걸리면 회사의 망신뿐만 아니라 개인의 인사에 치명타를 입을 수 있다. 그래서 직원들은 처음 보는 사람이 영업점에 들어오면 선뜻 응대하지 못한다. 나는 어제 고객 한 분을 응대하였다. 다행히 그녀는 일반 고객이었으며 펀드에 5천만 원을 입금하고 가셨다. 오늘도 처음 보는 분이 오셨고 1억 원을 맡기고 가셨다. 자산이 감소하여 스트레스를 받고 있었는데 잠시 숨을 돌릴 수 있게 되었다. 끝까지 포기하지 않으면 언제나 귀인(貴人)이 나를 찾아와 구해주었다. 귀인은 세상 밖에 있는 것이 아니라 내 마음속에 있는 것 같다.

2011년 10월 9일 일요일. 나라는 사람이 아직도 학교의 꿈을 꾸고 있다는 사실을 보여주기 위해 학술대회에 참가한다. 버릴까 말까 하며 켜켜이 쌓아두었던 준비자료들을 다시 한번 열어본다. '언제쯤이면 이것들을 싹 다 미련 없이 쓰레기통에 버릴 수 있을지.' 그날을 생각하니 갑자기 가슴 깊은 곳에서 알 수 없는 희열이 솟구친다. 하루를 사이에 두고 힘겨웠던 과거가 깔끔하게 정리되는 그런 꿈 말이다.

2011년 10월 12일 수요일. 나의 영업실적이 하위 10%에 들어가 영업계획서를 제출해야 한다. 직원들은 하나둘 떠나는데 회사는 영업 등수에 빨간 줄만 긋고 있다. 대학원까지 합하여 21년을 공부했는데 12년 만에 사회생활이 끝날 것 같아 눈물이 앞선다. 누워서 울기만 하는 둘째 아이를 바라보며 나의 경쟁력은 무엇인가 내게 물어본다. 물거품으로 사라질 듯한 학교의 꿈은 극단의 공포가 되어 헐어버린 가슴을 후벼 판다. 잠깐의 수치심을 뒤로하고 다시 뛰면 된다고 나를 위로하지만 떠난 직원들이 옳았다는 생각을 지울 길 없다. 그동안 꿈을 위해 참고 기다려온 나의 인내가 의미 없는 고집(固執)이었다고 말하고 싶은데 아직도 내 마음은 그걸 허락하지 않는다.

2011년 10월 17일 월요일. 본사 회의에 참석했던 지점장은 다시 같은 얘기만 늘어놓는다. 1년 전 우리 회사가 HW증권과 합병하면 더 좋아질 거라던 한 임원의 말이 쓴웃음과 함께 떠오른다.

2011년 10월 30일 일요일. 가끔 그렇게 떠나고 싶었던 회사가 학교보다 좋아 보일 때가 있다. 회사에서 만난 사람들은 최소한 없는 얘기를 지어내어 다른 사람에게 상처 주지는 않았다. 그러나 내가 학교에 서성거리면 나를 밀어내려는 경쟁자들이 나에 대한 이상한 이야기를 만들어냈다. 내가 학교에 가기 위해 돈으로 로비(lobby)한다거나 나를 피도 눈물도 없는 냉혈한(冷血漢)이라고 했다. 나는 나도 모르는 나에 관한 이야기로 상처를 받는다. 그러나 그것이 나를 두려워하는 겁쟁이들이 만들어낸 숨길 수 없는 나의 존재감이라고 위로해본다.

2011년 11월 3일 목요일. DA대학에 가서 공개 강의를 하고 왔다. DA대학는 KTX로 2시간 거리에 있다. 일주일간 강의 준비해갔는데 한 교수가 시간 없으니 줄여서 하라고 하였다. 이번에도 나는 들러리인가 보다. 돌아오는 차창에 상처받아 시무룩한 내 모습이 비쳤다. 내가 학교의 꿈만 아니라 나 자신까지 포기할까 봐 두렵다.

2011년 11월 8일 화요일. 회사 간판이 HW증권으로 바뀌었다. 지점장은 점심을 먹으면서 본인도 어디로 흘러갈지 모르겠다고 했다. 지점에는 우리가 어디로 흘러가는지 아는 사람이 아무도 없다. 나는 교수 채용 공고가 뜨는 대로 모두 지원하고 있다. 내가 할 수 있는 일은 이것밖에 없다.

2011년 11월 10일 목요일. 8월부터 시작한 판촉(promotion) 행사는 10월 말에 끝났다. 다행히 나는 위험수위에서 벗어난 것 같다. 그러나 회사는 다시 11월의 영업목표를 주었다. 죽으라고 온 힘을 다해 영업목표를 맞춰놓아도 언제나 제자리이다. 이젠 정말로 인생의 쉼표가 간절하다.

2011년 11월 12일 토요일. 어제 DA대학교로부터 최종면접에 참석하라는 연락을 받았다. 이번에도 들러리일 것 같지만 지금 상황에서는 무엇이라도 잡아야 한다. 면접하러 가기 위해 다음 주 금요일에 휴가를 내야 한다. 그런데 하필이면 그날 지점장이 휴가를 간다. 나는 집안에 일이 있다는 핑계를 대고 지점장에게 다른 날로 휴가를 바꿀 수 없는지 물어보았다. 지점장도 중요한 일정이 있다며 휴가를 바꿀 수 없다고 했다. 이미 내 마음은 DA대학교에 가 있다. 열차표는 이미 끊었고 지점장도 나의 꿈을 막아설 수는 없다. 누구도 나의 열정에 감히 흠집 낼 수 없다.

2011년 11월 16일 수요일. 여전히 이번 주 금요일에 휴가를 내지 못하고 있다. 경쟁자들은 내가 남의 밥줄을 끊어놓는다며 시기하고 질투한다. '아니! 학교가 왜 너희들만의 밥줄이냐? 그 밥줄에 이름표라도 붙여놨냐? 그 밥줄이 이미 너희들의 밥줄이라면 나를 시기하고 질투할 필요가 없지 않냐?'

2011년 11월 18일 금요일. 지점장이 정말로 휴가를 갔다. 아침 일찍 나는 직원들에게 BS에 계신 작은 아버지가 위독하시다고 말하고 BS로 향했다. 그리고 모처럼의 지점장 휴가를 방해하지 말자며 내가 BS에 간 것을 지점장에게 알리지 말라고 부탁했다. 오전 9시 50분 나는 BS로 향하는 KTX에 몸을 실었다. 나는 최종면접과 근무지 이탈에 대한 부담감으로 신경이 곤두섰지만, 정신은 오히려 맑았다. 오후 1시 반에 DA대학교에 도착하였다. 혹시 나를 찾는 전화에 내 마음이 흔들릴까 봐 전화기는 꺼버렸다. 오후 2시부터 총장과 부총장의 면접이 시작되었다. 10분 남짓의 면접은 허탈하게 끝났다. 나에게 관심을 보이는 교수는 1명도 없었다. 아침부터 아무것도 먹지 못해 허기졌다. 나는 허겁지겁 학교 앞의 허름한 식당으로 달려갔다. 늦은 점심을 해결하고 나니 움켜쥤던 긴장감이 눈 녹듯 사라졌다. 전화기를 다시 켰다. 다행히 어떠한 전화도 걸려 오지 않았다. 일주일 동안 나를 괴롭혔던 휴가 문제가 이렇게 해결되었다. 집에 도착해서 이메일을 열어보니 HS대학교 서류심사에서 탈락하였다는 연락이 왔다. 멍든 가슴이 날아든 이메일에 한 번 더 멍이 든다.

2011년 11월 24일 목요일. DA대학교의 결과를 기다리느라 일이 손에 잡히질 않는다. 천장에 그려진 꽃무늬를 모두 다 세어 봐도 잠은 오지 않는다. 구조조정의 시작을 앞두고 지점의 누구도 미래에 관해 얘기하지 않는다. 한마디로 누구도 남의 인생을 예측할 수 없고 관여할 수도 없는 진공상태에 있다. 얘기는 안 하지만 아마 직원들은 자신의 미래를 준비하고 있을 것이다. 침묵 속에 분주히 움직이는 그들의 마음은 이미 회사를 떠난 것 같다. 저녁에는 HN대학교로부터 서류심사에 탈락하였다는 연락이 왔다. 이젠 멍들 곳도 없는 가슴을 부여잡고 밤하늘을 한참 동안 쳐다보았다.

2011년 11월 26일 토요일. KY대학교로부터 다음 주 금요일에 공개 강의하러 오라는 연락이 왔다. 상대적으로 역사가 짧고 실무를 중시하는 학교라 은근히 기대된다. '사회 경험이 있는 나 같은 사람이 필요하지 않을까!' 며칠 전에는 G형이 나에 관해 물어보는 사람들이 있다고 말했다. 누군가가 나에 대해 궁금해한다는 사실이 실낱같은 희망이 되어 다시 나를 일으켜 세운다. 내 논문은 회식한 후, 술에 취해 쓴 논문도 있고, 주가가 폭락했다고 화가 나서 쓴 논문도 있고, 지점장에게 혼이 나서 쓴 논문도 있고, 세상의 외면에 외로워서 쓴 논문도 있고, 아내와 두 딸을 생각하며 쓴 논문도 있다. 내 논문이 남들 눈에 이리저리 기운 누더기 같지만, 그동안의 내 고뇌가 소리 없이 녹아 있는 내 인생의 결정체이다. 자꾸 나를 부르는 곳이 많아진다.

43. 꿈은 어느 날 갑자기 이루어졌다

내가 어디쯤 가고 있는지 아무리 궁금해해도 칠흑 같은 어둠 속에서는 그저 희망과 실망의 교차만 있을 뿐이다. 그리고 칠흑 같은 어둠의 끝에 밝은 빛이 있는지 없는지는 그 끝을 가보지 않는 이상 의미 없는 질문이다. 설사 진짜로 그 끝에 밝은 빛이 있다고 해도 죽기 전에 그곳에 닿지 못하면 그곳에는 진정 밝은 빛이 없는 것이다. 회사의 구조조정과 연이은 임용탈락은 내 꿈과 함께 내 영혼을 지옥으로 밀어 넣었다. 사라지는 영업점과 임용탈락의 소식은 시시각각 내 숨통을 죄어왔다. 나는 포기한 희망을 마지막으로 아내의 손에 맡기기로 하였다. 그렇게 한걸음 또 한

걸음 숨죽이며 마지막 희망을 향해 다가갔다. 그리고 마지막 희망이 사라질 때 나는 잠깐 삶의 쉼표를 찍기로 마음먹었다. 모든 것을 내려놓고 마음을 비운 채 마지막 발걸음을 옮겼다. 그런데 갑자기 주위가 환해지더니 세상의 모든 빛이 나에게로 쏟아졌다. 그렇게 나의 꿈은 어느 날 갑자기 이루어졌다.

2011년 11월 28일 월요일. 본사에서 임원들이 내려온다는 말에 아침부터 짜증이 밀려왔다. 영업점 이전 문제로 지역 상권을 살피러 온다고 했다. 처음에는 임원들이 우리 지점을 신도심으로 옮길 계획을 갖고 오는 줄 알았다. 알고 보니 이미 길 건너 HW증권이 신도심으로 이전하려고 길목 좋은 상가에 계약금을 걸어놓은 상태였다. 임원들은 CJ지역을 둘러보고 우리 지점 직원들과 식사하였다. 그들은 식사 자리에서 아무런 말이 없었다. 회사가 술을 마시라고 하면 술을 마셨고, 산에 가자고 하면 산에 갔었고, 고객의 비위를 맞추라고 하면 그렇게 했었다. 시키는 대로 다 했는데 왜 정작 회사는 우리가 궁금해하는 답을 주지 않는 걸까?

2011년 12월 3일 토요일. 어제는 KY대학교에서 공개 강의를 하였다. 면접 때 한 교수가 "만약에 이 학교와 다른 학교에 동시에 합격한다면 어느 학교에 갈 것이냐?"라고 물었다. 그리고 "나중에 이 학교에 오면 다른 학교로 갈 생각이 있느냐?"라고 마치 내가 합격한 사람처럼 질문하였다. '또 희망 고문이겠지. 기분이 나쁘진 않지만 이렇게 잔뜩 바람을 넣어놓고 불합격시켜버리면 나는 또 어떻게 견뎌야 하나!' 학교 직원은 다음 주에 최종면접 여부를 알려주겠다고 말했다. 나는 또 다음 주에 기다림으로 피가 바짝 마를 것이다. 동료 직원들은 내가 왜 항상 감기를 달고 다니는지 그 이유를 아직 모른다.

2011년 12월 10일 토요일. KY대학교도 나를 선택하지 않았다. 희망과 실망만이 반복되는 삶은 내 영혼을 서서히 파괴하고 있다. 올해의 교수 채용 공고는 이제 하나밖에 남지 않았다. 좋은 영업환경에서 돈을 많이 버는 직원들을 볼 때마다 나는 교수가 되어 내 인생을 보상받고 싶었다. 그러나 그것이 부질없는 꿈처럼 허무해 보인다.

2011년 12월 23일 금요일. 얼마 전 이미 2번이나 떨어졌던 대학교에서 다시 채용 공고가 떴다. 나는 자포자기(自暴自棄)의 심정으로 채용지원을 아내에게 부탁했었다. 오늘 그 SCH대학교는 내가 1차 서류심사에 통과하였다며 나머지 서류를 제출하라고 하였다.

2011년 12월 27일 화요일. 올해 역시 아무도 나를 불러주지 않았다. 달력은 매일의 동그라미와 가위 표시로 너덜너덜해져 있다. 올해 초에는 중동의 정치 불안과 일본의 후쿠시마 원전 사태로 공포의 6개월을 보냈다. 여름에는 4군데 대학교에서 공개 강의를 하느라 정신없었다. 8월에는 둘째 아이가 태어났고 유럽위기가 시작되었다. 10월부터는 연이은 임용탈락으로 좌절을 맛보았다. 12월에는 북한의 김정일이 사망하면서 주가가 하락하였다. 누더기가 된 달력은 올해도 수고했다고 말한다.

2011년 12월 30일 금요일. 역시나 DA대학교로부터 탈락하였다는 연락이 왔다. 올해를 넘기지 않고 연락을 줘서 정말 고마웠다. 그나저나 지점장이 아픈 내 마음에 쐐기를 박는다. 지점장은 몸에 악성종양이 생겨 내년에 수술해야 한다고 했다. 그동안 꾹 참아왔던 스트레스가 응어리져 악성종양으로 곪아 터진 것이다. 지점장의 모습이 곧 내 모습일 것 같아 마음이 착잡하다. 나는 몸이 망가지는 것도 모르고 돈만 좇아야 하는 이 현실이 너무 가혹하게 느껴진다. 학교의 문을 두드린 지 벌써 7년이 지나가고 있다. 나의 소중한 젊은 날이 꿈을 좇느라 소리 소문 없이 사라지고 있다. 요즘 둘째 아이는 몸을 뒤집느라 바쁘다. 아이는 뒤집기가 뜻대로 되지 않으면 이내 울어버린다. '울어서 모든 일이 해결된다면 얼마나 좋을까!' 나도 울 수만 있다면 울고 싶다. 나는 상처를 가슴에 새기고 다시 일어서야 한다.

2012년 1월 7일 토요일. 사회생활 13년 차의 해가 밝았다. 아직도 마음은 작년의 아쉬움에서 서성이고 있다. BJ대학교에 면접하러 갔었다. 이번에도 마땅한 적임자가 없어서 채용하지 않을 거라는 소문이 돈다. 이제 SCH대학교만 남았다. 그러나 아직 아무런 연락이 없다. 마지막 희망의 끈을 놓지 않으려고 힘겹게 기다림의 시간을 인내하고 있다. 지난 목요일 저녁 IS지점에서 올해 영업목표에 대한 설명회가 있었다. 듣는 내내 숨이 턱까지 차올랐다. 본부장은 올해가 자기의 직장생활 중에 가장 예측하기 힘든 한 해가 될 거라고 했다. 합병을 두고 하는 이야기이다. 두 회사의 합병으로 직원은 남아돌고 회사는 남아도는 직원을 어떻게 처리해야 할지 고민이다. 본사에서는 마흔다섯이 넘은 직원은 떠날 준비를 해야 한다는 소문이 돌고 있다. 회사의 행보도 나의 인생도 짙은 안개 속에 가려져 있다. 본부장, 지점장 그리고 친한 동료들 누구 하나 자신 있게 이 상황을 설명하지 못하고 있다. 나의 플랜 B는 아직도 대답이 없다. 그러나 끝까지 숨죽이며 대답을 기다려봐야겠다.

2012년 1월 11일 수요일. 오전에 반차(半次)를 냈다. 지점장은 아침부터 어디 가냐고 꼬치꼬치 캐묻는다. 아버지의 대장에 용종이 생겨 대학병원에 가봐야 한다고 했다. 그러나 나는 SCH대학교로 향했다. 이것이 내 인생에서 마지막 공개 강의일지도 모른다. 나는 최대한 깔끔하고 밝은 모습을 보이려고 노력했지만, 내 눈은 선잠에 퉁퉁 부어 있었다. 시간이 되어 강의실에 들어갔다. 교수님들은 학교발전에 대한 나의 계획에 호감을 보이셨다. 이미 서류심사에서 두 번이나 탈락했던 학교라서 오히려 내 마음은 편했다. 발표가 끝나고 서둘러 영업점으로 돌아왔다. 회사 분위기는 영업설명회 이후 더욱더 경직되어 가고 있다. 나는 실눈 뜨고 바라보는 지점장을 애써 외면하며 영업에 몰두하려고 하였다. 그러나 내 신경은 온통 이번 주 금요일에 쏠려 있다. 그날 오후 1시 20분에 SCH대학교 최종면접이 있다. 결과를 떠나서 나는 무조건 그 자리에 가야 한다. '휴가를 또 어떻게 내야 할까?'

2012년 1월 13일 금요일. 결전의 그 날이 왔다. 연초부터 휴가를 내는 것이 부담스럽다. 가뜩이나 지점장은 내가 휴가만 내면 도망가려 한다고 의심하고 있다. 영업점을 벗어날 수 있는 유일한 방법은 고객을 만나러 가는 것이다. SCH대학교는 영업점에서 1시간 20분 거리에 있다. 오전 11시 반 고객과의 점심 식사를 핑계로 영업점을 나섰다. 자동차 가속기를 깊숙이 밟아 전속력으로 달렸다. 오후 1시 학교에 도착하였다. 오늘만 참으면 진짜 오늘만 참으면 나는 양다리 생활을 끝낼 수 있을 것 같았다. 마음속으로 피가 마르는 간절함을 외치며 면접대기실에서 기다렸다. 나는 얼굴에 초조함이 묻어나지 않도록 애써 감정을 억눌렀다. 여기가 아니라도 갈 데가 많은 사람처럼 여유로움을 보여주고 싶었다. 그 가식적인 여유로움이 그들에게 들키지 않고 자신감으로 보이길 바랐다. 머릿속에는 자꾸 지점장의 얼굴이 떠올라 내 마음을 불안하게 하였다. 지점장이 '왜 이렇게 늦게 오냐?'라고 전화할 것 같았다. 흔들리는 마음을 떨쳐버리려고 전화기를 꺼버렸다. 오후 2시 20분 나는 면접실에 들어갔다. 마음이 쫓기는 상황이라 무슨 대답을 했는지 기억나지는 않지만, 무사히 면접을 마쳤다. 영업점에 돌아오니 오후 4시가 되었다. 지점장의 얼굴은 붉으락푸르락하여 단단히 화가 나 있었다. 그는 내가 어디에서 뭐 하다 왔는지 꼬치꼬치 캐묻기 시작했다. 나는 고객을 만나고 왔다고 했지만, 지점장은 그동안 나에게 쌓였던 불만을 한꺼번에 터트렸다. 나보고 적극적으로 영업하지 않는다는 둥, 근무 태만이라는 둥, 본인은 사표를 낼 각오로 회사에 다닌다는 둥, 세상을 쉽게 살지 말라는 둥 한참 설교하였다.

'지점장님! 저는 여기서 지점장님을 위해 제 인생을 끝내야 하나요? 지점장님은 안개 속을 걷고 있는 제 인생을 어떻게 책임져줄 수 있나요?' 가슴 속 깊은 곳에서 흐느끼며 절규하는 외침이 목구멍을 타고 올라왔다. '지점장님의 상황을 누구보다 이해하지만 저는 제 인생이 여기서 구차하게 끝나는 것을 원치 않습니다.' 본부장이 내일 등산을 가자며 본부직원들을 집합시켰다. 지점장은 며칠 전에 이미 등산일정을 알고 있었지만 나는 오늘 알았다. 예정에도 없던 일이고 그동안 정신적으로 너무 힘들어 등산에 가지 않으려고 하였다. 그래서 지점장에게 아버지의 검사 결과가 좋지 않아 고향 집에 가봐야 한다고 말했다. 그러자 그는 집안일은 집안일이고 회사 일에 최선을 다해야 하지 않겠냐고 말했다. 지점장과 더 이상 말을 섞고 싶지 않았다. 만일 내가 교수로 임용된다면 영업점의 인력 공백을 막기 위해 내 자리에 다른 사람이 올 때까지 사직서를 내지 않으려고 했다. 그러나 그 생각이 지점장의 다그침에 순식간 사라졌다. 나는 지점장에게 죄송하다며 다음 주부터 열심히 하겠다고 했다. 아무리 착한 마음을 먹으려 해도 세상은 나를 차갑고 냉정하게 이용하려고만 든다. 내 인생이 다른 사람의 인생을 위해 살다가 소리 소문 없이 사라질 운명이라면 나는 더욱더 플랜 B에 목숨을 걸 수밖에 없다.

2012년 1월 15일 일요일. '되겠지. 되겠지. 되겠지. 되겠지.' 주말 내내 이 단어를 수도 없이 마음속으로 외쳤다. 모든 걸 포기하고 금방이라도 쓰러지고 싶었던 작년 한 해는 작은 희망들을 징검다리 삼아 지나갔다. 가끔 관심을 보이는 학교와 여름에 태어난 둘째 아이는 나에게 큰 위안이 되었다. 그 덕분에 나는 1년 더 회사에 다닐 용기를 얻는다. 그러나 지금 나를 붙잡고 있는 정신줄은 희망과 실망의 거센 비바람에 해어져 금방이라도 끊어질 듯 위태롭다.

2012년 1월 17일 화요일. '회사가 더 힘들어져 학교의 꿈을 포기한다면 나는 무슨 희망으로 살아갈까?' 나는 지금 SCH대학교 최종결과를 기다리고 있다. 회사 일은 하기 싫고 책상 주변만 정리하게 된다. 언젠가 해야 할 일을 천천히 해본다. 책상 서랍에는 영업하면서 만났던 사람들의 명함이 먼지 사이로 수북이 쌓여 있다. 나는 그동안 안부조차 전할 일 없는 사람들의 흔적을 보물인 양 간직하고 있었다. 책꽂이에는 누렇게 변한 상품설명서와 신입사원 때 공부했던 책들이 화석처럼 박혀 있다. 지나온 세월만큼 월급이 통장에 쌓였지만, 저 멀리 두고 온 기억은 내 젊은 날이 영영 사라졌다고 말한다. 단합대회 때 어쩔 수 없이 찍었던 사진 몇 장이 낡은 서류 사이로 고개를 내민다. 회사에서 오랜 시간 머물렀던 것 같은데 나의 흔적은 생각보다 많지 않다. 내가 떠나도 나를 그리워할 무엇이 없으니 지친 마음 내려놓고 이제 떠나도 될 것 같다. 내가 떠난다는 것이 믿어지지 않는다. 치킨이나 떡볶이 가게를 차리는 데 비용이 얼마 드는지 인터넷을 뒤적거려본다.

2012년 1월 19일 목요일. 오후에 전화기로 메시지가 날라 왔다. BJ대학교는 이번에도 자리가 한정되어 나를 교수로 모실 수 없다는 얘기이다. 지쳐 있는 내가 지점장에게는 반항하는 직원으로 보일 것이다. 흔들리는 내 마음으로는 더 이상 지점장을 도와줄 수 없을 것 같다. 요즘 아내는 너무 힘들면 잠깐 쉬라고 말한다. 아직 끝나지 않은 인생인데 한 곳만 바라보려 하니 세상이 지옥이다. 마지막으로 SCH대학교를 기다려보자. 어차피 다음 주면 모든 것이 결정 난다.

2012년 1월 24일 화요일. 이번 주에 SCH대학교 최종결과가 발표 난다. 결과와 상관없이 내 마음은 이미 회사를 떠났다. 이젠 떠난 마음을 되돌리기에는 내가 너무 멀리 왔다. 명절에 만난 한 친구는 내가 걱정되었는지 무얼 해서 먹고살 거냐고 물었다. 나는 창업을 할 거라고 말했지만 사실 나에겐 아무런 계획이 없다. 잠시 현실에서 도피하고 싶은 마음뿐이다. 회사를 떠나기 위해 그간의 추억들을 여유롭게 회상하며 마무리하는 나날이 될지 회사생활의 고통을 견디다 못해 어쩔 수 없이 마무리하는 나날이 될지 이 모든 일정은 SCH대학교 최종결과에 달려 있다. 지점장의 잔소리가 자장가처럼 들렸으면 좋겠다. 그동안 나를 괴롭혔던 슬픔이 내 젊은 날의 행복한 추억으로 남았으면 좋겠다. 내 곁을 지나간 모든 사람이 나를 성장시켜준 은인(恩人)으로 기억되었으면 좋겠다.

2012년 1월 26일 목요일. 본부장은 신년 인사를 올해의 영업목표와 함께 시작하였다. 오랜만에 만난 직원들은 회사에 떠도는 소문을 공유하느라 정신없었다. 올해 HW증권과 합병하면 영업점이 40개나 없어질 거라고 했다. 젊은 직원들은 살아남겠지만 나와 같이 어중간한 40대 직원들은 해고 대상자가 될 것이다. 요즘 유럽위기다 경기침체다 해서 모든 금융기관이 긴축하는 마당에 우리 직원들을 받아줄 회사는 많아 보이지 않는다. 내가 회사생활을 시작한 이래로 가장 강력한 구조조정이 기다리고 있다. 마음은 비웠지만, 본능적으로 생존의 욕구가 꿈틀거린다.

2012년 1월 27일 금요일. '나에게도 그것이 올 수 있을까?'라며 수없이 내게 묻던 질문에 대답이 왔다. 오후 7시쯤 SCH대학교에서 합격 통보가 날아왔다. 나는 "축하합니다."로 시작되는 그 몇 줄의 문장을 그토록 오랫동안 기다렸다. 모든 것을 포기한 좌절의 끝에서 하늘은 나에게 인생 최고의 선물을 주었다. 지인들은 축하한다는 말과 함께 좀 더 시간을 두고 오래 행복을 즐기라고 했다. 저녁에 잠이 오질 않았다. 그렇게 길고 기나긴 시간을 기다렸던 합격통지서! 오늘은 내 인생에서 어제와 가장 다른 날이 될 것이다. 죽기 전에 이루어질 수 있을까 궁금했던 내 꿈이 꿈만 같이 이루어졌다. 다음 주에 회사는 직원들을 대상으로 업무에 대한 시험을 본다. 그다음 주에는 상품설명을 위한 고객제안서 발표대회가 잡혀 있다. 최근 고객들은 주식시장이 반등하면서 자꾸 돈을 빼가고 있다. 그러나 지금 내 마음은 전혀 고통스럽지 않다. 회사에서 일어나는 일들이 그럴 수도 있다고 받아들여지기 시작한다. 누군가에게 내 인생의 고통을 아무리 설명하여도 그것을 온전히 느낄 수 있는 사람은 나밖에 없다. 누군가에게 내 감격을 아무리 설명하여도 그것을 온전히 느낄 수 있는 사람은 나밖에 없다. 살아 있을 때 다시 한번 새로운 삶을 살게 되어 세상에 감사하다.

44. 같은 세상에 다시 태어난다

하루를 사이에 두고 나는 같은 세상에 다시 태어났다. 익숙했던 삶을 뒤로 하고 나는 새로운 삶을 시작하였다. 한동안 저 멀리 잊힐 많은 인연이 내 마음을 쉽게 놔주지 않았다. 그러나 내가 떠난 자리는 금세 다른 사람으로 채워지며 나의 흔적을 지워버렸다. 모질게 버텼던 나의 흔적이 그리 쉽게 지워질 줄 예전엔 미처 몰랐다. 우리는 어차피 모두 지워질 운명이다. 그래서 나는 괜찮다며 나 스스로 위로했다. 우리는 그냥 시간과 함께 지나가는 것이고 그 시간 속에서 우리가 잡을 수 있는 것은 아무것도 없다. 다만 같은 세상에서 다시 다른 모습으로 살아갈 수 있다는 사실은 내게 그 무엇보다 행복한 축복이었다. 그 축복은 그 어떤 서운함과 아픈 기억으로도 희석되지 않는 단단하고 진한 감동이었다. 지나고 나면 기억조차 사라질 허무한 감정이겠지만 죽기 전에 꿈을 이뤘다는 사실은 나를 괜찮은 놈으로 치켜세웠다.

2012년 1월 30일 월요일. 아침부터 고객에게서 전화가 걸려 왔다. 나는 그 전화가 전혀 두렵지 않았다. 돈을 찾아가는 고객들에게 어느 때 보다 친절히 응대하였다. 한발 떨어져서 생각해보니 그동안 고객이 나를 괴롭힌 것이 아니라 내가 나를 괴롭혔다. 회사에서 웃을 수 있는 지금의 내 모습이 아직도 실감 나지 않는다. 한 시간강사의 말이 생각난다. 학교 졸업한 지 10년! 시간강사로 보낸 지 10년! 그렇게 시간이 흘러가는 동안 그는 자기 딸이 중학생이 된 것을 며칠 전에 알았다고 했다. 예전에 나는 행운이 항상 나를 비껴간다고 생각했었다. 그러나 나보다 좋은 학교를 나오고 나보다 능력도 출중한 사람들이 아직도 학교에 발을 디디지 못하고 있다. 그들을 생각하면 미안하지만 나는 천운(天運)을 타고 태어난 것이다. 절망 속에 인내했던 시간은 희망을 싹틔울 수 있는 거름이 되었다. 기다림을 인내할 수 있었던 마음이 내게 천운(天運)이 아니었나 생각해 본다.

2012년 2월 1일 수요일. 직원들은 업무시험과 제안서 발표대회로 바쁘다. 나는 좋은 모습으로 회사를 떠나려고 준비하고 있다. 영업점을 위해 최선을 다해 영업을 마무리하기로 하였다. 그렇게 나를 힘들게 했던 영업목표와 하루를 빼곡히 채운 나의 일정이 그저 생각 없이 보는 영화의 한 장면 같다. 그리고 영화의 한 장면처럼 나도 사직서라는 것을 써서 지점장 책상 위에 올려놓을 것이다. 늘 그래왔듯이 계속 움직이면 하나의 희망이 사라질 무렵 또 다른 희망이 나타나서 나를 다른 세상으로 건너게 해줬다. 제발! 지점장이 다른 직원이 떠날 때처럼 나에게 인상을 찡그리지 않았으면 좋겠다. 그가 기다릴 만큼 기다려준 나를 오히려 기쁘게 보내줬으면 좋겠다. 세상에서 가장 좋은 마음으로 회사를 떠나고 싶다. 나는 다음 주 월요일에 사직서를 제출할까 생각 중이다. 이번 주 금요일에 사직서를 제출해서 직원들의 주말을 망치고 싶지는 않다.

2012년 2월 3일 금요일. 나에게도 사직서를 제출하는 날이 왔다. 믿어지지 않는다. 다음 주 월요일에 사직서를 제출할까 하다가 지점장에게도 생각할 시간이 필요할 것 같아 저녁에 제출했다. 종일 사직서 생각에 가슴은 콩닥콩닥 뛰었고, 마치 죄지은 사람처럼 아무 말 없이 고개만 떨구고 있었다. 지난 몇 년간 직원들은 사직서를 들고 지점장실에 들어갔었다. 문이 닫히고 그들은 몇 분간 지점장과 대화를 나눈 후, 고개를 숙인 채 조용히 나왔다. 자주 봤던 일을 내가 하려 하니 어색하고 불편했다. 나는 종이에 소속, 직위, 성명 그리고 일신상의 사유로 사직한다는 내용을 적어 지점장실에 들어갔다. 지점장은 기다렸다는 듯이 별 말이 없었다. 지점장은 직원들이 떠날 때마다 그들을 붙잡으려고 애를 썼다. 그러나 끝까지 남아 있던 내가 떠나려 하니 더 이상 설득할 얘기가 없나 보다. 지점장보다 내가 먼저 떠나게 되어 시원섭섭하였다. 슬픔도 기쁨도 아닌 묘한 감정에 눈물이 핑 돌았다. 먼 훗날 증권회사를 지나가면서 "나도 한때 저런 곳에서 일했었지!"라고 중얼거릴 때 비로소 내가 다른 세상에 있다고 느껴질 것 같다. 여하간 오랫동안 풀지 못했던 수수께끼를 풀고 나니 속이 후련하다. 저녁에 G형과 술을 마셨다. 작년에 G형은 내가 학교로 가기 힘들다고 생각했는지 한동안 말이 없었다. 그래서 나의 임용을 더 많이 축하해주었다. 지방대학 출신의 내가 교수가 되었다는 사실에 학교 사회는 벌써 말이 많은가 보다. 그러나 이젠 그런 말들이 내 마음을 흔들 수 없다. 나는 처음부터 잘난 것이 없었으니 잃을 것도 별로 없다. 다른 사람들의 시기와 질투는 그저 나의 친구일 뿐이다. 이제부터 나의 인생은 덤으로 사는 인생인데 내가 무엇이 두렵겠는가?

2012년 2월 6일 월요일. 저녁에 직원들과 식사하기로 했다. 오후에 영업을 마치고 남은 자금을 본사로 보내기 위해 은행에 갔다. 같이 간 막내 여직원이 대뜸 나에게 회사를 그만두느냐고 물었다. 도둑이 제 발 저리듯이 내 가슴이 뜨끔했다. '어떻게 알았을까?' 어쩌면 당연해 보일지도 모른다. 그동안 시무룩한 표정으로 종이 한 장 들고 지점장실에 들어갔던 직원들은 모두 회사를 그만두었다. 그만둔다는 나의 말에 여직원의 몸이 살짝 떨리는 것을 느꼈다. 저녁에 식사하면서 직원들에게 나의 사직을 알렸다. 나의 사직에 관리팀장이 가장 격하게 반응하였다. 그녀는 모든 직원이 다 떠나도 나만은 끝까지 남아 영업점을 지킬 줄 알았다고 했다. 나는 너무 지쳐서 잠시 쉬다가 장사할까 생각 중이라고 말했다. 아무도 내 말을 믿는 눈치는 아니었다. 그러나 그들은 나의 사직에 적잖이 충격을 받은 모습이었다. 나까지 6명의 직원이 불과 몇 년 사이에 이 조그만 영업점을 떠나는 것이다. 조만간 사라질 조직이지만 떠난다는 것은 언제나 슬픈 일이다. 식사 후 직원들과 덤덤히 인사를 나누고 집으로 돌아왔다. '이제 정말로 회사를 그만두는 것인가?' 지점장은 그렇다 쳐도 직원들에게까지 사직을 선언했으니 이젠 돌이킬 수 없다. 12년 전 나는 세상 물정 모르고 무작정 세상에 뛰어들었다. 근거 없는 자신감에 이리저리 나대다가 생각보다 차가운 현실에 깊은 생채기를 입고 움츠러들었다. 떠나려 하니 여물지 못했던 나를 세상과 맞서 싸울 수 있게 단련시켜준 회사가 고맙게 느껴진다. 증권맨으로 살아온 12년의 세월을 헛되이 보내지 않았다고 나를 위로한다.

2012년 2월 7일 화요일. 지점장이 아직 나의 사직을 본부장에게 얘기하지 않은 것 같다. 좋은 마음으로 떠나고 싶어도 지점장은 가는 날까지 나를 쉽게 놔주지 않는다. 언젠가는 직원들이 너무 많아 구조조정을 해야 한다며 상처를 주더니 이젠 떠나려는 사람을 이런 식으로 붙잡는다. 그러나 지점장의 처지도 이해는 된다. 몇 년 사이에 기존에 있던 직원들이 모두 떠났으니 지점장은 무능함에 대한 질타의 시선을 피할 수 없을 것이다. 지점장이 이번 주까지 나의 사직을 본부장에게 알리지 않는다면 나는 사직서를 직접 인사팀에 보낼 예정이다. '내 인생 10년을 투자하여 실현한 학교의 꿈이 사직 처리 문제로 차질이 빚어져선 안 되지.' 하루가 정말 빨리 지나간다. 고객들은 "왜 이렇게 얼굴이 좋아졌냐?"라며 나를 보고 놀란다. 화장품은 무엇을 쓰는지 묻기도 한다. 예전의 내 몰골이 정말 말이 아니었나 보다. 어떤 직원은 지금의 회사생활을 재미있게 보내고 있을지도 모른다. 그러나 나는 그렇게 살지 못했던 것 같다. 돌이켜보면 나 자신을 괴롭힌 이유는 내가 나로 살고 싶은 꿈을 꾸었기 때문이다. 내 인생이 얼마나 길지는 모르겠지만 지금은 살아 있을 때 꿈을 이뤘다는 사실로 온몸에 전율이 흐른다.

2012년 2월 9일 목요일. CA지점에 있는 동기로부터 전화가 왔다. 내가 그만둔다는 소식이 이미 회사에 많이 퍼졌나 보다. 이놈은 예전에 우리 지점에서도 잠깐 근무했었다. 그는 나보다 세 살 어리지만, 동기라는 이유로 항상 나에게 반말을 한다. 그러나 밉지 않은 녀석이다. 그는 군대에서 허리를 다쳐 다리가 약간 불편하지만 언제나 밝았다. 그래서 그는 잘 모르겠지만 내가 꿈을 포기하고 싶을 때마다 내 마음을 잡아준 고마운 놈이다. 한때 그는 몸이 불편하다는 이유로 회사로부터 권고사직을 받은 적이 있었다. 그가 다리를 전다는 이유로 어느 영업점도 그를 받아들이려 하지 않았다. 그때 당시 나는 그를 위해 할 수 있는 일이 아무것도 없어서 마음이 아팠었다. 반말은 하지만, 힘들 때마다 형이라고 부르며 나를 의지했던 놈이다. 지금은 CA지점에서 자리를 잡고 열심히 살고 있다. 이놈은 "어디로 도망가냐?"라며 내게 자꾸 묻는다. 어제는 U지점장으로부터 전화가 왔다. 정말이냐며 많이 아쉬워하셨다. 같은 대학 동문이라고 나를 많이 아껴주셨던 분이다. 막상 떠나려 하니 기억 저편으로 잊힐 많은 인연이 내 마음을 울적하게 만든다. 그들 기억 속에 내가 좋은 놈으로 남아 있으면 좋겠다.

2012년 2월 10일 금요일. 내가 떠날 자리에 다른 직원을 앉혀놓고 떠나려고 한다. 나는 DJ의 한 직원을 설득 중이다. 그토록 나를 밀어내려 했던 본부 대리는 오지 않겠다고 한다. 자기가 우리 지점의 지점장을 하겠다며 깐죽거렸었는데 이제 영업점이 없어질 것 같으니 아예 거들떠보지도 않는다. 지점장은 오늘도 불쌍해 보인다. 끝없이 돈만 좇을 것 같던 그분도 다가오는 끝을 감지한 것 같다. 이제 이곳은 내 역사의 지나간 한 페이지로 남을 것이다. 지난 12년의 회사생활 중 행복한 기억은 머릿속에 남기고 슬픈 기억은 가슴에 묻어두려고 한다. 나는 살아갈 힘이 필요할 때마다 그 기억을 꺼내 볼 것이다. 나는 요즘 일을 마무리하다가도 실없이 웃곤 한다. 세상에 두 번 태어난 느낌은 무엇과도 바꿀 수 없는 쾌감이다. 오후 6시가 되면 지점장에게 얘기하고 칼같이 퇴근한다. 그동안 무엇이 나를 그렇게 괴롭혔는지 까마득하기만 하다. 이런 내 모습에 직원들은 바른 회사원의 표상이라며 나를 치켜세운다. '설마 그들은 떠나는 나를 보고 1명 제쳤다며 안도의 한숨을 쉬고 있는 것은 아니겠지.' 나는 사직서를 제출하면 이렇게 할 수 있다고 농담을 건넸지만 남아 있는 직원들에게 미안했다. 직원들은 아직도 내가 어디로 가는지 모른다. 다음 주면 사직서가 처리될 것이다. 봄이 오려나 보다. 며칠의 눈발도 봄기운을 머금은 햇살을 막아서지는 못한다. 나의 인생에도 다시 한번 봄기운이 감돈다. 계절의 변화에 둔감했던 내 마음이 창틈을 비집고 들어온 햇살 한 조각에 설렌다. 창 너머로만 바라보던 세상에 뛰쳐나가려고 하니 모든 것이 새롭고 신기하다. '첫째 딸이 언제 저렇게 컸을까? 둘째 딸은 태어난 지 한참 된 것 같은데 왜 아직 걷질 못하지? 집 앞에 언제 저렇게 큰 길이 생겼지? 아내는 언제 저렇게 머리를 짧게 잘랐지? 아버지는 언제 저렇게 백발이 되셨을까? 빛바랜 사진 속의 내 모습은 지금보다 아주 젊었었구나! 책장에 꽂힌 누런 논문들은 벌써 10년이 되었구나!' 잠깐 쉼표를 찍어야 세상을 다시 볼 수 있다. 나에게도 삶의 쉼표를 찍을 수 있는 행운이 찾아왔다.

2012년 2월 13일 월요일. 지점장은 나랑 점심 식사도 하지 않는다. 그는 혹시 내가 떠나면서 자기에 대해 안 좋은 얘기라도 할까 봐 걱정하는 눈치였다. 나는 영업의 공백이 생기지 않도록 최선을 다했는데 지점장은 밥 한 번 먹자는 소리가 없다. 그런 사람 밑에서 벗어날 수 있어서 정말 다행이다. U지점장으로부터 또 전화가 왔다. 아직 늦지 않았으니 생각을 바꿔 SU로 오라는 것이다. 그분은 아직도 내가 혈기 왕성한 30대 젊은 직원으로 보이나 보다. 아니면 나와 함께 했던 지난날들이 좋았었는지도 모른다. U지점장은 나와 식사 한번 못하는 것을 못내 아쉬워하였다. '그는 후배를 지켜주지 못해 죄책감을 느끼고 있는 것일까? 에이, 그건 너무 멀리 간 생각일 거야.' 그러나 떠나는 날까지 내 손을 잡아준 그분께 정말 감사하다. 그 모든 서운함도 꿈을 이루었다는 기쁨을 누르진 못했다. 증권맨이 내 인생의 끝이 아니었다는 사실은 그 무엇과도 바꿀 수 없는 감동이다. 나를 알던 모든 사람에게 일일이 석별의 인사를 하고 싶지만, 시간이 여의찮다. 내 모습을 보며 남 일 같지 않다고 생각했을 그들은 전화기 앞에서 내게 안부 전화를 망설이고 있는지도 모른다. 나는 그들의 불안한 마음을 다 이해한다. 나는 서운한 마음보다 이해할 수 있는 마음이 더 커졌다. 아내와 점심을 먹었다. 봄기운이 이렇게 따뜻하고 행복한 건지 예전에는 미처 몰랐다. 세상의 모든 만물이 평온하고 행복으로 충만하다.

2012년 2월 20일 월요일. 드디어 회사를 떠난다. 영화 속 한 장면처럼 먼

발치서 손 흔들며 아쉬워하는 동료는 없다. 평상시 그렇게 나를 동료라고 챙기던 본부장, 지점장 그리고 윗분들은 아무 말이 없다. 그래도 갈 곳이 있어서 서럽지는 않다. 그들은 그저 그런 내가 힘에 부쳐 회사를 떠난다고 생각할 것이다. U지점장과 몇 안 남은 동기들이 전화를 주었다. 그들은 자신의 미래조차 가늠하기 힘든 이 시기에 나에게 쉽지 않은 작별 인사를 건넸다. 화려한 퇴사를 기대했던 것은 아니지만 세상이 너무 조용하고 평온하다. 미래에 내가 어떠한 이유로 회사를 떠나든 지금의 내 모습과 같을 것이다. 미래의 어느 날 겪게 될 아픈 상처를 지금 덤덤히 맞이하게 되어 다행이다. 오후에 직원들과 마지막 점심을 먹었다. 회사에는 벌써 합병의 진통이 시작되었다. '세 분에 대하여'라는 제목의 글이 회사 메일로 날아왔다. 회사 메일을 마지막으로 열어보았다. 우리 회사는 직원 3명을 퇴사시켜 합병하게 될 HW증권으로 재취업시키겠다고 하였다. 능력 있는 직원들은 미리 선발되어 HW증권으로 재취업하고 남은 직원들은 나중에 구조조정의 대상이 된다. 오후에 친했던 고객들에게 전화하였다. 좀 더 공부해야 할 것 같다고 말씀드리니 고객들은 잘 선택했다며 나를 위로해주었다. 오후 4시 나도 먼저 퇴직한 직원들처럼 직원들에게 몇 자의 글을 남겼다.

"안녕히 계세요. 나에게도 언젠가 이런 날이 올 거라고 생각은 했었지만, 생각보다 빨리 찾아왔습니다. 12년 남짓의 회사생활 동안 힘든 시기도 있었지만 좋은 기억만 가져갑니다. 회사 덕분에 결혼도 하였고 집도 장만하였으며 자식도 두게 되었습니다. 세상살이도 알게 되었고 더 큰 꿈을 이룰 수 있는 기반도 마련하였습니다. 여러분! 여러분을 잊지 않겠다는 거짓말은 하지 않겠습니다. 서로 힘이 될 수 있는 곳에서 다시 만나길 간절히 기원합니다. 그동안 감사했습니다." 메일을 보내고 바로 집으로 향했다. 집으로 가는 도중 U지점장으로부터 메시지가 날아왔다. "언제 어디서 무엇을 하며 지내든 훗날 만나면 웃으며 인사할 수 있는 사람!"

2012년 2월 22일 수요일. 갑자기 어제 지점장으로부터 전화가 왔다. 오늘 저녁에 식사하자는 것이다. 그래서 나는 내심 나와의 인연으로 송별회를 해주려는 줄 알았다. 그러나 끝에 지점장의 한마디가 나를 잠깐 머뭇거리게 하였다. 나보고 새로 온 직원에게 내가 관리하던 고객의 성향을 설명해달라는 것이다. '그래! 난 웃을 수 있다.' 나는 식사에 흔쾌히 응했다. 저녁이 되니 새로 온 직원에게서 전화가 왔다. 먼저 나를 만나 고객 성향에 대해 알고 싶다고 했다. 우리는 식당에서 만났다. 우리의 만남은 업무에 대한 인수인계보다 미래를 준비하라는 나의 충고로 메워졌다. 30분이 지나자 다른 직원들이 도착하였다. 2시간여의 식사는 나에게만 송별 회식이었고 다른 직원들에게는 환영 회식이었다. 식사 내내 직원들은 나보다 회사에 관한 얘기로 화기애애하였다. 생각보다 밝은 직원들의 모습에 형언할 수 없는 묘한 고독감을 느꼈다. 그래도 환영식에 나를 불러줘서 감사하다고 생각하였다. 내가 아무 대책 없이 회사를 그만두고 이런 상황을 맞닥뜨렸다면 너무 서럽고 슬펐을 것이다. 지점장은 사람이 나쁘지는 않지만, 배려와 공감 능력이 떨어진다. 이제는 사람을 바꾸기보다 내가 그 사람을 이해하려고 노력한다. 바뀌지 않을 사람과의 감정싸움으로 내 인생을 허비하고 싶지 않다. 지점장 덕분에 스트레스 많이 받아 열심히 공부하였고 그래서 교수가 되지 않았는가! 그분이 나에게 스트레스를 주지 않았다면 나는 교수가 되지 못했을 것이다. 세상에 착한 상사 그리고 편한 직장이 어디 있겠는가! 지금의 지점장에게 진심으로 감사드린다. 저녁 식사는 나에 대한 아쉬움 한마디 없이 그렇게 끝났다. 그러나 회사생활 중 가장 편안하고 즐거운 저녁 식사였다.

45. 시린 기억이 이젠 괜찮냐며 안부를 묻는다

잊고 싶고 묻어두고 싶던 그 시린 기억이 이젠 괜찮냐며 내 마음에 안부를 묻는다. 한동안 시린 기억의 잔상이 내 마음을 괴롭혔지만, 그것마저도 시간과 함께 사라졌다. 한편 천국일 것 같았던 학교는 살아보니 그냥 사람 사는 세상이었다. 내가 가만히 있고 싶고 조용히 살고 싶어도 세상은 자꾸 시기와 질투라는 이름으로 싸움을 걸어왔다. 나는 세상이 걸어온 싸움을 귀찮다고 피해버리면 천국에서 살 수 없다는 것을 깨달았다. 그 싸움을 한고비 또 한고비 넘어가다 보니 어느덧 내 나이 오십이 넘었다. 나는 세상과 싸우고 싶지 않아서 그동안 그 싸움을 피해 다녔다고 생각했다. 그러나 돌아보니 나는 세상과의 싸움을 피한 것이 아니라 싸우지 않으면서 그 싸움에서 이겨왔다. 그래서 내가 지금 이곳에 와 있을 수 있었던 것 같다. 내게 안부를 묻는 시린 기억은 연약한 나의 그늘이 아니라 세상에 맞서 싸울 수 있는 지혜와 용기를 주었다. 내가 지나온 길은 잊을 수도 없고 묻어둘 수도 없는 나만의 역사이다. 그것을 세상과 맞서 싸울 힘으로 바꾸는 것이 나의 일이었다. 나는 그 시린 기억에게 이젠 괜찮다고 말을 한다. 아니, 그렇게 말을 할 수 있다. 그리고 남은 인생에 내가 살아갈 힘이 되어달라고 부탁한다.

2012년 3월 10일 토요일. 어제는 오랜만에 회사에 갔다. 돈도 찾고 통장도 정리하기 위해서이다. 직원들은 내가 뭐하며 지내는지 다들 궁금해했다. 여직원에게 내 명함을 건넸다. 직원들은 내가 교수가 되었다는 것에 대해 상상도 못할 일이라며 입을 모았다. 그동안의 나의 생활을 그들에게 털어놓았다. 그들은 영화 〈쇼생크 탈출〉이 생각난다고 말했다. 한편 직원들의 얼굴에 회사합병의 고통이 고스란히 묻어 있었다. 며칠 전 그곳에 앉아 있던 내 모습이 직원들의 얼굴과 겹쳤다. 그들이 자신들의 인생을 잘 설계하기를 바랐다. 점심때는 재작년 S증권으로 이직한 직원과 식사하였다. 서른 중반의 그 친구는 세상에 대해 많은 고민과 위기의식을 가지고 있었다. 그는 지금 다른 증권회사로 이직을 고민하고 있다. 내가 교수가 되었다고 말하고 업종을 바꾸지 않으면 지금의 고민은 변하지 않을 거라고 말했다. 결국 인생의 정답은 오직 자기 손으로만 찾을 수 있다. 나를 시기하고 질투했던 경쟁자들과 합병에 힘겨웠던 회사생활이 지금의 나를 만들어주었다. 세상의 힘겨움 앞에 주저앉을 것인지 다시 일어나 뛸 것인지는 모두 나의 선택이다. 세상 모든 것이 나를 벼랑 끝으로 내몰았지만 나는 그곳에서 주저앉지 않고 다시 뛰었다. 위기가 기회가 되고 고통이 성장이 되려면 절대 포기해서는 안 된다. 우리는 언제나 위기와 고통이라는 친구를 넘어설 때 비로소 기회가 생기고 성장한다.

"우리에게는 친구가 필요합니다. 또한 라이벌도 필요합니다. 친구가 감정적으로 가장 든든한 격려자라면, 라이벌은 이성적으로 가장 커다란 자극제입니다. 라이벌의 자극을 잘 이용하면 또 다른 발견을 할 수 있습니다. 그래서 라이벌은 '성장촉진제'입니다. 라이벌을 찾아가 감사의 인사를 전해보세요. 우리를 단상 위에 올려 상을 받게 하는 것은, 우리의 친구가 아니라, 바로 그 라이벌입니다."

[출처 : 탄줘잉, 『살아 있는 동안 꼭 해야 할 49가지』]

2012년 3월 13일 화요일. 나는 지금 천국에 있다. 세상의 만물이 천연색 물감으로 치장하고 봄을 맞이하고 있다. 느끼지 못했던 꽃내음이 바람에 실려와 코끝을 간지럽힌다. 죽어 있던 희열(喜悅)의 세포가 다시 살아나는 느낌이다. 현관문까지 쪼르르 달려오는 첫째 아이와 아직 누워 있는 둘째 아이가 사랑스럽기만 하다. 오늘따라 아내의 머리 모양이 산뜻해 보인다.

2012년 3월 23일 금요일. 월급이 통장에 들어왔다. 학교에서 받은 월급은 내가 진정 이직했다는 사실을 실감하게 해주었다. 나는 세상 앞에 흔들릴 때마다 HD투자신탁의 연봉계약서를 꺼내 봤다. 그 연봉계약서는 학생 신분이던 나를 3개월 수습 기간을 거쳐 정식 회사원으로 만들어주었다. 가끔 S은행의 월급통장을 열어본다. 2000년 3월 20일 통장에는 '급여이체 813,915원'이 찍혀있다. 수습 기간이 끝나고 급여는 1,425,255원이 되었다. 월급통장은 내가 온전히 세상에 설 수 있게 해주었고 지금은 우리 가족을 지켜주고 있다.

2012년 9월 28일 금요일. 증권회사 잔상(殘像)이 아직도 내 인생에 어른거린다. 출근하는데 전화기에 낯선 전화번호가 떴다. 증권회사에 다닐 때 나와 거래했던 고객이다. 요지는 자기가 주식으로 손해를 많이 봐서 해결해달라는 것이다. 고객은 내가 학교로 이직했다는 사실을 알고 나를 협박해서 조금이라도 돈을 뜯어내려는 것이다. 그녀는 내가 권유한 주식으로 손해를 봤다며 내가 그 주식을 가져갔다가 원금이 회복되면 다시 자기에게 돌려달라고 했다. '세상에 이런 거래가 어디 있나!' 회사를 떠난 지 벌써 1년이 다 되어간다. 그녀는 지금 1년 전에 산 주식이 하락한 책임을 나에게 묻고 있다. 그녀는 내가 먹고살기 힘든 백수로 지내고 있었다면 과연 나에게 전화했을까? 세상의 냉정함에 다시 한번 서글픔이 밀려온다. 그녀는 과거에 나에게 사준 식사나 선물을 돈으로 돌려받고 싶다고 했다. 그녀는 자기가 원하는 대로 해주지 않으면 내 수업 시간에 찾아와 1인 시위를 하겠다고 협박했다. 어이가 없고 기가 차지만 내가 다른 세상에 있다는 사실에 안도하였다. 오후에 몇몇 변호사와 법무사에게 자문하였다. 그들은 나에게 아무런 법적 책임이 없으니 고객이 소송할 것도 없다고 했다. 오후 4시쯤 나는 고객에게 법으로 책임질 일이 있으면 책임질 것이니 소송하라고 했다.

고객도 이곳저곳 알아보더니 소송할 거리가 없었는지 자꾸 다른 말만 했다. 이 일을 인터넷에 올리겠다는 둥, 학교에 가서 시위하겠다는 둥 말이다. 마음이 너무 안타깝고 서글펐다. '내가 만나온 사람들이 다 이런 사람들뿐인가!' 법적인 책임은 없지만, 고객이 주장하는 금액을 주고 합의서를 공증받았다. 이제는 제발 내 인생에 이런 사람들이 없기를 간절히 빌었다.

2021년 4월 30일 금요일. 교수가 된 지 벌써 10년이 지났다. 천국이라고 믿었던 학교도 똑같이 사람 사는 곳이었다. 승진 문제로 나를 불편하게 했던 사람과 멀어지기로 하였다. 사실 그와 가깝게 지낸 적도 없었다. 내가 교수가 된 후, 나에게 호의적이었던 그는 내 편인 줄 알았다. 나는 그에게 감사해야 하고 잘해주어야 한다고 생각했었다. 그러나 이런 나의 호의(好意)는 어느새 그의 당연한 권리가 되었고, 그의 당연한 권리는 나에 대한 무시로 나타났다. 세월이 지나면서 나는 그의 꼬붕이 되어가는 것을 느꼈다. 아니, 그는 내가 그의 꼬붕이 되기를 바라는 것 같았다. 그는 평상시 자기보다 학벌이 높은 친구에 대해 열등감을 느꼈다. 모든 것을 자기 마음대로 해야 직성이 풀리는 그는 자기 밑으로 자기보다 학벌이 낮은 사람이 오기를 바랐을 것이다. 그리고 지방대 출신인 내가 그 자리에 적합해 보였을 것이다. 한마디로 내가 우습고 만만해 보였을 것이다. 그는 내가 자기 밑에서 숨죽이며 시키는 대로 일만 해주기를 바랐던 것이다. 그는 한동안 자격미달인 나를 자기가 신경 써서 내가 임용되었다고 떠들고 다녔다. '그럴 수도 있겠지!' 그러나 영혼까지 팔아가면서 생계를 위해 꼬붕으로 살아갈 내가 아니다. 임용계약서에 내가 그의 꼬붕이 되어야 한다는 내용이 있었다면 나는 학교에 가지 않았을 것이다. 그는 나에게 남에 대한 험담과 세상에 대한 부정적인 말들을 쏟아냈다. 들어주는 나도 똑같이 부정적인 사람이 되어가는 것 같아 그와 멀어지기로 하였다. 그러자 그는 나를 공격하기 시작했다. 자기가 학생들에게 다 물어봤는데 내가 강의를 일찍 끝낸다는 둥, 강의를 대충 한다는 둥, 일은 안 하고 논문만 쓴다는 둥, 그는 나를 길들이기 위한 지적질을 하였다. 그리고 내가 자기 말을 따르지 않는다며 독고다이(tokkoutai)라고 나를 비하(卑下)하였다. 성숙하지 못한 그는 초등학생이나 할 법한 비열한 방법으로 나를 불편하게 했다. 산전수전(山戰水戰) 다 겪은 내가 이런 치졸한 공격에 약해질 리 없다. 그러나 그는 내가 그렇게 될 줄 알았나 보다. 그는 학교에서 강사나 학생들만 상대하다 보니 그동안 주위 사람들도 그렇게 다루었나 보다. 이런 사람들의 특징은 강자에게 약하고 약자에게 강하다. 그래서 아부와 갑질도 능하다. 어느덧 임용된 지 9년이 지나 정교수 승진심사를 신청하게 되었다. 나름 그동안 열심히 논문을 써서 조기 승진대상자가 되었다. 그는 내가 자기와 같은 정교수가 되는 것을 인정하고 싶지 않았던 것 같다. 그가 사회생활을 많이 안 해봤다는 것을 느낄 수 있었다. 어차피 승진할 사람이라면 마음속으로 싫어도 계속 봐야 하니 축하해주어야 했다. 그는 승진심사 과정 내내 내게 고춧가루를 뿌렸다. 다행히 나는 정교수로 승진하였다. 변하지 않을 것 같던 분노의 폭풍이 시간이 지나면서 서서히 잠잠해진다. 그는 무언가에 의해 왜곡된 그의 렌즈로만 세상을 바라본다. 이제는 그런 그가 안타깝기만 하다. 길지 않은 인생에 그는 무엇을 얻겠다고 그렇게 피곤하게 사는가! 아직도 그는 인생이 많이 남아 있다고 생각하는 걸까? 사람은 잘 변하지 않는다. 살면서 이 생각이 잘못되었다고 느낀 적은 한 번도 없었다. 나는 자기의 렌즈로 투영된 세상만이 진실이라고 믿는 그를 굳이 아니라며 바로잡고 싶은 생각이 없다. 나는 남은 인생을 후회하지 않을 일들로 채우기에도 시간이 부족하다. 세상을 모를 때는 사람을 설득할 수 있다고 믿었다. 세상을 알면 알수록 사람을 설득하는 것이 정말 어렵다는 것을 느낀다. 아니, 사람을 설득하기에는 내 인생이 너무 짧고 그것이 부질없다는 것을 깨달았다. 몇 십 년을 거쳐 화석처럼 굳어버린 한 사람의 사고방식을 얄팍한 나의 몇 시간으로 바꿀 수 있다는 내 믿음이 처음부터 욕심이었다. 차라리 나와 공감할 수 있는 사람을 찾는 것이 내 인생에 더 이롭고 수월할 것이다. 그래서 사람들은 나이가 들수록 인간관계를 줄이고 더 깊고 평온한 내면의 안정감을 얻으려고 하는 것 같다.

2022년 8월 4일 목요일. 세월이 가도 나이를 먹어도 세상은 더 시끄럽기만 하다. 그래서 사람들은 시끄러운 세상을 어쩌지 못하니 차라리 산속으로 들어가 눈과 귀를 막고 사는 것 같다. 돌아보니 사회생활에서 가장 힘든 것은 일이 아니라 인간관계였다. 주인도 아니면서 주인인 양 보잘것없는 권력을 휘두르고 자기의 뜻과 다르다는 이유로 모두를 적(敵)으로 간주하는 사람들이 있다. 정작 이런 사람들은 자기가 다치는 것이 싫어서 다른 사람들을 가스라이팅(gaslighting)해서 아바타(avatar)로 만든다. 사람들의 눈, 귀 그리고 생각을 막아 아바타로 만드는 재주는 겁쟁이들의 마지막 자존심일지도 모른다. 아바타 뒤에 숨어 있는 겁쟁이들은 세상을 현혹(眩

惑)시켜 강자의 모습으로 군림한다. 가끔 세상은 이런 겁쟁이들에 속아 정신을 잃을 때가 많다. 살다 보니 겁쟁이도 만나고 아바타도 만나고 진짜 사람도 만난다. 겁쟁이와 아바타는 나보고 세상과 타협하며 살라고 말하지만 진짜 사람은 세상의 주체가 되어 살라고 말한다. 겁쟁이도 아바타도 되지 않으려면 한 번쯤 어떻게 살아야 할지 세상에 의문을 던져보는 것도 좋다. 우리는 세상에 의문을 던질 때 좀 더 자유로운 인간관계를 유지할 수 있다. 그러나 이러한 내 생각도 사람은 변하지 않는다는 말에 초라해진다. 그래서 인간관계는 정말 어려운 것이다.

2022년 10월 11일 화요일. 오십의 고개를 넘기가 숨 가쁘다. 내 인생에서 공짜로 뛰어넘은 날은 단 하루도 없다. 그러나 갑작스레 찾아온 내 나이 오십은 나를 적잖이 당황스럽게 만든다. 이제 40대분들은 어려 보이고 60대분들은 생각보다 가깝게 느껴진다. 내가 좋아했던 연예인이 오랜만에 TV에 나오면 그들의 늙은 모습에 한번 놀라고 나도 늙었다는 사실에 한 번 더 놀란다. 40대에는 아무렇지도 않게 넘겼던 팔다리의 통증들이 이제는 내가 늙어간다는 신호인 것 같아 짜증이 난다. 그렇지 않아도 없는 머리숱은 더 적어진 것 같아 거울 앞에 한없이 작아진다.

'이런 날이 올 줄 알았잖아! 마음 단단히 먹고 준비했었잖아!'

그러나 나는 한 번도 가보지 못한 50대의 문 앞에서 설렘보다 두려움을 안고 서성인다. 어차피 50대도 세월에 떠밀려 지나갈 것이지만 자꾸 발버둥 치며 끌려가지 않으려고 한다. 나는 꿈을 먹고 사는 것보다 과거를 곱씹으며 사는 것이 익숙한 나이가 되었다. 자꾸 50대의 고갯길에서 나아가지 못하고 주저앉는다. 그래도 50대에 뭔가 좋은 것이 하나라도 있겠지 하며 나를 일으켜 세운다. 젊은 시절에는 내가 무슨 일이든 해낼 수 있을 것 같았고 세상의 중심에 서 있다고 믿었다. 어느새 나는 세상의 중심에서 밀려나 가장자리로 향하고 있다. 그래도 어느 정도인지는 모르겠지만 아직 나에게 많은 시간이 남아 있다. 문득 고개를 들어보면 따라잡기 힘든 세상과 시시콜콜 간섭하던 남들의 시선을 '풋' 하며 웃음으로 날려버릴 마음의 여유가 생겼다. 지나간 세월은 내 젊음과 패기를 가져갔지만 진정 인생을 즐길 수 있는 마지막 자유를 주었다. 어차피 누구나 이 길을 걸어왔고 또 이 길을 지나간다. 다른 것은 몰라도 시간만은 우리를 공평하게 대한다. 그래서 다행이다. 우리는 그저 그 시간을 무엇으로 채울지만 고민하면 된다.

에필로그

내 인생에는 한 번도 찬란했던 봄날이 없었던 것 같았다. 그저 내 마음만 괴롭힌 시린 기억뿐이라고 생각했었다. 그러나 문득 마주한 시린 기억은 내 가슴에 뜻밖의 그리움을 사무치게 하였다. 가끔 찾아온 기억들이 내게 말을 걸면 참아왔던 서러움이 가슴을 적셨다. 지나면 그저 추억이 될 거라던 기억들이 냉정한 세상 앞에 나를 세워두고 서럽게 만들었다. 그러나 오십이 되어 다시 펼쳐본 시린 기억은 지우고 싶은 나의 그늘이 아니라 세상을 살아갈 나침반임을 깨닫는다. 나는 별일 없이 잘 살았다는 고마움으로 모든 감정이 엉켜 있는 지난 기억에 감사한다.

딱히 의미를 찾으려고 했던 것도 아니고 그렇다고 무엇이 되려고 했던 것도 아닌데 세월은 그렇게 나를 차갑게만 대했다. 내가 어디로 가는 것인지 어디쯤 와 있는 것인지 애타게 물어보아도 세월은 아무 대답이 없었다. 그러던 어느 날 세월은 묻어둔 기억을 다시 깨웠다. 그 기억은 잘 지내려니 하는 마음으로 앞만 보고 달리는 내게 이젠 괜찮냐고 안부를 묻는다. 무슨 말을 해야 할까? 시린 기억은 형언할 수 없는 그리움과 공허함이 되어 가슴에 밀려온다.

주체하지 못할 기쁨도 감당하지 못할 슬픔도 세월과 함께 지나갔다. 이럴 줄 알면서도 지금 나는 머물지 못할 내 인생에 서글프다. 흔적이라도 남기면 누군가가 내 인생을 위로해주려나. 속절없이 흐르는 시간 앞에 내 마음은 어쩔 줄 모르고 그리움에 서성인다. 내 곁에 있어준 많은 사람도 같은 시간 속에 흘러가는 데 왜 이리 나만 이렇게 서글퍼질까? 기쁨과 슬픔으로 뒤엉킨 기억을 이제야 마주한 것이 때늦은 후회로 느껴지는 걸까? 보잘것없는 일에 너무 많은 시간을 허비했다며 자책하고 있는 것일까?

하루가 다르게 커가는 아이들과 인생의 정점을 돌아선 사람들 사이에서 나도 이제 누군가에게 자리를 내어주어야 한다. 뒤늦게 떠오른 기억은 내가 그동안 수고했다며 위로해주러 온 것은 아닐까! 더 이상 지난 기억에 마음을 빼앗기지 말고 남은 인생에만 집중하라고 말해주러 온 것은 아닐까! 다시 기억 저편으로 돌아갈 수 없지만 돌아간다고 해도 바뀔 것은 없을 것이다. 상처받으며 힘겹게 여기까지 왔지만, 지난 기억은 지금의 나를 만들었다. 나는 지금의 나를 사랑하기에 시린 기억도 소중한 추억이다.

나는 이제 시린 기억에게 괜찮다고 말하고 앞만 보며 가려고 한다. 세월이 가는 것을 안타까워하여 조금이라도 빨리 달리면 세월 앞에 설 수 있을 줄 알았다. 뒤를 보면 남들보다 앞섰다고 안심하였지만, 앞을 보면 한참 뒤처졌다며 초조해하였다. 그러나 아무리 시간을 재촉하여도 세월을 따라잡을 수 없다는 것을 세월이 흐른 후에야 알았다. 시린 기억에 내 인생이 묶이는 것은 흐르는 세월 앞에 아무런 의미가 없다.

세상이 우리를 속일지라도 우리는 세상에 태어난 소중한 존재이다. 그래서 우리는 행복을 누릴 수 있는 특권을 가졌다. 항상 이것을 잊지 말자. 이것이 스무 살의 해방이다. 지나온 내 발자취에서 누군가가 인생의 실마리를 찾는다면 더할 나위 없이 기쁠 것이다.

젊은 날 시린 기억에게 보내는 일기,
오십에 쓰는 스무 살의 비망록!

저자는 인생에서 한 번도 찬란한 봄날은 없다고 믿었다. 그저 자신의 마음을 괴롭힌 시린 기억뿐이라고만 생각해 왔다. 하지만 문득 마주한 시린 기억들은 뜻밖의 그리움이 되어 가슴을 사무치게 했다. 오십이 되어 다시 펼쳐본 시린 기억은 지우고 싶은 그늘이 아니라 세상을 나아갈 나침반임을 깨달았다.

저자는 남은 인생이 부쩍 짧아 보이는 지금, 더 이상 늦은 깨달음을 위해 시간을 허비하지 않기로 한다. 『스무 살의 해방일지』는 그렇게 저자의 인생에 마지막 자유를 주었다.

세상에
길들여지지 말고
꿈을 꿔라

오십의 나이가 되어 외치는 스무 살의 해방!

세상이 우리를 속일지라도 우리는 세상에 한 번 태어난 소중한 존재이다.

그래서 우리는 행복을 누릴 수 있는 특권을 가졌다. 항상 이것을 잊지 말자.

이것이 저자가 말하는 스무 살의 해방이다.

저자의 발자취를 통해 누군가가 인생의 실마리를 찾는다면 더할 나위 없이 기쁠 것이다.

"어쩔 수 없이 혼자의 시간을 보냈던 젊은 나를 위로해 본다.

그때는 외로워서 괴로운 날들이었지만

지금 돌이켜보니 가장 행복했던 젊은 날들이었다고.

외로움은 젊음의 특권이었고 자유의 또 다른 말이라고."

값 15,000원

ISBN 979-11-6910-171-4